国家舞台艺术
精品工程
剧作集①

京剧昆剧卷一

中华人民共和国文化部艺术司 编

文化艺术出版社
Culture and Art Publishing House

《国家舞台艺术精品工程剧作集》编辑委员会

主　　编：于　平
副 主 编：蔺永钧　刘中军
编 委 会：程桂荣　余建军　尹晓东　安远远
　　　　　邓　林　张凯华　周汉萍　吕育忠
　　　　　陈　樱　唐　凌　杨　雄
资料整理：陈立群　万　素　孙富娟

目录

京剧

精品剧目

3   京剧《宰相刘罗锅》

97   京剧《贞观盛事》

133   京剧《华子良》

171   京剧《膏药章》

219   京剧《廉吏于成龙》

265   京剧与藏戏《文成公主》

精品提名剧目

295   京剧《骆驼祥子》

337   京剧《杜十娘》

367   京剧《凤氏彝兰》

405   京剧《图兰朵公主》

429   京剧《狸猫换太子》

511   京剧《梅兰芳》

533   京剧《布依女人》

昆剧

精品剧目

577　　　昆剧《班昭》
613　　　昆剧《公孙子都》

精品提名剧目

637　　　昆剧《牡丹亭》
691　　　昆剧《宦门子弟错立身》

京 剧

精品剧目·京剧

宰相刘罗锅

（上集）

（根据电视剧《宰相刘罗锅》改编）

编剧　陈健秋

人物

刘　墉
乾　隆
格　格
和　珅
六王爷
张　成
晋　生

豫　生
蜀　生
考　官
相面人
内　侍
大臣甲、乙、丙
大臣、生员、弟子若干

第一场

〔大殿。和珅上。

和　珅　（引子）天家有喜，凤来朝，
　　　　　　　　皇上圣寿，寿比天高。
　　　　大清乾隆皇上，欣逢寿诞之期，六部九卿俱有贺礼呈献，愿吾皇福寿绵长。

〔内呼："万岁驾到"。

众　臣　臣等见驾，吾皇万岁万岁，万万岁。
乾　隆　平身。
众　臣　谢万岁。
乾　隆　（唱）吉日良辰庆寿诞，
　　　　　　　　祥光瑞气绕金銮。
　　　　　　　　众卿家皆把寿礼献，
　　　　　　　　今日里少不得君臣尽欢。
大臣甲　启奏皇上，为了恭贺圣寿，在京二品以上官员，俱有贺礼呈献。
大臣乙　臣敬献，白银麒麟一尊，这麒麟乃天下，最为祥瑞之物，每当麒麟出现，必然国运昌隆，天下大吉。
大臣丙　臣敬献玉树一棵，这玉树乃是，翡翠琢成，如同苍松翠柏，愿吾皇寿如松柏，万年长青。
和　珅　御前大臣和珅敬献，用珍珠镶成的万寿无疆匾额一座，愿皇上福寿绵长，万寿无疆。
六王爷　老臣也有贺礼敬献。

和　珅　六王爷，你有什么珍奇之礼献上啊？

六王爷　若非珍奇之物，岂能轻易出手献给皇上。

〔二人役抱一木桶上。木桶内一堆老姜，长成一座小山。

〔众人一见，大惑不解，乾隆亦为之一怔。

和　珅　您倒是献哪！

六王爷　你等着。来呀，把咱们的贺礼搭上来。万岁请看。

众　臣　一堆生姜。

和　珅　（大笑）六王爷，您怎么不把大蒜、老葱也献给皇上啊？

大　臣　他还应该把臭豆腐也端上来，给皇上庆寿哪！

众　臣　臭豆腐，哈哈哈……

和　珅　万岁寿诞之期，六王爷竟敢拿一桶生姜戏弄皇上。

大臣甲　他倚老卖老，无理取闹。

大臣乙　他老迈昏庸，胆大妄为。

大臣丙　八成是二锅头，把您给灌糊涂了吧。

和　珅　万岁，六王今日之举，理应严加惩治。

乾　隆　六王，你这算何意？

六王爷　万岁您别着急，您瞧这姜，像不像一座山？

乾　隆　一座山？

六王爷　这是老臣我，敬献给皇上的一统江山。

乾　隆　哦，一统江山。

六王爷　不错，自从皇上登基以来，开疆拓土南征北战，咱大清朝的疆土地盘，从没像现在这么广大，这就叫乾隆盛世，一统江山，乾隆盛世一统江山，乾隆盛世一统江山。

乾　隆　（唱）这份贺礼实罕见，

　　　　　　六王爷送与朕一统江山。

　　　　今日群臣献礼贺寿，唯有六王卓尔不群，甚合朕意，传旨下去，赏六王三眼顶戴花翎。

六王爷　谢万岁。

众大臣　皇上圣明。

和　珅　倒被他中了头彩了，万岁，奴才有话要说。

乾　隆　讲吧。

和　珅　今当皇上的圣寿，理应尽兴尽欢才是。

乾　隆　怎样尽兴尽欢？

和　珅　万岁爷，若能给自己放两天假，悠闲散淡下下棋，外带着看看花儿。

乾　隆　哎，下棋看花，怎能混为一谈。

和　珅　若有那如花似玉的美人儿，陪着皇上对弈，这岂不是下棋看花儿吗？

乾　隆　哪里去寻精通棋艺，又如花似玉的女儿家呢？

和　珅　六王爷的女儿，不但容貌出众，而且棋艺精深。

乾　隆　莫非就是五六年前，和朕下过一局的那个小格格？

和　珅　现在是模样俊俏的大姑娘了。万岁爷您要是喜欢，把她纳进宫来，您不是随时可以下棋看花儿了吗？

乾　隆　六王，六王爷。

和　珅　六王爷，醒醒。

六王爷　老臣在。

乾　隆　朕要到你府上下棋。

六王爷　万岁要到老臣府上看戏？

乾　隆　下棋。

六王爷　和泥？

乾　隆　行了，朕明日出宫下棋看花。

第二场

〔六王爷府，棋馆。

〔王府格格开馆授徒，她的弟子们在切磋棋艺。

〔格格内唱：王侯人家开棋馆——

〔格格上。众弟子立起——

格　　格　都坐着下棋。范相公，你这局棋心急火燎的可不成，你瞧一路长驱直入，你就不怕中了诱敌之计，死在马陵道上吗？

〔范姓弟子起立静听，点头坐下。

格　　格　过来，过来，小子，学了一年了吧，回头把你爹叫来，再去账房把你的学费银子如数领回，趁早卷铺盖回家。

众弟子　别哭了，别哭了。

格　　格　嘿，看什么，还不赶快的给我练棋。

格　　格　（唱）怎奈何众多弟子尽冥顽，

百步机关空指点，

黑白奥妙几人参，

何日得见高人面，

旗鼓相当比一番。

下课，下课。

众弟子　噢……

格　　格　嘿，我不教了。

众弟子　您不教我们，谁教我们哪？

格　　格　想在你们这堆人里，调教出个把高手，可是你们个个的不带脑子来。你们哪，另请高明吧。

众弟子　除了您，我们上哪儿去找更高明的老师啊？

格　　格　可城圈子给我找去呀！告诉你们，找着了，带来跟我下棋，找不着，你们甭回来见我。走，快走。你们给我找去呀！

〔众弟子下。六王爷上，摔坐在地。

格　　格　爹呀，您怎么到棋馆来了？

六王爷　我这不有事儿找你嘛。

格　　格　我正有事儿要跟您说呢。

六王爷　我有话跟你说。

格　　格	我有事跟您说。自从女儿开了这棋馆以来，进馆的可都是庸才，总这样下去女儿我这棋艺可就荒疏了，所以我叫……
六王爷	停，听我说，今儿个在金殿之上，皇上跟我说话，我跟他装糊涂，他说下棋我说看戏，他又说下棋，我又说和泥。
格　　格	爹，您在殿上装糊涂，回家就别装了。
六王爷	不是，你听我跟你说。
格　　格	爹，您哪，认识的人多，什么广东广西、湖南湖北、江苏四川，好歹找一个高手出来，跟女儿我好好的下几天棋。
六王爷	什么，高手？大清高手只有一人。
格　　格	谁呀？
六王爷	就是当今的万岁爷。
格　　格	就是五六年前，跟我下过棋的那个万岁爷呀！成啊，您给我把他请来。
六王爷	甭请，明天就到。
格　　格	那敢情好。
六王爷	还好哪。听我告诉你说，今儿个在金殿之上，皇上跟我说话儿，我跟他装糊涂，他说下棋我说看戏……
格　　格	他又说下棋，您又说和泥。
六王爷	你别搅和成不成啊。那和珅拐弯抹角把你就说出来了，他说你长得如花似玉，棋艺精深，皇上一听大喜呀！明天他要借下棋来看你，还要纳你进宫哪。哎呀我的妈呀，我可说出来喽，憋死我了。
格　　格	（唱）人说道侍君王恩荣俱显， 　　　　岂不知深宫内寂寞无边， 　　　　进深宫谁不是红消香断， 　　　　进深宫谁能有好合百年， 　　　　深宫院青琐红墙难见爹娘面， 　　　　进深宫鸟在笼中再难飞上天，

　　　　　　　进深宫实非是女儿心愿，
　　　　　　　且看我想个招儿自我保全。
六 王 爷　对，好好想想。
格　　格　爹呀，我有主意了。
六 王 爷　什么主意？快说。
格　　格　赶在皇上前头，我嫁人。
六 王 爷　啊！嫁人，你嫁谁呀？
格　　格　爹，眼下春闱大比，天下举子齐聚京华，爹从中给儿选个好的也
　　　　　好做我的如意郎君哪。
六 王 爷　明天就要纳你进宫了，这远水解不了近渴，我找谁去呀！
格　　格　咱们换个玩儿法。
六 王 爷　怎么个玩儿法？
格　　格　给他来个下棋招额驸。那皇上不就没戏了吗。
六 王 爷　论下棋，那皇上就是最高的高手啦。
格　　格　爹，能赢我的高手，只怕他还没出世呢。
　　　　　（唱）老爹爹且把那心放下，
　　　　　　　　女儿棋艺不虚夸，
　　　　　　　　棋高棋好棋妙全不怕，
　　　　　　　　只怕是没人胜过咱，
　　　　　　　　倘若是棋高人品好，
　　　　　　　　女儿甘愿嫁给他，
　　　　　　　　要是那棋好人品差，
　　　　　　　　三步两步我就把他赶回家。
六 王 爷　使不得，使不得，使不得。
格　　格　吩咐下去，王府张榜，下棋招额驸。
六 王 爷　使不得。
　　　　　〔格格下，六王爷随下。
　　　　　〔变景，棋馆外，选榜"下棋招额驸"。

〔蜀、豫、晋三生员内白："我们来喽！"

三生员　（唱）上天上天掉馅饼儿，

好事好事送上门儿。

用手夹起那小呀么小棋子儿，

当官儿又能哎，又能够娶媳妇儿。

哎嗨哟，哎嗨哟，

当官儿又能哎，

又能够娶媳妇儿。

抛下抛下书本本儿，

抖起抖起精气神儿，

用手夹起那，小呀么小棋子儿，

当官儿又能哎，又能够娶媳妇儿。

哎嗨哟，哎嗨哟，

当官儿又能哎，又能够娶媳妇儿。

〔三人争先进棋馆。和珅引两名随从微服上，看榜。

和　珅　下棋招额驸，六王爷你好大的胆子。万岁爷要过府下棋看花儿，你却来个下棋招额驸，这分明是不想让姑娘进宫，陪王伴驾呀！我进去看看再说。（入棋馆）

〔内声："输喽！"蜀、豫、晋三生员狼狈而出。

蜀生员　光看脸盘盘儿，不看棋盘盘儿，哪个不输嘛。

晋生员　凤凰长得实在好，唱出个调调儿也好听，那个小手儿太麻利，我就稀里哗啦。

豫生员　小小棋子儿密麻麻，我想把媳妇儿赢回家，只怪手臭棋艺差，三下两下就输给了她。不光是咱们输了，就是安徽湖北和湖南，杭州苏州和四川……

蜀生员　浙江广东和广西……

晋生员　天津福建和云南……

〔众生员败棋，从棋馆急出。

众生员　输喽！

三生员　你们也输啦？

众生员　输啦，人家还放出话来啦。

蜀生员　说啥子？

众生员　天下无高手。

蜀生员　说啥子？

众生员　这天下无高手啊！

〔张成执一大布招贴上。

众生员　（看招贴）奉饶天下最高手——子先山东刘墉。

〔刘墉内白："山东刘墉来也！"

众生员　又来个输棋的。

〔刘墉背负小斗笠上。

刘　墉　（唱）两三行征雁过云起云收，

　　　　　　　四五个读书人摆尾摇头，

　　　　　　　棋馆外又听得世无高手，

　　　　　　　怎不见山外青山楼外楼，

　　　　　　　怎不见山外青山楼外楼，

　　　　　　　山外青山楼外楼，

　　　　　　　闲无事且把那旧技抖擞，

　　　　　　　定把那擂台上下一网全收。

　　　　　张成。

张　成　公子。

刘　墉　我要会会她。

张　成　公子，咱们是进京赶考来的，这棋呀您就别下了，老太爷要是知道了，又得打我屁股了。

刘　墉　哎，休得多言，我定要会她一会呀！（指棋馆）

〔刘墉欲进棋馆，和珅出门，拦住。

刘　墉　你怎么挡我的道啊？

和　　珅　有道是君子不给小人让道。

刘　　墉　您请，我正好相反。

〔和珅得意地欲走，忽然醒悟，猛地转身。

和　　珅　咳，我这不成了小人了么。你……

刘　　墉　不恭了。张成。

张　　成　公子。

刘　　墉　走。

张　　成　是了。

和　　珅　山东刘墉，我请万岁爷去。（下）

〔张成上。

张　　成　坏了，坏了。抛下文章去会姑娘，公子赶考定要泡汤。

〔相面人手举八卦布幡上。左顾右盼。布幡上写着"麻衣神相"。

张　　成　算命的。咳，算命的，过来。

相面人　这位相公测财运还是测前程啊？

张　　成　测我家公子的前程。

相面人　你家公子姓什么，叫什么，现在何处？

张　　成　我家公子刘墉，正在棋馆下棋呢。

相面人　刘墉……你家公子相貌出众，定能大富大贵，不过此番前来应考，命中有几道坎儿，暗中有小人作梗。

张　　成　那你说怎么办哪？

相面人　还须高人相助，才能逢凶化吉，遇难呈祥。

张　　成　那你说我上哪儿去找高人？

相面人　高人么，远在天边近在眼前。

张　　成　你？

相面人　哥们儿，要考题吗？

张　　成　卖考题的，好，我找的就是你。

相面人　我没考题，饶命啊。

张　　成　谁要你命啊，我要你的考题。

相面人　别嚷。

张　成　你怕什么，我也替我家公子买一份儿考题。

相面人　好，请借一步讲话。走。

〔相面人拉张成下。

第三场

〔棋馆，刘墉与格格对弈。

格　格　（唱）心里乱这般高手从未见。

刘　墉　（唱）步步为营巧周旋，

格　格　（唱）真乃是智者操棋握胜券，

刘　墉　（唱）纤手推挪她力挽狂澜。

格　格　（唱）我道他伟丈夫儒雅风范，
　　　　　　　原来是貌不扬人近中年。

刘　墉　（唱）我道她侯门女张狂刁钻，
　　　　　　　却原来秀丽端庄妙不可言。

格　格　（唱）这刘墉棋艺精到不可轻慢，

刘　墉　（唱）小姐她险招迭加实不一般。

格　格　（唱）若输棋嫁给他太违心愿。

刘　墉　（唱）一子落下你无力回天。

〔和珅引乾隆微服上。

和　珅　主子，请。

刘　墉　承让。

〔乾隆观望格格。

乾　隆　（唱）六年来未见霞儿面，
　　　　　　　花容月貌不虚传，
　　　　　　　眼见她棋局之中有凶险，
　　　　　　　朕何不助她一步渡难关。

——— 京剧《宰相刘罗锅（上集）》 >>>>>

刘　墉　小姐你败局已定了。

乾　隆　这一招大不妥。

刘　墉　观棋不语真君子。

和　珅　见死不救是小人。

乾　隆　这子你这么着……（伸手欲动棋子）

刘　墉　嘿，你怎么动起手来了。小姐这棋你输。

格　格　输，输了。

刘　墉　险胜小姐实在不恭，望小姐信守诺言。

格　格　我要是反悔呢？

刘　墉　小姐，在下本为下棋而来，并无娶小姐之意，方才得见小姐，棋艺高超容貌秀美，正所谓，窈窕淑女君子好逑。

和　珅　见色起意，分明是小人。

刘　墉　你是何人，在此取闹！

乾　隆　他是何人无关紧要，方才你夸下海口，自称天下最高手，公子可敢与我对上一局，以决高下。

刘　墉　好，今天我不胜你，叫我爬出棋馆。

和　珅　早就该爬出去。

格　格　结识二位高手，真是三生有幸，二位请。

和　珅　你要仔细了。

刘　墉　我的心细得很。

乾　隆　你要小心了。

刘　墉　俺刘墉胆大包天。

和　珅　大棋盘伺候。（下）

〔棋子舞上。

格　格　（唱）看那人风骨奇清气度非比常人，
　　　　　　　　还须助他一阵借此脱身。

刘　墉　（唱）那搭儿霸气横陈俨然棋圣棋君。

乾　隆　（唱）他飘飘忽忽如惺忪未醒，原来是绵里藏针。

六王爷　（唱）三杯老酒眼蒙胧，

　　　　　　忽远忽近我看不明，

　　　　　　走上前来仔细看，哎哟我的妈呀！

　　　　〔一见乾隆，腿软坐地。

格　格　爹呀！您这是怎么了？

六王爷　霞儿，那下棋的他是谁呀？

格　格　新来的高手哇。

六王爷　什么高手啊，他就是当今的万岁爷。

格　格　怪不得我瞧他这么眼熟呢。爹，那刘墉他还蒙在鼓里呢。

六王爷　咱们赶紧躲躲吧。

　　　　〔和珅内唱：急步如飞离官院。

　　　　〔和珅引御林军上。

和　珅　（接唱）和珅救驾把兵搬，

　　　　　　尔等随我上棋院，

　　　　　　叫刘墉认一认这皇家的威严。

　　　　〔和珅进馆参见。

三　人　（同白）臣等见驾，吾皇万岁，万万岁！

和　珅　刘墉祖上积德，今生得空儿，跟万岁爷平起平坐一个时辰，你真是狗胆包天哪！来人！

　　　　〔内："有。"

刘　墉　草民刘墉有眼无珠，不识天颜，万岁恕罪。

乾　隆　朕本是微服出宫，不知者免罪，都起来吧。刘墉来来来，咱们接着下棋。

和　珅　刘墉，输赢你都得死啊。

刘　墉　（唱）这局棋好叫人齿寒心冷，胜不能来败不能。

乾　隆　刘墉。

　　　　（唱）叫刘墉且休要故作愚钝，

　　　　　　快与朕落棋子，落棋子布阵排兵。

刘　　墉　（唱）我早已身陷迷魂阵，一头撞进那柱死城。

和　　珅　（唱）柱死算你有福分，陪王伴驾赛公卿。

刘　　墉　（唱）公卿本应科场取，

　　　　　　　　我不该舍本求末，逞性情。

六王爷　（唱）霜打的茄子他蔫里吧唧直发愣，

　　　　　　　　怕的是刘墉输来皇上赢。

格　　格　（唱）皇上赢我定然要把宫进，

　　　　　　　　盼只盼刘公子你抖擞威风。

和　　珅　（唱）赢棋定要把命送。

六王爷　（唱）输棋要命万不能。

格　　格　（唱）既与天子来对阵，

　　　　　　　　却为何事到临头叶公好龙，

　　　　　　　　说什么生死早已安排定，

　　　　　　　　岂不知人到绝处可逢生。

和　　珅　（唱）绝处逢生休做梦。

刘　　墉　（唱）拼一个梦断紫禁城。（毅然落下一子）

乾　　隆　呀！

　　　　　（唱）这一招来势凶又猛，

　　　　　　　　恰似那斑斓猛虎闯出笼。

　　　　　　　　蛟龙出水利爪狠，

格　　格　（唱）这才是男儿真性情。

刘　　墉　（唱）横下心来玩一把命，

　　　　　　　　丢命不能丢名声。

六王爷　（唱）刘墉丧命我心怎忍，

　　　　　　　　我搅和搅和下不成，

　　　　　　　　我搅和搅和下不成。

　　　　　　　　皇上圣明，皇上圣明。

和　　珅　（唱）观棋不语莫出声。

六王爷　皇上圣明，皇上圣明，皇上圣明。

刘　墉　（唱）十面埋伏安排定，

六王爷　皇上圣明。

乾　隆　（唱）再出声，再出声朕就把你轰。

刘　墉　（唱）将对将。

乾　隆　（唱）兵对兵。

刘　墉　（唱）刀出鞘，

乾　隆　（唱）箭上弓。胜与败，

刘　墉　（唱）顷刻分。

乾　隆　大胆。

和　珅　放肆。

刘　墉　不恭。

格　格　容情。

和　珅　大胆刘墉竟敢赢皇上，来人，候旨杀头。

　众　　候旨杀头，候旨杀头，候旨杀头。

刘　墉　有了。

　　　　（唱）走为上计子无踪。

　　　　〔刘墉犹豫有顷，猛地将棋子吞下，跪地。

格　格　棋呢？

和　珅　子呢？

六王爷　吃了。

乾　隆　嘟，胆大刘墉，将棋吞在腹内，莫非欺孤不成？

和　珅　推出去，砍了。

六王爷　慢着，刘墉，你真的把棋子吃了，你为什么把棋子吃了，你要知道吃棋子不能吐棋子，吐棋子不能吃棋子，大棋子小棋子，黑棋子白棋子……

乾　隆　你住了吧，让他说，快说！

和　珅　说吧你。

刘　墉　万岁容禀，刘墉本意进京赶考，只为贪恋棋艺，才来到棋馆之中，与王府的格格交起手来，不想惊动万岁，草民无奈，只得斗胆，与万岁对弈。方才和大人讲得明白，草民输赢俱是死罪，有道是君要民死，民不得不死，皇上，若定要这枚棋子，可将刘墉剖肚挖肠，取出棋子再分胜负。久闻万岁爷，虚怀若谷，仁慈心肠，礼贤下士，广纳百川，若能饶得小人一命，子子孙孙叩谢天恩，吾皇万岁万岁，万万岁！

〔乾隆沉吟片刻，猛将棋盘掀翻。

刘　墉　多谢万岁不杀之恩。

和　珅　刘墉，万岁何曾说过不杀，你竟敢假传圣旨。

刘　墉　棋局之中遍布杀机，万岁掀翻棋盘，自是不杀。

六王爷　对对对，掀翻棋盘就是没法杀了，没法杀就是不杀了，皇上圣明。

乾　隆　起来吧，坐下坐下。

刘　墉　谢万岁。

乾　隆　（唱）论聪明莫过这山东刘墉，

　　　　　　他果然绝处得逢生，

　　　　　　妙棋一招吞腹内，

　　　　　　化干戈为玉帛同庆升平。

　　　　　　虽说他其貌不扬难入眼，

　　　　　　外丑内秀有才情。

　　　　　　朕今日偶有兴游龙戏凤，

　　　　　　偏遇刘墉来争风，

　　　　　　我若是将他阴曹送，

　　　　　　阎王爷得良才笑朕昏庸，

　　　　　　格格她暗与刘墉来助阵，

　　　　　　分明是不想进深宫，

　　　　　　捆绑难成夫妻配，

　　　　　　顺水推舟是明君，

　　　　　　叫一声刘墉听圣命。
　　　　刘墉。
刘　墉　万岁。
乾　隆　（唱）朕有意成全你这快婿乘龙。
刘　墉　多谢万岁。
六王爷　皇上圣明。
和　珅　万岁爷，真圣明。不过，霞儿姑娘也丢了，气也受了，就这么完事了？万岁爷，刘墉说是进京赶考的。
乾　隆　今当大比之年，刘墉你若能荣登金榜喜事照办，如若不然哪——回宫。（下）
和　珅　（旁白）刘墉啊，你不是要考试吗，你就等着烤焦了，烤糊了，烤成了一股烟儿，噗——没了！小子，考场上见。（下）
六王爷　真悬哪！真悬！
　　　　〔刘墉一头大汗，摘下背上的斗笠扇风。
　　　　〔六王爷与格格一见他背上的罗锅，大惊失色。
六王爷　哟，是个罗锅子。
刘　墉　小姐，你……
格　格　哎哟，我可怎么活呀！（下）
刘　墉　小姐——岳父大人……
六王爷　谁是你岳父呀！
刘　墉　小姐。
六王爷　有话跟我说。
刘　墉　有话跟您说，如此岳父大人。
六王爷　你怎么又来了，你好好的给我唱。
刘　墉　六王啊！
　　　　（唱）我自知天生就不雅模样，
　　　　　　　论年岁呀与小姐实不相当，
　　　　　　　原本是不存那非分之想，

　　　　　一念差争强好胜一论短长，

　　　　　蒙圣上赐婚我是难违抗，

　　　　　委屈了格格我心恐惶，

　　　　　怨只怨乔太守安排不当，

　　　　　大笔一挥点鸳鸯。

　　　　　老王爷你休惆怅，

　　　　　劝格格你莫悲伤，

　　　　　我虽是腰身不直欠端庄，

　　　　　我的貌不扬却也是经纶满腹，

　　　　　铁骨铮铮英雄气量，

　　　　　求王爷你成全我们好事一桩。

六王爷　好好好，唱得真好，真不愧是麒派正宗传人，唱得够味儿，够劲儿，够意思——还是那个罗锅子，我也活不了喽。

第四场

〔贡院外，众考生看榜。晋、蜀、豫三生员上。

三生员　我们来了。

　　　（联唱）昨日昨日青衫短哎，

　　　　　明日明日哎紫袍长，

　　　　　不用点灯读呀读寒窗，

　　　　　银子也能哎也能够写文章，

　　　　　哎嗨哟，哎嗨哟，

　　　　　银子也能哎也能够写文章，

　　　　　文章文章有屁用哎，

　　　　　考试考试哎如过场，

　　　　　有钱就是那一呀么一条龙，

　　　　　没钱不如哎不如那半只虫，

哎嗨哟，哎嗨哟，

没钱不如哎不如那半只虫。

〔三人下。

考　官　和大人请！和大人，遵照您的吩咐，我们把刘墉给刷了，不过，可惜了。

和　珅　可惜什么？文章写得再好，不懂得为人处世，当了官也得给抹下去。这种人还是不当官的好，免得给你们添麻烦。

考　官　和大人说的是，那刘墉，要真是较劲儿的人，往后他还得吃大亏。和大人，这一万两银票不成敬意。

和　珅　你们挣些钱也不容易，自己留着吧！

考　官　谢和大人。

和　珅　看那背影好像是刘墉。

考　官　可不是他嘛。按不住心火赶着看榜来了，他哪儿知道啊，还没进考场他就落榜了。

和　珅　科考选才乃国家大事，打发刘墉回家算我救他一命，这也是上为我主分忧，下为尔等解愁哇。学会了做人金翎戴，不会做人……

考　官　和大人一席话，胜读百年书，下官愿意永远追随和大人。

和　珅　没那么夸张。

考　官　和大人请。

〔二人走近贡院大门，忽见眉额上"贡院"二字变成了"卖完"。

和　珅　卖完。怎么回事？

考　官　看那字迹定是刘墉，他金榜不中怀恨在心，篡改御笔毁谤科考，万岁要是查下来，我这脑袋可就保不住了，和大人救我，和大人救我呀！

和　珅　那刘墉的文章还好吗？

考　官　好不是东西。

和　珅　我会给你做主的，下去吧。

考　官　谢和大人。

|和　　珅|刘墉啊刘墉，你看你棋馆惊驾，抢万岁爷的美人，改皇上的御笔，做人做到这份儿上，可就算做到头儿了。这可真是，众里寻他千百度，蓦然回首，偏偏你就落在这刀口处。|

第五场

〔内白："万岁驾到。"众臣上。

〔乾隆端坐正中。

刘　　墉	把刘墉带上殿来。
内　　侍	刘墉上殿哪！
刘　　墉	领旨！

（唱）贡院眉额信手换，

今朝险过上刀山，

天威难奈英雄胆，

生死界上走一番。

草民刘墉，叩见万岁，万万岁！

乾　　隆	刘墉，你擅改贡院匾额，该当何罪？
刘　　墉	该当死罪，只是刘墉不得不改。
和　　珅	刘墉还敢狡辩，分明科场失意，以泄私愤。
刘　　墉	刘墉是维护大清先祖浩然正气，冒死改动御笔。
和　　珅	谁让你站起来的，跪下跪下。你屡屡地冒犯皇上。
考　　官	不斩这狂徒，贡院哪有半点威严。
刘　　墉	启奏万岁，刘墉在考试之前，曾见一道士兜售考题，是我自花纹银二百两购得一份，并于当日面交六王爷，转呈圣上御览，据说这样的考题，已卖出百份之多，得银万两有余，草民为天下举子，愤愤不平，故将贡院二字，改为卖完，以惊动圣驾，整肃吏治。
六王爷	臣启万岁，这是刘墉交给老臣的帖子，尚未启封，皇上请看。

乾　　隆　呈上来。

六王爷　遵旨。

乾　　隆　考官。

考　　官　臣在。

乾　　隆　三题一字不差，你有何话讲。

考　　官　臣督办不严，偶有疏漏。

刘　　墉　启奏万岁，考题泄漏，所中者自然是良莠不齐，不妨将一甲，头二三名当场面试，便知真伪。

乾　　隆　刘墉起过一旁。

刘　　墉　是。

乾　　隆　传。

内　　侍　前三名上殿哪。

三生员　我们来喽，叩见万岁！

乾　　隆　第三名。

蜀生员　在。

乾　　隆　哪里人氏？

蜀生员　在下的人氏在成都。

乾　　隆　有何爱好？

蜀生员　啥子叫做爱好？

和　　珅　问你最喜欢什么。

蜀生员　你老人家算是问对头喽，我最爱吃，一口要吃二十八个赖汤圆儿。

乾　　隆　第二名。

晋生员　万岁。

乾　　隆　有何所长？

晋生员　我会对对子。

乾　　隆　好，听了，春明三月看杏花。

晋生员　冬黑腊月看不见花。

——京剧《宰相刘罗锅（上集）》>>>>>

考　官　启奏万岁，这位考生有些紧张，待臣问来。你别紧张。

晋生员　我不紧张。

考　官　我说一行。

晋生员　我说两只。

考　官　一行征雁穿檐过。

晋生员　两只烤鸭带酱飞。

和　珅　滚。

晋生员　爬。

和　珅　滚出去。

晋生员　爬进来。

和　珅　滚出去。

晋生员　我滚，我滚。

乾　隆　第一名。

豫生员　在。

乾　隆　你的才学比这两个强得多吧，做诗一首。

豫生员　中，中，远看城墙似锯齿儿，近看城墙似锯齿儿，不看城墙不锯齿儿，越看城墙越锯齿儿。

乾　隆　嘟，三个蠢才，用何手段骗取功名，还不从实的招来。

豫生员　我说，是我花了二百两银子，从一个道士那儿买的，叫人代作好了，进入考场照抄不误。

乾　隆　怎样夹带？

豫生员　皇上请看，（亮出衣襟里子）皇上，是他，是他收了我的银子叫我进去的，这里面，可没我什么事呀！

乾　隆　朕将为国选才的重任交与尔等，尔等竟敢徇私舞弊，来，推出斩了！

考　官　皇上饶命，和大人救我。

〔待卫将考官拖下

三生员　皇上，我们的官儿哪？

六王爷　官儿啊，回家做去。

〔三生员下。

乾　隆　科考之际徇私舞弊，圣贤面前斯文扫地，你们这些食禄承恩的王公大臣，怎对得起莘莘学子、芸芸百姓，你们这眼睛里头还有我这大清江山吗？

和　珅　臣等该死，考官张大人实属胆大妄为，不杀不快，杀得好，杀得好。万岁爷暂息龙怒，身体为本哪。

六王爷　泱泱大国，亿兆臣民，就是缺少个治国安邦的人才，万岁，老臣愿保举一人。

乾　隆　谁呀？

六王爷　刘墉。万岁，您不妨把刘墉的文章，调过来看看，就知道他名落孙山实在是屈才呀！

乾　隆　刘墉，殿角伺候。

刘　墉　是。

乾　隆　呈上来。

和　珅　刘墉别高兴得太早，万岁爷正在气头上，说不准你这脑袋松动松动，就跟你这歪身子板儿分家。

刘　墉　是啊！有和大人的抬爱，刘墉自然是身首分家，若有万岁的抬爱，刘墉的身首必是一家。

乾　隆　真是洋洋洒洒的文章。

　　　　（唱）阅罢考卷心花放，

　　　　　　　果然锦绣好文章，

　　　　　　　作策论贯古今见解精当，

　　　　　　　济世宏论可安邦，

　　　　　　　笔走龙蛇实堪赏，

　　　　　　　千里排一的状元郎，

　　　　　　　御笔钦点为首榜，

　　　　　　　才俊难得我拜谢上苍。

真是好文章啊！

和　珅　万岁爷，您夸他文章写得好，不过您看他那样子，前鸡胸后罗锅，真要有个外事活动，不是给咱们大清国丢人吗？

乾　隆　朕选的是治国安邦的人才，岂能以貌取士。宣刘墉上殿。

内　侍　刘墉上殿哪！

刘　墉　草民刘墉，叩见万岁！

乾　隆　刘墉，进前来，朕好好儿的端详端详你。

刘　墉　遵旨。

和　珅　就尊驾您这歪身子板儿，还想入朝为官哪，就是给我提靴磨墨我都嫌您寒碜。

刘　墉　你……

乾　隆　刘墉，可知为何宣你上殿？

刘　墉　想是万岁要考一考草民的才学。

乾　隆　正是。

刘　墉　请万岁出题。

乾　隆　这个……

和　珅　万岁爷，就以刘墉的模样为题，您看……

乾　隆　这个题目好，做诗一首。

刘　墉　遵旨。背驼负乾坤，胸高满经纶。丹心扶社稷，赤胆为黎民。圣主胸襟阔，岂能貌取人。

六王爷　好，丹心扶社稷，赤胆为黎民。

乾　隆　好了。

大　臣　启奏万岁，今有西胡鲁国书在此，万岁请看。

乾　隆　呈上来。

大　臣　遵旨。

乾　隆　"快译通"有吗？

大　臣　回禀万岁，本院通译大员中，只有两人识得西胡鲁文，但一人告病，一人守孝。

乾　隆　岂有此理，难道满朝文武就无人认识这种文字么？

和　珅　万岁爷，臣愿保举一人。

乾　隆　谁呀？

和　珅　刘墉啊！他说了，他通晓万国文字。

刘　墉　草民从未讲过此类言语，分明是和大人高抬于我。

和　珅　刘墉哎，你别客气，你有文化，你是多么的有文化啊！贡院的匾你都敢改。人才呀，刘墉来来来，拿着，别客气，慢慢念，别着急，我们大家都等着，怎么？是单词量不够，还是语法没弄通啊？人才呀！万岁爷，他要是念不上来，就有欺君之罪。

刘　墉　我邦立国西胡鲁，周边小辈俱臣服，也曾赠马十万五，未能换回半头猪，若想和平长相处，年年贡礼我国都。

乾　隆　小邦如此狂妄，我朝怎样对策？

刘　墉　小邦狂傲，理应严辞驳回。

乾　隆　你立即修书一封。

刘　墉　遵旨。

和　珅　小子，慢慢地写吧。

刘　墉　启奏万岁，草民得知要见万岁，特地从大栅栏买了双新靴子，匆忙之间，靴子买小了，十分夹脚，请万岁恩准草民脱靴上座书写。

六王爷　穿小鞋儿的滋味不好受啊！

刘　墉　方才和大人说小人是歪身子板，不配与他提靴研墨，昔日大唐曾有高力士为李太白脱靴研墨的典故传为美谈，草民恳请万岁恩准，要和大人替小人脱靴研墨。

六王爷　方能意气风发斗志昂扬。

乾　隆　正好为我朝谱写一段礼贤下士的佳话。

六王爷　皇上圣明。

和　珅　万岁爷，他们这是戏弄奴才，刘墉你敢戏弄大臣。

刘　墉　不敢。

六王爷　和大人，您没少难为刘墉，这回你也该亮亮风格，让他一回也不为过，皇上圣明！

乾　隆　和爱卿，你就委曲求全了吧！

刘　墉　谢万岁。

　　　　（唱）一支笔权作了十万铁甲，
　　　　　　　学一个谪仙太白醉涂鸦，
　　　　　　　我也曾残更待漏孤灯下，
　　　　　　　我也曾秋闱上妙笔生花，
　　　　　　　有谁知考场中真真假假文章大，
　　　　　　　把俺这蛟龙混鱼虾，
　　　　　　　也是俺充豪侠爱戏耍，
　　　　　　　贡院的眉额我就改了它，
　　　　　　　那时节京城的捕快，
　　　　　　　大小班头齐出马，
　　　　　　　吵吵嚷嚷把人抓，
　　　　　　　也是俺一不惊来二不怕，
　　　　　　　只等着鬼门关上写红花，
　　　　　　　又谁知刘墉生来福命大，
　　　　　　　偏遇着和大人他一而再，
　　　　　　　再而三，三番两次两次三番，
　　　　　　　保荐于咱，他是爱才有加。
　　　　　　　金殿之上多劳驾，
　　　　　　　且与我靴儿夹墨儿拿，
　　　　　　　他待人殷勤果不差，
　　　　　　　速将回文来写下，
　　　　　　　笔走龙蛇卷黄沙，
　　　　　　　只写得义正辞严情理洽，
　　　　　　　只写得胡鲁国无话答，

　　　　　一个一个夸赞咱金戈铁马转回家，

　　　　　写得天朝威风大，

　　　　　繁忙中顾不得我的礼数有差。

乾　隆　唱得真好，来呀！把朕穿过的靴子，赐给刘墉以示嘉奖。

刘　墉　多谢万岁！

乾　隆　罢了，罢了。

刘　墉　刘墉还有一事要奏。

乾　隆　你怎么这么多事儿，说吧！

刘　墉　万岁有言在先，刘墉若能金榜题名，便与六王府的格格完婚。请万岁赐婚。

乾　隆　这个，也罢。朕御笔钦点状元红与六王府格格即日完婚。

六王爷　还不赶快谢恩。

刘　墉　谢万岁！

第六场

刘　墉　（唱）大红灯笼高高挂，

格　格　（唱）大红的喜字映窗前，

刘　墉　（唱）花烛得放遂心愿，

格　格　（唱）金榜题名才尽欢。

刘　墉　（唱）手谈那一日未曾细看，

　　　　　　　今日里柳如眉桃如腮，

　　　　　　　羞含杏眼更显得万种娇妍，

　　　　　　　小姐你，你好比瑶池天仙女，

　　　　　　　我的其貌不扬有碍观瞻。

格　格　（唱）刘郎莫要自埋怨，

　　　　　　　人海之中有几个美貌的潘安，

　　　　　　　相识几日看顺了眼，

　　　　　　　　男儿汉无丑相乃是常言。

刘　墉　（唱）难得小姐一番劝，

　　　　　　　刘墉才把心放宽，

　　　　　　　小姐呀！

格　格　都什么时候了，还小姐小姐的。

刘　墉　夫人！

　　〔六王爷上。

六王爷　霞儿。

刘　墉　岳父大人来了。

格　格　爹，您来了。

六王爷　我舍不得你呀！

格　格　我都多大了，您怎么还舍不得我。

刘　墉　岳父大人只管放心。

六王爷　放心放心，你们歇着吧！（下）

格　格　您走好。

刘　墉　岳父大人慢走！

　　（唱）谯楼上打三更天色已晚。

　　〔六王爷又上。

六王爷　霞儿，霞儿。

刘　墉　岳父大人又来了。

格　格　爹，您怎么又来了。

六王爷　我这心里头怎么老扑腾啊！

刘　墉　岳父大人，有话您尽管说。

六王爷　你官儿也做了，婚也结了，这就完事了？

格　格　不完事怎么能说是双喜临门呢！

六王爷　双喜临门，你们歇着，歇着吧！（下）

格　格　爹呀，您走好。

刘　墉　（唱）红罗帐拥鸳衾同避夜寒。

〔六王爷又上。

六王爷　霞儿，万岁爷来了。

格　格　爹呀，您喝多了。

六王爷　我没喝多，万岁爷真来了。

〔乾隆上。

刘　墉　不知万岁驾到，接驾来迟，死罪呀死罪！

乾　隆　刘墉你的福气造化不小哇！

刘　墉　臣的福气俱是万岁所赐。

乾　隆　今当洞房花烛之日，朕也特来贺喜。

刘　墉　多谢万岁！

乾　隆　霞儿。

格　格　在。

乾　隆　可记得五六年前，你我在宫中下棋的光景？

格　格　圣上提起，倒也依稀记得。

乾　隆　那日六王府喧哗嘈杂之声，扰乱了朕的思路，今当洞房花烛之日，朕要与霞儿同处一室（啊）下棋如何？

三　人　这个……

刘　墉　我有主意了！

六王爷　快说。

刘　墉　你这一问我又忘了。

六王爷　没结婚挺聪明，刚结婚就糊涂了。我有主意了！

格　格　什么主意？

六王爷　潜逃。

格　格　不成，我有主意了！我给他踹出去。

六王爷　使不得。

格　格　我说万岁爷呀！反正啊这个洞房也是该闹的，今儿个我就不睡了，跟您下上一盘，可是这么着，不许别人插手帮忙，如果您要是输喽……

六王爷　可不许耍赖。

―――京剧《宰相刘罗锅（上集）》 〉〉〉〉〉

格　　格　万岁爷请！

太监甲　皇上，这儿。

太监乙　刘墉请。

刘　　墉　来了。

〔和珅内白："刘墉接旨。"

刘　　墉　臣在。

〔和珅内白："今有江宁知府，克扣修堤库银，中饱私囊，已被查办，江宁不可一日无官，特命刘墉前去上任，明早寅时登程，不得携带家眷。钦此"。

刘　　墉　遵旨！

〔乾隆一笑，与格格下。

〔和珅领随从携一大锦盒上。

和　　珅　刘大人，今后我们就是同僚了，任重道远你好自为之，有件薄礼不成敬意！（对随从）送过去。

〔刘墉一层层打开礼盒，拿出一双很小的小鞋。

刘　　墉　小鞋。

精品剧目·京剧

宰相刘罗锅

（中集）

（根据电视剧《宰相刘罗锅》改编）

编剧 陈亚先 毓 钺

人物

刘　墉
乾　隆
和　珅
吟　红
叶国泰
六王爷
格　格

张　成
李　万
石敬虎
老　鸨
马　童
狱　卒
地方官
大　臣

———京剧《宰相刘罗锅（中集）》 〉〉〉〉〉

第一场

〔秦淮佳丽舞。叶国泰上。

叶国泰 （唱）迎圣驾下江南万事俱备，

叶国泰累成了烂泥一堆。

伴君王如伴虎我要小心加倍，

好了，升官儿，错了，倒大霉。

众 和大人到。

〔和珅上。

叶国泰 和大人，您不是伴随君王吗，怎么先来了？

和 珅 叶国泰呀，叶国泰，我要不先来一步，你就大难临头了。

叶国泰 您说这话我不明白。

和 珅 听着，只因你送上了表功奏章，说你修了三百里水利堤防，万岁爷要亲自看看，弄不好你就有欺君之罪。

叶国泰 和大人您得救我呀！

和 珅 我问你，到底修了多少里？

叶国泰 才修了三十里呀！

和 珅 三十里，这五百万两银子你都干了些什么？

叶国泰 我说和大人，这银子的去向别人不知道，难道您还不清楚吗？

和 珅 你，哈哈……

叶国泰 和大人您笑什么？

和 珅 我笑你事到临头，就六神无主了！

叶国泰 我听和大人的。

和　珅　好了，我问你为了迎万岁爷，你都准备了些什么？

叶国泰　我造了一座行宫，备齐了两棵玉树，三幅董香光的真迹，还有那八十名秦淮佳丽。

和　珅　好、好、好。

叶国泰　眼看大祸临头了，您怎么还说好哇？

和　珅　这就好办了。少时万岁爷到此，你只管将秦淮佳丽送到万岁爷的驾前，我保你万事无忧。

叶国泰　这就能万事无忧？

和　珅　放心，只要你的下层官员，不给你捅娄子就成了。

叶国泰　谅他们也不敢。

和　珅　什么不敢，你知道现在的江宁知府是谁呀？

叶国泰　现在的江宁知府……就是前科状元刘墉，刘罗锅。

众　　　万岁驾到。

和　珅　你自己小心点儿，我走了。

叶国泰　和大人您别走呀。和大人。

〔和珅下。乾隆上。

〔众地方官上。

乾　隆　（唱）渡黄淮过维扬龙舟凤辇。

众　臣　臣等见驾，吾皇万岁万岁，万万岁。

乾　隆　平身。

众　臣　谢万岁。

乾　隆　（唱）千里春风下江南，

　　　　　　　一路行来亲眼见，

　　　　　　　国泰才得万民安。

　　　　　　　忧只忧，

　　　　　　　江南连年遭水患，

　　　　　　　百姓流离朕心悬，

　　　　　　　修堤筑坝支巨款，

　　　　　百里河工待查勘。
叶国泰　臣启万岁，为迎圣驾，江南地方的官绅百姓，特备下太平乐章，敬请万岁清赏。
乾　隆　众卿辛苦了。
　　　　〔内女子伴唱：
　　　　　流莺三月草青青，
　　　　　转晴明，绿映红，水村山郭，
　　　　　哎呀十里酒旗风，酒旗风。
乾　隆　（唱）人说道秦淮女风情万种，
　　　　　　　果然是巧笑盼软语吴侬。
和　珅　（唱）万岁性情无人懂，
　　　　　　　知天意者是我和珅。
叶国泰　（唱）卤水点豆腐，这招儿真管用，
　　　　　　　和大人果然是万岁肚内虫。
　　　　〔内声："刘墉见驾。"
乾　隆　刘墉。
和　珅　万岁爷一路劳乏，不见也罢。
叶国泰　一个小小的江宁知府，岂能扫了万岁爷的雅兴。
乾　隆　刘墉此人倒也有趣，宣他晋见。
叶国泰　万岁有旨，刘墉晋见。
　　　　〔刘墉内声："领旨——"
　　　　〔刘墉芒鞋斗笠上。
刘　墉　（唱）叶国泰撒下了弥天大谎，
　　　　　　　修河堤三十里，
　　　　　　　他瞒天过海妄称三百骗君王，
　　　　　　　五百万河工银两无去向。
　　　　　　　分明是和大人他们坐地分赃，
　　　　　　　似这般贪渎罪岂能轻放，

我今日定叫他们欲盖弥彰。

〔张成拿官衣上。

张　成　老爷官衣帽子。

刘　墉　（一面套上官衣，一面跪叩）江宁知府刘墉见驾，吾皇万岁。

乾　隆　平身。

刘　墉　万万岁。和大人、叶大人。

乾　隆　你是江宁知府，还是泥工瓦匠啊？

和　珅　刘墉，衣冠不整，接驾来迟，你可知罪？

叶国泰　还不下去。

乾　隆　且慢，容他禀奏。

刘　墉　谢万岁！刘墉无才，自上任以来，把筑堤防汛，当作第一要务。昨晚率领河工，抵御风浪，才落得满身汗水泥浆。仓促见驾，顾不得盥洗更衣，万岁恕罪。

乾　隆　哦，接驾来迟，敢是督造河堤去了。

刘　墉　正是督造河堤。

乾　隆　似你这样恪尽职守的知府，朕定要嘉奖于你。

刘　墉　不敢、不敢。说起治河，我哪里比得上叶大人，他修的三百里长的大堤那才是伟业丰功。

乾　隆　着哇，摆驾。

和　珅　万岁您上哪儿去？

乾　隆　朕要看一看，叶大人的三百里长堤。

和　珅　万岁爷，江堤之上，泥泞不堪，您的龙驾不好行走。

叶国泰　是呀！

刘　墉　啊万岁，虽然人夫车轿难以行走，若是骑马巡堤，倒也别有一番情趣。

乾　隆　如此备马伺候。

〔乾隆、刘墉下。

〔叶国泰与和珅愣愣发呆。

叶国泰　我说和大人，您说怎么办？和大人，这节骨眼儿上，您得出招啊！

和　珅　听说，本地富商石敬虎，供养着一个倾国倾城的绝代佳人。

叶国泰　您说的是秦淮河畔琴心楼的……

和　珅　吟红姑娘。

第二场

　　　　〔江堤。

　　　　〔乾隆、和珅、刘墉、叶国泰等策马上。

乾　隆　（唱）兴冲冲百里长堤鞭御马。

和　珅　（唱）刘罗锅真是个对头冤家。

刘　墉　（唱）今日里要让他现身说法。

叶国泰　（唱）弄不好七斤的脑袋就要搬家。

乾　隆　（唱）喜只喜海晏河清传佳话。

刘　墉　（唱）但愿得提起网来现鱼虾。

和　珅　（唱）我倒要看一看谁的本领大。

叶国泰　（唱）化险为夷靠菩萨。

乾　隆　江南胜景名不虚传，真真令人流连忘返。

刘　墉　啊万岁，您若是上了叶大人修的三百里长的大堤，更是流连忘返。

乾　隆　看罢大堤，朕定有封赏。

刘　墉　叶大人，还不赶快谢恩。

叶国泰　诚惶诚恐……

刘　墉　万岁，前面就是叶大人修的大堤了。

乾　隆　远远望去，倒也十分的壮观。

刘　墉　是啊，那钱也花海了！

乾　隆　一定花费了不少银两。

刘　　墉　叶大人，万岁问你，三百里长的大堤，花了多少银两？

叶国泰　花了，花了五百万两官银。

刘　　墉　整整五百万两国库的银子啊！

乾　　隆　三百里长堤颇费时日啊！

刘　　墉　叶大人，万岁在问你，这大堤花了多少日子修起来的？

叶国泰　这个……

刘　　墉　多少工、多少料、多少土木石方，你要一一的报来！

乾　　隆　叶国泰！

叶国泰　卑职在。

刘　　墉　叶大人：

　　　　　（唱）水火无情你当知晓，

　　　　　　　　皇上日夜他把心操。

　　　　　　　　这防汛抗灾是首要，

　　　　　　　　因此上御驾南巡不辞劳。

　　　　　　　　走罢旱程改水道，

　　　　　　　　哪顾得千里路迢迢。

　　　　　　　　明查勘暗访问圣明烛照，

　　　　　　　　河与工利与弊你休想瞒过那半分毫。

　　　　　　　　你应该把你的功劳表上一表，

　　　　　　　　就说是你修的堤长坝又高。

　　　　　　　　叶大人，

　　　　　　　　多少工，多少料，

　　　　　　　　五百万银两是怎开销。

　　　　　　　　这桩桩件件你要细禀告，

　　　　　　　　圣上慧眼洞察秋毫。

乾　　隆　说得好，你要仔细报来，朕也好论功行赏。

叶国泰　这个……

和　　珅　万岁爷，想这三百里长堤，开支繁浩，谅他们一时也禀奏不清，待臣晓谕工部，细细开具，再呈皇上御览。

乾　隆　是呀，朕定要细细地观看。

刘　墉　万岁有旨，要细细地观看。啊万岁，来在江堤之上。您看这大堤又宽又长，何不放马跑上一程。

乾　隆　怎么，放马跑上一程？

刘　墉　跑上一程。

乾　隆　你我君臣纵马前行。好大的风啊！

和　珅　万岁爷，您初到江南，本就水土不服，况且这江上风大，还有瘴气横行，伤了龙体可非同小可呀！

乾　隆　瘴气横行。

和　珅　咱们回去吧！

〔六王爷内白：等等我……

〔六王爷上。

刘　墉　拜见岳父大人。

六王爷　我先参见万岁。叩见万岁！

乾　隆　王爷年长不必多礼。

六王爷　谢万岁！

刘　墉　岳父大人，和大人要万岁回去呀！

六王爷　怎么刚出来就回去？

刘　墉　和大人说江上的风大，怕万岁不敌风寒。

六王爷　和大人，您请过来。

和　珅　什么事呀，六王爷？

六王爷　您刚才说什么来着？

和　珅　我说江上风大，万岁爷不能在此久留。

六王爷　您是没见过风是怎么着？听我慢慢地跟你说。

（唱）像速冻饺子砸不开。

照样攻关又夺寨，

也没冻出伤风感冒咳嗽来。

　　　　　现如今春风吹得杨柳摆，
　　　　　春风吹得江南百花开，
　　　　　吹得我浑身上下里里外外真凉快，真凉快。
和　珅　好了六王爷，现在是天下一统太平世界，万岁爷再不能受那些风霜之苦啦！保重龙体要紧哪。
六王爷　对对对，现在是太平天子，太平盛世，万岁理当享享清福，何必硬着头皮充好汉，干脆咱们大家伙全都回去，搓麻，桑拿。
叶国泰　对，我都准备好了，万岁请驾回宫吧！
乾　隆　我大清得的是马上江山，风霜雨雪何足道哉，难道朕就不如列祖列宗了么？
　　　　（唱）且看朕显一显英雄气概，
　　　　　烈马伺候。
　〔吟红内唱：
　　　　　东风杨柳伴妆台，
　　　　　蝶为佩燕为钗。
　　　　　轻舟欸乃，
　　　　　波光照影来。
乾　隆　妙啊，一叶轻舟，溯江而去，翩若惊鸿！
刘　墉　啊万岁，俚语村言，不堪入耳。
乾　隆　你不通音律，不要胡言。
叶国泰　臣启万岁，她不光唱得好，这人长得胜似洛神在世啊！
乾　隆　她是何方的仙子？
叶国泰　她就是秦淮河畔的百花魁首，名叫吟红姑娘。
乾　隆　好名字。
　〔吟红接唱：
　　　　　乌云扑地且向瑶池拜，
　　　　　为引东君笑颜开、笑颜开。
　〔乾隆随声下，众人随下。张成上。

刘　墉　可恼哇，可恼！

　　　　（唱）揭贪官道实情苦心煞费，

　　　　　　　却被那艳曲脂粉一风吹。

张　成　老爷，咱们就不能想想办法吗？

刘　墉　他要往那边去，我也不能硬拉呀！

张　成　那还不好办吗？您把这秦楼楚馆的门一封，不就谁都进不去了？

刘　墉　着哇，张成快快回去，传我的告示，就说万岁驻跸江宁，为清肃闲杂整饬风化，各处青楼歌馆，一律封门停业，违禁者严惩不贷。

张　成　明白！（欲下）

刘　墉　回来，仅仅是封门，要是遇上那些有头有脸儿的，万万不可——

张　成　明白。

刘　墉　记下了。（刘墉下）

张　成　明白。有头有脸儿的万万不能放了。

第三场

　　　　〔琴心楼。

　　　　〔吟红与众歌女坐在回廊之上。

　　　　〔乾隆内唱：花荫暗柳巷斜小桥横卧。

老　鸨　黄老爷这边请。

乾　隆　（唱）寻常花柳也婆娑。

和　珅　主子，就是这儿。

乾　隆　好清幽啊！

　　　　（唱）乔装一改青襟客，

　　　　　　　半日清闲也难得。

吟　红　（唱）月一梭，云一抹，

　　　　　　　斜抱琵琶面半遮。

乾　隆　（唱）好一个巫山神女凡间落，

　　　　　　梨花带雨忒娇娜。

吟　红　先生万福。

乾　隆　你就是吟红姑娘？

吟　红　正是。

乾　隆　昨日江中听你一曲，余音绕梁，今犹在耳，不知姑娘何方人氏？

吟　红　（唱）家住凤阳芦花镇，

　　　　　　数家临水自成村。

　　　　　　父母双亡逢饥馑，

　　　　　　独身流落过淮阴。

乾　隆　（心为之一动）哦！

　　　　（唱）昨日江上琵琶引，

　　　　　　今听民间疾苦声。

　　　　　　琵琶曲里幽怨隐，

　　　　　　原是天涯沦落人。

　　　　　　赠与姑娘金一锭，

　　　　　　聊补环佩与衣裙，啊，环佩衣裙。

　　　　〔取出一个金锭，放在打开的折扇上。

吟　红　（不肯接受赠金）

　　　　（唱）君不见身怀百宝十娘恨，

　　　　　　我不求富贵要知音。

　　　　　　原来是超凡脱俗无脂粉，

　　　　　　荷花出水不染尘。

　　　　　　看君也非寻常客，

　　　　　　翩翩儒雅一书生。

乾　隆　（唱）凤为跋兮凰为引，

　　　　　　你鼓瑟兮我抚琴。

　　　　〔和珅于暗处偷窥。

　　　　〔叶国泰上。

——京剧《宰相刘罗锅（中集）》 〉〉〉〉〉

叶国泰　事办得怎么样了？

和　珅　龙颜大悦。

叶国泰　没再说修河堤的事？

和　珅　你说哪？

叶国泰　（唱）昨日吓得冷汗冒。

和　珅　（唱）今日雨散云雾消。

叶国泰　（唱）红颜一动天颜笑。

和　珅　（唱）巡堤看坝脑后抛。

叶国泰　（唱）回家睡个踏实觉。

和　珅
叶国泰　（同唱）从今后君王不早朝。

和　珅　这儿不能停留，你外边伺候着。

　　　　〔叶国泰下。

吟　红　（唱）几番愁淡淡，

　　　　　　　拍遍栏杆。

　　　　　　　看秦淮过客万千，

　　　　　　　谁使我开心颜？

乾　隆　（唱）似前缘相逢萍水间。

　　　　　　　焦琴一尾莫等闲。

吟　红　（唱）沦落之人谋君面，

　　　　　　　芳心一曲对君弹。

　　　　　　　春花秋月休辜负，

　　　　　　　浑不知浑不知天上人间。

乾　隆　（唱）只恐相逢，

　　　　　　　只恐相逢暂。

　　　　　　　转眼别离，

　　　　　　　又亭长亭短。

和　珅　（唱）看那厢，看那厢情缱绻。

>我这里，我这里越发安然。
>
>轻拨细挑你们声声慢。
>
>管什么，管什么堤长堤短。

吟　　红　（唱）且流连，无言处只听檀板。

>切莫使西风一夜，老了婵娟……

〔石敬虎上。

石敬虎　（念）太爷石敬虎，一方逞强豪。

>看上吟红女，到此乐逍遥。

吟红，吟红。

和　　珅　这儿不准停留，快走，快走！

石敬虎　哪块儿来的猪头三，敢挡太爷，想找死？

乾　　隆　何方泼皮无赖在此撒野？

石敬虎　不好了，还有个小白脸，我刚不在，就来了两个帮忙的。

和　　珅　你大胆！

石敬虎　大胆，不错，我浑身是胆。告诉你这块儿的规矩，太爷我看上的姑娘，哪个也不许碰！

乾　　隆　岂有此理！快快离去饶尔不死。

石敬虎　好大的口气，不来点厉害给你看看，也不晓得我石敬虎，是东北虎还是纸老虎。

乾　　隆　笑话。

石敬虎　笑话，我还是说北京话吧。呸！着打。

〔乾隆、石敬虎、和珅开打，乾隆掌毙石敬虎，老鸨跑出，大骇。

老　　鸨　杀人啦！

张　　成　违禁嫖娼，又伤人命，来人，把他们俩人给我拿下！

和　　珅　你大胆，你可知在上何人？

张　　成　何人，我管你是什么人！我们老爷说了，遇上你们这些有头有脸的，万万不能放了，来呀，把他们俩人拿下，押进府牢。带走，回头再跟你算账。

〔押乾隆、和珅下。

老　鸨　嘿哟,我这买卖可怎么做!

　　　　〔叶国泰急上

叶国泰　哎呀,我的妈呀!鸨啊,出什么事了?

老　鸨　出了人命了!

叶国泰　被谁给打死的?

老　鸨　被那两位客官给打死的。

叶国泰　那两位客官现在何处?

老　鸨　让人家给押走了。

叶国泰　被谁给押走了?

老　鸨　被知府衙门的人给押进了大牢了!

叶国泰　被知府衙门的人……刘墉啊罗锅,这回你算捅破天了,还想算计我哪,你就等着死吧。

第四场

　　　　〔江宁知府衙门后堂。

　　　　〔六王爷内白:"不得了啦……"上。

六王爷　(念)鸡把狐狸咬,

　　　　　　　耗子要吃猫。

　　　　　　　乾坤颠倒,

　　　　　　　大祸滔滔。

　　　　　　　刘墉啊刘墉,赶紧到牢房瞧一瞧!

刘　墉　牢房,岳父大人放心,万事有我。张成,带路牢房。您喝高了。

六王爷　霞儿,斟酒,活不了啦!

格　格　爹呀,到底是怎么回事,您倒是说呀!

六王爷　你别问了,赶紧给刘墉预备后事,他活不了啦!咱们全都活不了啦!

格　格　这颠三倒四的，您都说些什么呀？
六王爷　（唱）要死不如醉死的好。
　　　　听他唱吧！
　　　　〔刘墉急上摔倒，张成上，背起刘墉。
张　成　老爷，您怎么躺下了？
六王爷　起来。
　　　　〔六王爷把刘墉摇醒。
张　成　老爷背过气去了。
格　格　老爷。
六王爷　刘墉。
刘　墉　岳父啊！
　　　　（唱）阎王爷被我下大牢，
　　　　　　　刘墉要把人头掉。
　　　　　　　我一家大小命难逃，
　　　　　　　对贤妻行一礼我实言相告。
　　　　　　　连累你青春年华命一条，
　　　　　　　我不该与你做了同林鸟。
　　　　　　　你不该手谈择婿架鹊桥。
　　　　　　　今日之事早知晓，
　　　　　　　悔当初我就该让你棋一招。
　　　　老岳父哇！
　　　　　　　老岳父休烦恼莫急躁，
　　　　　　　就当你的女儿女婿早年夭，
　　　　　　　拜托你多照料。
　　　　　　　你你你要把万千悲苦一边抛。
格　格　我说你们这是怎么了，一个王爷，一个知府都吓成了这样，莫非是天塌下来了？
刘　墉　不错，正是天塌下来了。

格　　格　张成，过来，我问问你这到底是怎么回事？

张　　成　我哪儿知道啊！

刘　　墉　夫人，万岁爷被关进大牢了！

格　　格　你说什么？

刘　　墉　牢房内关的是万岁爷！

张　　成　老爷，这都是奴才我闯的祸。（蹲下，大哭）

刘　　墉　别哭了。

张　　成　奴才该死。

刘　　墉　起来吧。

张　　成　奴才该死。

刘　　墉　烦死啦！张成啊张成，老爷叫你去封妓馆，哪个叫你随便抓人？

　　　　　〔内白："叶大人到。"

刘　　墉　叶国泰？糟了，来者不善，他若问起此事，我如何回答？这，这……

　　　　　〔内白："叶大人到。"

　　　　　〔六王爷、格格、张成下。

　　　　　〔刘墉呆坐。

　　　　　〔叶国泰得意洋洋地上。

叶国泰　（唱）万岁君王戴枷锁，

　　　　　　　刘墉遇上了活阎罗。

　　　　　　　人说是隔岸好观火，

　　　　　　　我还要火上浇油，

　　　　　　　我还要火上把油泼！

　　　　　　　江堤上他费尽苦心算计我，

　　　　　　　此一番我决不轻饶那刘罗锅。

　　　　　〔见刘墉呆若木鸡。

叶国泰　我说刘大人，他怎么变成泥胎了？刘墉！

刘　　墉　哦，叶大人来了，快快请坐。

叶国泰　我这不是坐着哪么！我说刘大人，听说你在琴心楼，抓了两个杀人的凶犯，可有此事？

刘　墉　这个……那个……

叶国泰　什么这个那个的，我问你有没有这档子事儿？

刘　墉　不错，有其事！

叶国泰　这不结了嘛！我说刘墉，罗锅，万岁到此视察，这社会治安的问题非同小可。若出现三差两错，你这个小小的地方官儿，可吃罪不起。

刘　墉　下官明白。

叶国泰　此案你要与我重办。

刘　墉　啊，重办。

叶国泰　严办。

刘　墉　严办。

叶国泰　你要与我快办哪。

刘　墉　下官一定尽快审理完毕，呈报巡抚大人。

叶国泰　告辞。

刘　墉　送大人。

叶国泰　刘墉，本官专等你具结上呈，若有延误，我拿你问罪。你要与我小心了哇。你要与我……站直了别趴下，还想拿我这贪污犯？待会儿一升堂，管叫你的脑袋咔吧啦嚓，噗嗤，玩儿完。

刘　墉　送大人。

　　　　〔叶国泰下。

　　　　〔六王爷、格格、张成上。

六王爷　老爷，我说刘墉啊，你真的要审皇上啊？你吃了熊心豹子胆了！

刘　墉　岳父大人，我不答应又当如何。

张　成　老爷，皇上是我拿的，干脆我把他给放了。

刘　墉　放了，着啊！聪明绝顶，要人提醒，张成，快到牢房把万岁爷放了。

张　成　是。

格　格　慢着,放不得。

刘　墉　怎么放不得?

格　格　老爷。

　　　　(唱)拿皇上你本可假装不知道,

　　　　　　开牢一放就穿了包。

　　　　　　天子威严最紧要,

　　　　　　羞辱君王命难饶。

张　成　老爷,拿了皇上,为什么不能放啊?

刘　墉　我来问你,为什么抓他?

张　成　他打死人了。

刘　墉　为什么又放他?

张　成　他是皇上啊!

刘　墉　这不是明明告诉他,咱们知道他是皇上了吗?

张　成　那就审啊!

刘　墉　君臣对面,是我审他,还是他审我?

张　成　老爷,这要是您又审了他,又没让他看见您,那该多好啊!

刘　墉　君臣见面对审对问,哪有不让他看见的道理,蠢才!

六王爷　刘墉,你死定了。(一把拉住张成)

张　成　老爷子,错了,我是张成。

六王爷　怎么是你小子?

格　格　爹呀,您怎么认错人了?

六王爷　这黑灯瞎火的我看不清啊!

格　格　看不清……

刘　墉　我有办法了,不是叶国泰催得紧吗!咱们就给他来个夜审万岁爷!

格　格　对,点几根蜡就成了。

六王爷　不,就点一根蜡。

刘　墉
六王爷　（同声）咱们连夜审皇上！
格　格

第五场

〔乾隆、和珅被关在江宁府大牢。

〔狱卒上。

狱　卒　开饭啦。为了迎接圣驾，忙得我呀是四脚朝天，得了，您二位将就着来碗稀的吧。

和　珅　这是什么粥啊冰糖莲子都没有。

狱　卒　什么，冰糖莲子？这是大牢，您还当住北京饭店哪？有点儿稀的就够对得住你的了，不喝，拉倒。我还懒得伺候你呢。（下）

乾　隆　和珅，这是什么地方？

和　珅　牢房啊！

乾　隆　谁的牢房？

和　珅　哎哟，奴才我都急糊涂了，这是江宁府的地盘，自然是刘墉的牢房！

乾　隆　刘墉？叫他速来接驾！

和　珅　（高喊）来人，来人！

乾　隆　慢着，慢着，你别张扬啊，不能让狱卒班头看朕的笑话！

和　珅　奴才明白了，主子您坐，其实您为了一时图潇洒，争风吃醋才把人给杀了。

乾　隆　你说什么，怎么这么难听啊！

和　珅　主子，您躲在暗处，别让他们看见。天大的事由奴才承担。由我一个人来对付那刘罗锅。

〔刘墉内白："人役们，（有）带路牢房。"

〔张成与班头衙役等上。

刘　墉　（唱）腿也软来心也跳，

　　　　　　　到牢房好似到阴曹。

　　　　　　　人说道衙门跟着知县跑，

　　　　　　　我却是搬着公案下大牢。

乾　隆　和珅，那边是谁来了？

和　珅　牢房太暗，我仔细看看，看那背后的罗锅子，好像是刘墉。

乾　隆　刘墉？

　　　　（唱）观他的形迹好蹊跷，

　　　　　　　闷葫芦叫人费推敲。

刘　墉　（唱）皇上面前人变小，

　　　　　　　公案矮来这椅不高。

乾　隆　（唱）怕的是识破天颜见分晓，

　　　　　　　叫朕无脸再临朝。

刘　墉　（唱）万岁天威须卒保，

　　　　　　　无奈何才用这一招。

刘　墉　（轻声喊）升堂……

张　成　老爷，大点声。

刘　墉　大声不是让他听见了？

张　成　就是为让他听见。

刘　墉　（大声喊）升——堂——！

和　珅　主子，他要升堂问案啦！

乾　隆　升堂问案？

和　珅　这黑灯瞎火的，连人的模样都看不清啊！

乾　隆　看不清！

　　　　（唱）黉夜升堂有奥妙，

　　　　　　　烛光如豆火如苗。

刘　墉　（唱）但求一个天不知来地不晓，

　　　　　　　戳破天机祸滔滔。

乾　隆　（唱）光摇摇影绰绰云遮雾罩。

刘　墉　（唱）雾里看花水中望月我也好把差交。

乾　隆　（唱）也亏他想出一条羊肠道，
　　　　　　　这才是猫怕鼠来——

刘　墉　（唱）这鼠怕猫！

乾　隆　（唱）耳听得三更已打罢，
　　　　　　　那刘墉泥塑木雕一菩萨。
　　　　　　　说审案迟迟不发一句话，
　　　　　　　倒不如他不审我我问问他。
　　　　　　　刘知府。

刘　墉　在。

乾　隆　（唱）多少民房被冲垮？

刘　墉　（唱）二千七百三十家。

乾　隆　（唱）灾民人数可记下？

刘　墉　（唱）九千八百八十八。

乾　隆　（唱）如何安顿？

刘　墉　（唱）重建旧家。

乾　隆　（唱）救灾钱粮？

刘　墉　（唱）按人分发。

乾　隆　（唱）洪水到来怎招架？

刘　墉　（唱）护堤守坝我就不回家。

张　成　老爷，反了。

刘　墉　什么反了？

张　成　应该是您审问他。

刘　墉　怎么反成了他审问我。将牢门打开。

张　成　还没我明白呢。回去。

和　珅　你大胆。

刘　墉　我好大胆。

京剧《宰相刘罗锅（中集）》

张　成　老爷起来，老爷该问案了。

刘　墉　先问什么？

张　成　按法律程序，先问姓名性别籍贯。

刘　墉　人犯听着，报上名来！

和　珅　我叫和珅。

刘　墉　（大惊）嘟，大胆的狂徒竟敢不避当朝和大人的名讳，把名字给我改了！

和　珅　刘墉，你过来。

刘　墉　我偏不过来。

和　珅　你过来看看我。

刘　墉　老爷堂堂知府，焉能看你这等下九流！

和　珅　好，你不过来我过去。

　　　　〔和珅直奔公案。众衙役们喊堂威，将和珅拦回牢房。

衙　役　噢！

刘　墉　人犯听着，你二人哪一个打死了石敬虎？

和　珅　刘墉我劝你别问了，乃是万……

刘　墉　什么万，万万不可胡言。

和　珅　乃是皇……

刘　墉　什么皇，信口雌黄。

和　珅　黄全有，黄老爷杀的石敬虎。

刘　墉　（松了一口气）黄全有，他可不是全有吗？黄全有你为何打死了石敬虎？

乾　隆　刘墉、刘知府，石敬虎这等地痞恶霸，人人遇而诛之，就是当今皇上在此，也要将他杀死！

刘　墉　怎么讲？

乾　隆　就是皇上在此，也得把他杀了。

刘　墉　（唱）一句话，

　　　　　　把我的肚笑痛，

　　　　　　你信口开河说圣明，
　　　　　　万岁爷日理万机辛劳甚，
　　　　　　千古明君是乾隆，
　　　　　　南巡车马苦劳顿，
　　　　　　下车伊始察河工，
　　　　　　起早贪黑无闲空。
　　　　　　石敬虎岂能够一睹天容，
　　　　　　莫非说皇上也把青楼进，
　　　　　　他岂能不顾天威，
　　　　　　不惜龙体穿街过巷，
　　　　　　不访江堤访吟红。
　　　　　　我劝你说话要知轻重，
　　　　　　诋毁君王大罪难容。
乾　隆　（唱）好一个伶牙俐齿的刘三本，
　　　　　　一句话说得我理屈词穷，
　　　　　　常言道神好请来却难送，
　　　　　　到此时我看他怎耍聪明。
　　　　〔忽然火光熊熊。
　　　　〔内呼："着火了——"
张　成　着火啦！
刘　墉　到时候了，快快救火！
张　成　救火呀，牢房着火了，快救火啊！救火呀，快救火呀！
刘　墉　张成，你在此看守人犯，别叫他们跑了！
张　成　明白。
乾　隆　（微微一笑，唱）
　　　　　　又是刘墉小伎俩，
　　　　　　才有这后院火上房。
张　成　（唱）明是守来暗是放，

　　　　　　这份差使我好难当。

　　　　　　我好难当……

和　　珅　你有完没完了？

张　　成　二位，你们该不会跑吧？

和　　珅　有你守着怎么跑啊？

张　　成　二位，这牢房憋闷，不想出来透透风？

和　　珅　透你个头啊。

乾　　隆　（唱）这一个衙役实可笑，

　　　　　　想要放人又缺高招。

　　　　　　我不妨替他来提调，

　　　　当差的，过来。

　　　　　　后院的火势它往哪边烧？

张　　成　往哪边烧？

　　　〔刘墉上。

刘　　墉　他们怎么还没走啊！

张　　成　刮的是西风，往那边烧。

乾　　隆　你就不怕它烧到这边来？

张　　成　不会，哪能啊。

乾　　隆　要是烧到这边，你我的性命可就难保了。

和　　珅　是啊！就怕烧到牢房来。

张　　成　我说你们二位这是怎么了？说啦烧不过来，它就是烧不过来。

四　　人　（同念）这个笨蛋！

刘　　墉　（唱）擀面杖吹火他不通窍，

　　　　　　守着葫芦他愣找瓢。

张　　成　（唱）两个人犯放不跑，

　　　　　　怎向老爷把差交，

　　　　　　我把差交……

刘　　墉　把什么差交？呆会儿救灭了火，咱们接着问案。

张　成　老爷不是说好了吗，这火烧不过来嘛！

刘　墉　水火无情，不怕一万怕万一，火势要是蔓延过来，你赶快去叫人。

张　成　明白。

刘　墉　真明白了？

张　成　真明白了。

刘　墉　好，我走了。

〔刘墉下。

〔一阵烟雾过来，三人咳嗽。

张　成　真笨，怪了，这火真烧过来了！老爷不是让我叫人么，着火了，牢房着火了。我走啦。别回去，跑哇。哎哟，急死我了，真笨，跑哇……

和　珅　这个笨蛋，主子咱们赶紧走吧！

乾　隆　（唱）平生难得牢笼坐，

　　　　　　　有惊无险趣也多。

　　　　　　　走蛟龙何须挣金锁，

　　　　　　　闲庭信步把身脱。

〔六王、刘墉、众衙役用扇子扇着烟笼上。

张　成　老爷，别扇了，跑了，跑了。

刘　墉　真跑了？

张　成　真跑了。

六王爷　再不跑哇，我这捆柴火全烧光了。刘墉哎，别歇着，还得赶紧追呀！

张　成　老爷子好不容易放跑了，干吗还追呀？

刘　墉　对，这台戏还得唱到底，来，与我追！

——京剧《宰相刘罗锅（中集）》》》》》》

第六场

〔郊外，河边。

〔刘墉内唱：虚张声势追逃犯——上。

刘　墉　（唱）雷声大，雨点小。
　　　　　　　　假戏真做巧周旋，
　　　　　　　　我拨动那小算盘，
　　　　　　　　醉翁之意不在酒。
　　　　　　　　停停走走步蹒跚。
　　　　　　　　我这里不紧不松不快又不慢，
　　　　　　　　高声呐喊莫向前。

张　成　老爷，他们跑河边去啦。

刘　墉　跑河边了，好，听我分派。
　　　　（唱）张成带人在东边奔，

张　成　明白。

刘　墉　（唱）李万西边把路封。

李　万　是。

刘　墉　（唱）老岳父带人在北边等，
　　　　　　　　岳父大人，附耳上来。

六王爷　那你哪？

刘　墉　我要把万岁，赶到叶国泰的大堤上去。

六王爷　好主意！

刘　墉　（唱）抄近路迎圣驾不虚此行。

〔乾隆、和珅跑上。

和　珅　主子，快走吧！

乾　隆　（唱）追兵护驾观夜景。

和　珅　主子，快走吧！

（唱）急病遇上慢郎中。

东边有人。

乾　隆　（唱）只说他保圣驾明追暗送。

和　珅　西边有追兵。

乾　隆　（唱）为何两面有追兵？

和　珅　这边也来人了。

乾　隆　（唱）三面追兵荒唐甚，

　　　　　　　大胆刘墉你敢戏君。

和　珅　刘墉不顾君臣体，主子快走吧！

刘　墉　（唱）刘墉紧追莫迟疑，

　　　　　　　遥对君王施一礼，

　　　　　　　休怪为臣苦相逼。

　　　　　　　冒犯天威不得已，

　　　　　　　只求万岁快上堤。

和　珅　（唱）天颜一怒非儿戏，

　　　　　　　生死存亡一瞬息。

　　　　　　　任你刘墉多心计，

　　　　　　　头撞南墙悔不及。

乾　隆　（唱）匆匆行来数十里，

和　珅　（唱）一脚高来一脚低。

刘　墉　（唱）稳操胜券心暗喜，

三　人　（合唱）天边一线透晨曦。

刘　墉　刘墉见驾，吾皇万岁。

乾　隆　刘墉，你好……

刘　墉　我好什么？

乾　隆　来得正好，前面无有路了？

刘　墉　哎呀万岁呀，您起早贪黑，巡察大堤，真是万民之幸也。

乾　隆　堤在哪里呀？

刘　墉　万岁，这就是叶国泰冒功领赏妄称三百里的大堤。

乾　隆　这哪里是三百里大堤，三十里都无有啊！

和　珅　是呀，万岁爷。叶国泰欺君罔上，他是罪不容诛啊！

乾　隆　（气极）叶国泰！大胆的叶国泰……

〔六王爷匆匆上。

六王爷　万岁万岁，听说万岁巡察大堤，准知道叶国泰他东窗事发。老臣连夜派人把他抓来了。

乾　隆　叶国泰，似你这等祸国殃民的臣子就该……

和　珅　砍了。

〔和珅取侍卫刀砍死叶泰国。

刘　墉　和大人，还没审问。怎么把他杀了？

和　珅　（如释重负）叶国泰已经死了。难道说你还要升堂夜审么？

刘　墉　你这是……

乾　隆　刘墉，你……

六王爷　（抢先）万岁，我这个女婿，读书不少，懂事不多，没深没浅，没大没小，又倔又犟，又呆又傻，除了对皇上一片忠心，别的他什么都没有了，您就别跟他计较了！

乾　隆　（大笑）刘墉聪明过人，你的差当得不错，朕升你官阶三级，调京听用。

〔刘墉独自发愣。

六王爷　（推刘墉一把）还不赶快谢恩！

刘　墉　谢主隆恩……

乾　隆　罢了，罢了！

和　珅　万岁！刘墉还有欺君之罪！他离京赴任之时，万岁有旨，不准携带家眷，他愣把格格给带出来了。这岂不是抗旨不遵？

乾　隆　抗旨不遵理应重罚，就罚你的夫人陪朕……

三　人　啊！

乾　隆　下棋三天如何？哈哈哈……

〔刘墉、六王爷同笑。下。

和　珅　刘大人你真聪明。

刘　墉　你也不糊涂啊!

精品剧目·京剧

宰相刘罗锅

（下集）

（根据电视剧《宰相刘罗锅》改编）

编剧 徐 瑛

人物

刘　墉　　　　　大　臣
格　格　　　　　学　士
和　珅　　　　　狱卒甲
乾　隆　　　　　狱卒乙
六王爷

―――京剧《宰相刘罗锅（下集）》〉〉〉〉〉

第一场

〔御花园，大雪纷飞。刘墉、和珅、众臣上。站立等候。

〔内声："万岁驾到。"

〔众太监引乾隆上。

众　臣　臣等见驾。吾皇万岁万岁，万万岁！

乾　隆　好一场瑞雪也！

（唱）忽如一夜梨花发，

　　　瑞雪纷飞满天涯，

　　　莫道天公独潇洒，

　　　风骚却在帝王家。

　　　古来志趣存高雅，

　　　最是踏雪赏梅花。

和　珅　万岁您看这遍地瑞雪就像那白花花的银子，如此美景岂能无诗。

众　臣　和大人所言极是，如此美景若不赋诗，岂不辜负天公美意。

和　珅　请万岁赋诗。

众　臣　请万岁赋诗。

　　　〔众臣齐跪。

乾　隆　哎呀，天寒地冻不要冻坏了。

和　珅　万岁若不赋诗，臣哪怕跪出个风湿性关节炎我也不起来。

众　臣　万岁若不赋诗，把臣冻成风湿性关节炎也不起来。

和　珅　请万岁赏脸。

众　臣　让臣等开眼。

乾　隆　众位爱卿快快请起。

众　臣　谢万岁。

和　珅　万岁，您何不以这白梅为题。

乾　隆　前人的咏梅诗早已做得泛滥了。

和　珅　万岁诗才盖世，出口成诵，定能化腐朽为神奇。

乾　隆　一片，两片，三四片。

和　珅　啊，以数字破题，起句不凡。

众　臣　果然不凡。

乾　隆　五片，六片，七八片。

和　珅　还是数字入诗，比起骆宾王一去二三里，烟村四五家更高、更妙。

众　臣　果然更妙。

乾　隆　九片，十片，十一片。

和　珅　一而再，再而三，独具匠心，绝妙。

众　臣　果然绝妙，好。

〔众臣在和珅指挥下鼓掌，掌声整齐有序。

乾　隆　（无奈）九片，十片，十一片，十一片……

刘　墉　飘落雪地都不见。

乾　隆　啊……

刘　墉　飘落雪地都不见。

乾　隆　飘落雪地都不见？哈哈……

　　　　（接唱）刘墉一语解窘境，
　　　　　　　　出口成诗有才情。

刘　墉　（唱）画龙点睛助雅兴。

和　珅　（唱）越俎代庖他抖机灵。
　　　　刘大人。

刘　墉　和大人。

和　珅　万岁赋诗，有你什么事儿啊？

刘　　墉　文字游戏，助兴而已。

和　　珅　文字游戏，万岁，这刘墉不知天高地厚，万岁赋诗他也敢狗尾续貂。

乾　　隆　和珅，你说说这狗尾续貂它是什么意思？

刘　　墉　和珅，你敢说我在狗尾巴上续貂。

和　　珅　刘大人，我可不是那个意思。

刘　　墉　你刚说完。

和　　珅　我是说在狗尾巴上。

刘　　墉　你还说。

和　　珅　我狗，我狗。（跪下）

乾　　隆　好了，好了，你不懂诗，自然体会不到这诗中的妙趣，没文化。

和　　珅　我没文化没学问，我就吃亏在没文化没学问上了，臣回去一定努力加强学习，把万岁的诗从头背到尾，不说是烂熟于胸，也要倒背如流，我至少让那刘墉……我说乐队你们笑什么，知道我是干什么的？

〔乐队：奴才。

和　　珅　奴才怎么啦？奴才得有大学问。乾隆盛世怎么来的？是主子爷励精图治换来的，你得让主子爷开心，才能励精图治，开心怎么来的？是奴才我侍奉来的。我说乐队打个点儿，把我送下去，我说打鼓的，给我打个有分量的，把我送下去。舒坦！

第二场

〔刘府。大红"寿"字高挂大厅。二丫环引格格上。

格　　格　（唱）今日里为夫君摆下寿宴，
　　　　　　　　四十寿是他的不惑之年。
　　　　　　　　暗地里刻成了《石庵诗选》，
　　　　　　　　定叫他惊又喜合家尽欢。

〔六王爷托锦盒，兴高采烈上。

六王爷　（念）蝈蝈呱呱叫，

　　　　　　　王爷我哈哈笑，

　　　　　　　女婿庆寿诞，

　　　　　　　宾客都来到，

　　　　　　　忙前又忙后，备份厚礼让他瞧，让他瞧。

　　　　霞儿。

格　格　我说爹呀，您今儿怎么这么高兴啊？

六王爷　今儿是刘墉四十大寿，大喜事我能不高兴吗？我还给刘墉备了份厚礼呢。

格　格　您瞧哎！平时这老爷子他抠门儿着呢。当年皇上庆寿他只送了一桶生姜，今儿这是怎么了。不成，我得问问他。我说爹呀，您都备什么厚礼啦？

六王爷　我备的是那个——你猜猜？

格　格　您哪，没新鲜的，二锅头？

六王爷　不对。

格　格　酱牛肉？

六王爷　不对。哎！你拿你爹当酒囊饭袋啦。

格　格　这么说不是吃的？

六王爷　对。不是吃的，也不是喝的，它是……

格　格　别急，爹呀！您给提示提示。

六王爷　提示提示。它是活的。

格　格　活的。

六王爷　会蹦，会跳，还会叫。

格　格　京巴儿狗？

六王爷　比京巴儿狗小。

格　格　波斯猫？

六王爷　比波斯猫还小。

格　　格　小多少？

六王爷　大小就跟那蝈蝈差不多。

格　　格　蝈蝈？

六王爷　一不留神我自个儿说出来了。

格　　格　爹呀，差矣。

六王爷　怎么差了？

格　　格　爹呀！

　　　　（唱）蝈蝈草虫命一秋，

　　　　　　　何况做了笼中囚，

　　　　　　　关在笼里把罪受，

　　　　　　　方寸之地不自由。

　　　　　　　这样的礼物来祝寿，

　　　　　　　恐怕不是好兆头。

六王爷　（唱）刘墉他不惑之年四十寿，

　　　　　　　我送他蝈蝈有来由。

　　　　　　　他与和珅来争斗，

　　　　　　　一来二去结冤仇。

　　　　　　　我养蝈蝈有一手，

　　　　　　　包他三日上瘾头，

　　　　　　　定叫他倔驴的脾气就往回收。

格　　格　我说爹呀！您这不是让刘墉跟您学吗？

六王爷　学什么？

格　　格　玩物丧志。

六王爷　我怎么玩物丧志了？

格　　格　怎么玩物丧志？遇事睁一只眼，闭一只眼，无事早归闲事少管。

六王爷　且比那刘墉逮谁跟谁治气强呢。你瞧我见谁都磕头，见蝈蝈我都磕头。

　　　　〔六王爷将蝈蝈笼子放在案头摆弄。格格上前观看。

〔刘墉、和珅、御林军上。〕

刘　墉　（唱）欲加之罪莫须有。

和　珅　（唱）鸡蛋里面挑骨头。

刘　墉　（唱）小人得势把威风抖。

和　珅　（唱）触犯龙颜你做死囚。
　　　　哼，哼！

六王爷　干什么呀！

和　珅　朝廷公干王命在身，别愣着，搜！

刘　墉　且慢。

和　珅　刘大人，害怕了吧？

刘　墉　焉有害怕之理。

和　珅　既然不怕为何拦阻？

刘　墉　和大人你若搜不出来？

和　珅　我若搜不出来情愿领罪。刘大人我若是搜出来了呢？

刘　墉　任凭发落。

和　珅　一言既出。

刘　墉　驷马难追。

和　珅　好，来呀！

格　格　慢着！

刘　墉　夫人，叫他们搜去好了。

格　格　我说刘墉，这到底是怎么回事？

刘　墉　今日早朝和珅参我一本，道我剽窃圣上的御制诗，偷梁换柱欺世盗名，还拿出一卷什么《石庵诗选》，从中挑出一首《咏梅》诗来与圣上的御制诗里所收之的《咏梅》诗两相对照。

格　格　怎么样？

刘　墉　果然是一字不差。

格　格　这就怪了。

刘　墉　圣上言道，物证在此有何辩解，我将这《石庵诗选》是这样翻过

—— 京剧《宰相刘罗锅（下集）》 >>>>>

　　　　来看过去，心中狐疑，于是道，为臣从未印过什么所谓的《石庵诗选》。

格　格　哎呀，冤枉啊！
刘　墉　夫人，你叫的什么冤哪？
格　格　老爷。
　　　（唱）是我暗中印《诗选》，
　　　　　　只为你寿诞之日把喜添，
　　　　　　谁料想未添喜气反添乱，
　　　　　　好叫人又悔心又寒。
刘　墉　那《咏梅》诗是怎样收在里面了呢？
格　格　（接唱）那一日书房来收捡，
　　　　　　案牍之上见诗篇，
　　　　　　遣词用句奇又险，
　　　　　　收在卷中未明言。
刘　墉　明白了！
　　　（唱）那一天伴君赏梅花，
　　　　　　圣上一时诗兴发，
　　　　　　三句打油吟咏罢，
　　　　　　难以为继我才搭了碴儿，
　　　　　　皇上打油不像话，
　　　　　　因此上我给它添上个好尾巴。
　　　　　　此诗奇巧俗又雅，
　　　　　　录在纸上带回家，
　　　　　　贤妻你无意把祸惹下，
　　　　　　刘墉我难免戴锁披枷。
　　　〔和珅得意洋洋翻看着《石庵诗选》上。
和　珅　（唱）刘府中抄出了《石庵诗选》，
　　　　　　剽窃名欺君罪铁证如山。

　　　　　　　任凭你罗锅老谋深算，

　　　　　　　耍聪明聪明误也有今天。

格　　格　（唱）只怨我鬼迷心窍瞎了眼，

　　　　　　　被和珅拿住把柄得售其奸。

刘　　墉　（唱）他好比苍蝇叮鸡蛋，

　　　　　　　无缝也要往里钻。

和　　珅　（唱）物证在手成铁案，

　　　　　　　罪大莫过犯天颜。

格　　格　（唱）原本是我私下里刊印《诗选》，

　　　　　　　与我的夫君有何干。

和　　珅　（唱）强词夺理巧言辩，

　　　　　　　白纸黑字刘石庵。

格　　格　（唱）圣上面前将冤喊，

　　　　　　　一五一十说根源。

刘　　墉　（唱）问实情查根源，

　　　　　　　终将洗清这不白冤。

和　　珅　（唱）怕只怕，跳进黄河难洗净，

　　　　　　　可叹你绝顶聪明，也有这一天。

格　　格　（唱）心无愧，坦荡荡，

　　　　　　　我夫忠心可对天。

和　　珅　（唱）贞节烈女心可鉴，

　　　　　　　硬头皮，充好汉，

　　　　　　　机关算尽也枉然。

刘　　墉　（唱）即刻请罪上金殿，

　　　　　　　只怕火上把油添。

　　　　　　罢罢罢，

　　　　　　　夫人且莫再争辩，

　　　　　　　圣上降罪我承担。

格　格　老爷。

　　　　（唱）我不信万岁无慧眼。

和　珅　（唱）你若想开脱罪名难上难。

　　　　来呀，将刘墉押入刑部大牢。

　　　　〔和珅、御林军押刘墉下。

格　格　老爷。

六王爷　这真是蝈蝈送错了，女婿下大牢，正不压邪怎得了，拼着一死我见当朝。哎，我上刘墉他们屋干什么去。我走走走。

　　　　〔六王爷追下。

第三场

　　　　〔刑部大牢，二狱卒上。

狱卒甲　刑部，

狱卒乙　大牢。

狱卒甲　大牢本是刘墉建，

狱卒乙　如今刘墉坐牢监。

狱卒甲　好似塌了阎王殿，

狱卒乙　小鬼趁机捞现钱。

　　　　〔二狱卒哼着手舞足蹈。

二狱卒　（唱）头戴一顶狱卒帽，

　　　　　　　吃完原告我吃被告。

　　　　　　　管它公道不公道，

　　　　　　　闭着眼睛我点钞票。

　　　　　　　哎嗨哟，哎嗨哟，

　　　　　　　闭着眼睛我点钞票。

　　　　　　　哎嗨哟，哎嗨哟……

　　　　〔二狱卒哼着手舞足蹈。格格上，直往狱中闯。

二狱卒　哎，回来，回来。

狱卒甲　干什么的就往里边闯。知道这是什么地儿吗？

格　格　刑部大牢啊！

狱卒甲　既然知道怎么不懂规矩呀。

格　格　什么规矩呀？

狱卒甲　没听人说吗？刑部大牢，雁过拔毛，要想探监您先掏钞票。

狱卒乙　靠山吃山靠水吃水，守着牢房专吃冤鬼。

格　格　难道就不怕朝廷的王法。

狱卒甲　朝廷王法没读过。

狱卒乙　有钱能使鬼推磨。

狱卒甲　舍得花钱。

狱卒乙　人头给您搁着。

狱卒甲　欠款给您拖着。

狱卒乙　娄子给您兜着。

狱卒甲　伙计，银票。

二狱卒　瞧，瞧！皇太子手谕，王府格格，哎呀我的妈呀！格格饶命。

格　格　叫什么名字？

二狱卒　小人没名字。

格　格　没名，猫狗都有个称呼，是人怎么会没名？

二狱卒　小人连猫狗都不如。

格　格　这话你们算说对了。

二狱卒　对，对。

格　格　起来，前边儿带路去。

刘　墉　（唱）蚊虫肆虐无忌惮，

　　　　　　　硕鼠猖獗夜难眠。

　　　　　　　地牢夜半哭声惨，

　　　　　　　此起彼伏好惨然。

　　　　　　　一朝阶下为囚犯，

　　　　　　始信监牢非人寰。

　　　　〔二狱卒挡在中亭前。

格　　格　刘墉！开门，开门！
二狱卒　　夫人，和大人吩咐过了，他乃朝廷重犯，必须严加看管。
格　　格　有太子手谕在此，何须二位担待。开门，开门！
狱卒甲　　碰上铁公鸡。
狱卒乙　　一场空欢喜。

　　　　〔二狱卒下。

格　　格　老爷。
刘　　墉　夫人。
格　　格　老爷，这回我可把你给害苦啦！
　　　　　（唱）无事生是非，
　　　　　　　　平地起风雷。
　　　　　　　　一首小诗将你毁，
　　　　　　　　我自作聪明成罪魁，
　　　　　　　　后悔不迭心惭愧。
刘　　墉　（唱）夫人抬头且扬眉，
　　　　　　　　都是和珅暗捣鬼，
　　　　　　　　万岁面前播是非，
　　　　　　　　何惧他安我一条滔天罪，
　　　　　　　　也不枉与和珅斗一回。
格　　格　（唱）此话好叫妻敬佩，
　　　　　　　　你是堂堂正正一须眉，
　　　　　　　　为妻独守空帏难入睡，
　　　　　　　　不知你何日把家回。
刘　　墉　（唱）一言道尽相思味，
　　　　　　　　有妻如此复何悲。
　　　　　　　　曾记得当年棋馆内，

刘　　墉　赢得美人归。
格　　格　（唱）有心手谈棋一局，
　　　　　　　　无棋对弈怎作为。
刘　　墉　（唱）何不盲棋比智慧，
　　　　　　　　且看今日谁胜谁。
　　　　　〔二人下盲棋。
格　　格　（唱）一步两间挂。
刘　　墉　（唱）三路应小飞。
格　　格　（唱）盲棋怎了得。
刘　　墉　（唱）牛皮不用吹。
格　　格　（唱）强颜欢笑且应对。
刘　　墉　（唱）故作镇定把地围。
格　　格　（唱）心乱如麻强忍泪。
刘　　墉　（唱）笑谈难掩寸心悲。
二　　人　（同白）我输了，刚刚布局，他怎么就认输了呢？夫人，老爷，你说，你说。你先说，你先说。
刘　　墉　你要我说什么哪？
格　　格　你要我说什么呀？
刘　　墉　王爷可好？
格　　格　好。
刘　　墉　府下的家人们也好？
格　　格　也好。
刘　　墉　夫人你？
格　　格　你问的是我呀！我也还好。
刘　　墉　夫人，此番和珅发难，也是平日积怨太深，被他候了一个正着。
　　　　　〔和珅暗上。
和　　珅　盼星星，盼月亮我盼的就是这一天。
刘　　墉　落井下石，于他也是当然之理。

和　珅　我倒霉的时候，你小子不是也往死里整我。

刘　墉　蒙冤下狱，于我也是理所必然。

和　珅　抖机灵，跟我过不去！

刘　墉　只是苦了夫人了。

格　格　老爷，休得沮丧，此事尚有回旋余地。

和　珅　甭安慰了，让他死了心吧！

格　格　昨日王爷进宫，见到皇太子，太子允诺，此事他将尽力周旋。

和　珅　皇太子回天无术。

格　格　我跟你说，从即日起，你的牢饭将由太子派专人送来。记住送素菜表示平安，若送的是鱼……

刘　墉　怎么样？

格　格　老爷。

　　　　（唱）若送素菜不用愁，

　　　　　　　送鱼死期就到临头。

刘　墉　（唱）愿只愿万岁雷霆平息后，

　　　　　　　可把刘墉性命留。

　　　　〔格格下。

和　珅　我盼的就是这一天哪！

　　　　（唱）刘墉这只琉璃猴，

　　　　　　　得意忘形你要挨揍。

　　　　　　　惹恼了君王神鬼愁，

　　　　　　　跪地求饶我乐悠悠，

　　　　　　　猫捉老鼠玩不够。

　　　　罗锅子，

　　　　（唱）且看我加油添醋，

　　　　　　　添醋加油，

　　　　　　　我送你更上一层楼，

　　　　　　　我送你更上一层楼。

刘大人，石庵兄，我瞧你来了。
刘　墉　和大人，担当不起。
和　珅　甭客气，请坐！刘大人，万岁为什么将你押入死牢？
刘　墉　分明是有人搬弄是非，小题大做陷害于我。
和　珅　错了！
刘　墉　没错！
和　珅　有道是聪明太过反倒糊涂，我有两样东西你一瞧就明白了，搬上来。
〔二狱卒分别搬着矮公案、小椅子上。
和　珅　刘大人，少时你一瞧就明白了，刘大人请看。
刘　墉　这是何物？（一时愣住）
和　珅　刘大人你好没记性，这是你五年前在江宁府审过万岁爷与和某的公案、椅子。
刘　墉　你当初竟然把它们给带回来了？
和　珅　你用它审过万岁爷，它自然就身价百倍，所以我把它珍藏家中。
刘　墉　你把它们珍藏了五年之久。
和　珅　五年算什么，国宝珍品是越久才越值钱哪！
　　　　（唱）五年前你在那江宁府上，
　　　　　　　胆大妄为破天荒。
　　　　　　　万岁爷微服去私访，
　　　　　　　你竟敢拿他入班房。
　　　　　　　那时节你邪火攻心，
　　　　　　　罗锅高耸好气壮，
　　　　　　　吆五喝六你升大堂，
　　　　　　　一根蜡烛摇摇晃，
　　　　　　　晃晃摇　摇摇晃晃，
　　　　　　　衙役们分班站两厢，
　　　　　　　公案一拍震天响，

臣审君王乱朝纲。
这一回才来算总账,
你活到今天命算长。
天子蒙羞岂能忘,
万岁胸怀似海洋,
苟且偷生休妄想,
我点破你南柯梦一场。
刘大人,你笑什么?

刘　墉　我笑你用小人之心度君王之腹。万岁心胸兼容天下,焉能为了一场误会记恨于我。

和　珅　你自作多情了吧?我实话告诉你,我把公案、椅子搬入大牢,就是因为皇上要御审你这钦犯。

刘　墉　怎么,万岁要御审我这钦犯吗?

和　珅　害怕了吧?

刘　墉　哎呀和大人哪!要杀要剐,俱是我应得之罪。只是刘某有一个不情之请。

和　珅　不情之请,刘大人也有求起我和某来的时候,有什么话说出来,我听听。

刘　墉　刘某犯的是剽窃圣上御制诗的大罪,望求和大人千万莫让翰林院的几位老学士知道我的罪名才是。

和　珅　刘大人,你连死都不怕,还怕他们知道?

刘　墉　这读书人不怕死,就怕没面子,倘若翰林院学士们知道了,京城的举子们就知道了,京城的举子们知道了,那秀才们就知道了,这秀才们要知道了,我这剽窃的罪名岂不是满天下都知道了。

和　珅　刘墉你要不说,我真想不出来。来人,速去翰林院请几位学士公前来听审。

(唱) 剽窃御诗名声臭,
　　　休怪我落井把石投,

　　　　　　　今日犯在和某手，
　　　　　　　我叫你臭名万古留。
　　　　　　〔四位老态龙钟的翰林学士上。
四学士　学士公请。
　　　　（念）熟读子曰与诗云，
　　　　　　　之乎者也做翰林。
　　　　　　　八股文章两片嘴，
　　　　　　　九城之内我为尊。
　　　　　　见过和大人。
和　珅　罢了，列位学士公，今日皇上亲审刘墉，特请你们前来听审。
四学士　是是是。
　　　　〔内白："万岁驾到"。
　　　　〔乾隆上。
乾　隆　（唱）小诗一首起纠纷，
　　　　　　　刑部大牢审刘墉，
　　　　　　　消消闷气解解恨，
　　　　　　　煞一煞他的臭威风。
众　臣　叩见万岁。
乾　隆　尔等到此何事啊？
四学士　特来听审。
乾　隆　听审？有翰林学士在此旁听陪审，更显得我大清法律公正廉明。
　　　　好，站立一旁。
四学士　遵旨。
和　珅　皇上亲审刘墉。升堂！
众　臣　噫！
和　珅　怎么变了味儿了，没升过堂吗？
众　臣　瞧您的。
和　珅　瞧我的。升堂！万岁该您问了。

乾　　隆　问什么呀？

和　　珅　按法律程序，姓名、性别、籍贯，当初江宁夜审的时候，他怎么审您，您就怎么审他。

乾　　隆　明白了。人犯报上名来。

刘　　墉　明知故问，跟我学的。犯官刘墉，字石庵，男，四十岁，山东临沂人氏，出身官宦人家，幼读诗书，颇知礼义，十五岁高中秀才，十八岁乡试中举，科场夺魁，咱是头一名。

乾　　隆　得啦，得啦，这人事档案你就甭背了，把你那罪过说说。

刘　　墉　是是是！万岁容禀，犯官蒙皇上错爱，曾忝居军机大臣，一品宰相之职，承蒙万岁亲临大牢御审钦犯，还劳动翰林院德高望重，年迈苍苍的四位学士公穿廊过厦、过厦穿廊前来听审，这怎不令犯官感恩戴德，诚惶诚恐，臣反躬自省，方知这为官之道乃多行大礼，不必开言，刘墉我言多语失身陷囹圄，实乃多口多事、多嘴多舌，只落得个不仁不义、不忠不敬、不大不小、不清不白的罪名，皆因这这这，一首小诗而起。

乾　　隆　他可真能说。我问了一句，他说了一串儿。

四学士　但不知是怎样一首小诗？

和　　珅　乃是白梅花瓣，飘落雪地之中的咏景之诗。

四学士　白梅花瓣飘落雪地，定是大雅之作，愿闻其详。

和　　珅　一片两片三四片。

四学士　俗。

和　　珅　五片六片七八片。

四学士　忒俗。

和　　珅　九片十片十一片。

四学士　啊！

和　　珅　飘落雪地都不见。

四学士　妙，绝妙。

学士甲　前三句故作风雅，都是歪诗。

学士乙　末尾一句画龙点睛，神来之笔。

学士丙　大有李杜之才。

学士丁　这前三句简直就是狗屁不通。

乾　隆　与我滚了出去。

四学士　是是是！启奏皇上，老朽们本应遵旨滚回，怎奈我等俱已风烛残年也，人老体衰也。

乾　隆　好了，好了。叔叔大爷们您们请回吧！

四学士　哎，这还差不多，您老坐着，我们少陪了，告辞了，我们走了。

和　珅　活祖宗。

四学士　哎。

和　珅　走吧。

四学士　走。

〔四学士下。

和　珅　万岁息怒。

乾　隆　是谁让他们来的？

刘　墉　禀皇上，这是和大人让他们来的。

乾　隆　和珅。

和　珅　奴才在。

乾　隆　你不学无术，枉为朝廷大臣，从今日起革去顶戴，贬为六品狱吏。

〔乾隆下。

和　珅　罗锅子！我和你没完！

第四场

〔刑部大牢。二狱卒两边上。乙手提食盒。

狱卒甲　伙计。

狱卒乙　怎么着伙计？

狱卒甲　饭来了吗？

————京剧《宰相刘罗锅（下集）》 〉〉〉〉〉

狱卒乙　来了。

狱卒甲　今儿吃什么呀？

狱卒乙　今儿个是白菜豆腐吧。

狱卒甲　昨儿就是白菜豆腐，今儿八成改了豆腐白菜了。

狱卒乙　错啦，昨儿送的是豆腐白菜，今儿该白菜豆腐啦。

狱卒甲　豆腐白菜。

狱卒乙　白菜豆腐。

狱卒甲　豆腐白菜。

狱卒乙　白菜豆腐。

狱卒甲　要想皮肤好。

狱卒乙　天天豆腐脑。

狱卒甲　要想瘦得快。

狱卒乙　顿顿大白菜。

狱卒甲　豆腐，挺好的。

狱卒乙　白菜，挺好的。

狱卒甲　豆腐。

狱卒乙　白菜。

狱卒甲　白什么呀，瞧瞧不就知道了。

狱卒乙　鱼！

狱卒甲　我尝尝。

狱卒乙　尝什么尝。

狱卒甲　老爷还没尝哪，去请老爷去，老爷醒醒，开饭了。

刘　　墉　来也。

狱卒甲　今儿嗓子真痛快。

狱卒乙　豆腐白菜吃的。

刘　　墉　二位今日送的什么？

狱卒甲　老爷好福气。

狱卒乙　今天打牙祭。

刘　墉　什么?
二狱卒　鱼。
刘　墉　什么?!
二狱卒　鱼。
　　　　〔刘墉昏厥倒地。
二狱卒　倒了,倒了,背过去啦。
刘　墉　(唱)猛听得一个鱼字说出口,
二狱卒　您慢慢吃着。
　　　　〔二狱卒下。
刘　墉　(接唱)此时间不由人,
　　　　　　　三魂走,七魄丢,
　　　　　　　一股凉气往上抽。
　　　　　　　万不想阎王降旨催我走,
　　　　　　　派来了判官小鬼把命勾。
　　　　　　　都只为区区诗一首,
　　　　　　　不白的冤屈,不白的冤屈,
　　　　　　　枢臣宰相竟断头。
　　　　　　　纵然是、纵然是风雨千秋后,
　　　　　　　将我这一身清白付打油,
　　　　　　　蠢傻呆痴名声臭,刘墉自蒙羞。
　　　　　　　我死后和珅无对手,
　　　　　　　他一手遮天要奸谋。
　　　　　　　我与和珅没玩够,
　　　　　　　实不甘鸣锣把兵收。
　　　　　　　万岁忠奸未看透,
　　　　　　　仰天长叹思悠悠,
　　　　　　　赤子空怀报国志,
　　　　　　　落得个花自轻飏水自流。

万岁，臣冤哪！

〔和珅上。

和　珅　（接唱）在笼中一只落水狗，

　　　　　　　身临绝境昂着头，

　　　　　　　蓬头垢面威风抖，

　　　　　　　谁识此君是王侯。

　　　　刘大人，吃鱼了。刘大人，可惜呀可惜，一代名臣，为了一首小诗，毁了前程，又搭上一条命，可惜，实在的可惜。刘大人，以你的聪明绝顶，怎么能如此的利令智昏呢？此时此刻感慨万千吧？有什么心里话跟兄弟我聊聊，排遣排遣心中的郁闷，别憋着，千万别憋着，注意身体。

刘　墉　来呀！

〔和珅一惊，跪地。

和　珅　臣在，这老东西，弄我个条件反射。

刘　墉　笔墨伺候。

和　珅　还笔墨伺候，虎死威不倒啊！给他笔墨伺候着，刘大人，笔墨纸砚。都给您预备齐了，拿出您写诗的才华，写一篇漂漂亮亮的遗言。明儿我出钱给您印刷了、出版了、发行了，我不能再说了。

刘　墉　万岁，臣冤哪！

〔刘墉提笔欲写。

〔乾隆内白："内侍，传朕旨意，宣刘墉进宫！"

〔太监内白："遵旨！万岁有旨，宣刘墉速速进宫！"

刘　墉　领旨！

第五场

〔紫禁城内乾清宫。乾隆独自舞剑。

乾　隆　（唱）要杀你，心不忍。

　　　　　　　要赦你，不甘心。
　　　　　　　苦思无计将他惩，
　　　　　　　胸中怒火起无名，
　　　　　　　宝剑将朕来提醒，
　　　　　　　出口恶气再做君臣。
　　　　〔太监内白："刘墉宫外候旨。"
乾　隆　宣！
刘　墉　罪臣刘墉见驾，吾皇万岁。
乾　隆　平身。
刘　墉　万万岁。
乾　隆　刘墉。
刘　墉　臣在。
乾　隆　你在狱中写的万言书，朕看过了，文采不错。
刘　墉　字字真情实感，句句肺腑之言。
乾　隆　我刚夸你一句不错，你就得意忘形，你也忒张狂了吧。
刘　墉　为臣不过是实话实说而已。
乾　隆　怎么着，实话实说。好，朕来问你，那首《咏梅》诗算是谁做的？
刘　墉　实话实说？
乾　隆　实话实说。
刘　墉　万岁三句罪臣一句。
乾　隆　应该算是谁作的？
刘　墉　罪臣一句万岁三句。
乾　隆　我是问你这著作权算谁的？
刘　墉　万岁三句罪臣一句。
乾　隆　言下之意算是朕与你合作之作呀！
刘　墉　罪臣不敢。
乾　隆　岂止不敢，你早已把它算在你的名下了。

———— 京剧《宰相刘罗锅（下集）》 >>>>>

（唱）此事原本不足挂齿，
　　　　哈哈一笑可了之。
　　　　奈何你偏与寡人斗心智，
　　　　落得个身败名裂为小诗。

刘　墉　（接唱）世上原来本无事，
　　　　庸人无聊自扰之，
　　　　这才是自作自受不明智，
　　　　到头来一命付与打油诗，
　　　　一命付与打油诗。

乾　隆　（接唱）所谓庸人何所指，
　　　　难为用心费才思。

刘　墉　（唱）"庸人"二字乃自指，
　　　　何必多心费猜思。

乾　隆　（唱）步韵学舌无羞耻，
　　　　玩火自焚后悔迟。

刘　墉　（唱）不知钻营知羞耻，
　　　　要命不在早与迟。

乾　隆　（唱）侮辱君王罪该死。

刘　墉　（唱）欲加之罪岂无词。

乾　隆　（唱）颠倒黑白罪该死。

刘　墉　（唱）是非曲直天地知。

乾　隆　（唱）强词夺理罪该死。

刘　墉　（唱）人死灯灭请三思。

乾　隆　（唱）三思之后你罪该死。

刘　墉　（唱）既然是君要臣死我绝不辞。

乾　隆　刘墉啊刘墉，我看你是活得不耐烦了。

刘　墉　我鱼都吃了，要死要活岂能由我。

乾　隆　怕是由不得你。

刘　墉　万岁痛快。

乾　隆　朕痛快了只怕你就不痛快了。刘墉，朕赐你宝剑一口，回家自裁去吧。

刘　墉　臣领旨。

〔双手托剑缓缓走下。和珅急上。

和　珅　臣六品狱吏和珅见驾，吾皇万岁。

乾　隆　和珅。

和　珅　臣在。

乾　隆　朕已命那刘墉回府自裁，你既为狱吏随朕去至他府监刑去也。

和　珅　臣领旨！

（唱）刘墉到底蠢如牛，

　　　　敢拿着鸡蛋碰石头。

　　　　此一番你到那阴间走，

　　　　阎王殿上任你游。

　　　　自不量力与天斗，

　　　　龙颜怒，鬼见愁，

　　　　青锋宝剑断恩仇。

　　　　我虽然去把监牢守，

　　　　留得那青山在，水长流。

　　　　苍天有眼来保佑，

　　　　我总有一日再出头。

　　　　奉旨监刑我送你黄泉路上走，

　　　　刘府中去监刑其乐悠悠。

第六场

〔刘府，挂一红"奠"字。悲痛的六王爷和格格呆坐一旁。

格　格　（唱）贺仪改奠仪。

六王爷　（唱）锦衣换素衣。

格　格　（唱）恍然如梦里。

六王爷　（唱）噩梦鬼来迷。

格　格　（唱）生死离别今日里，

　　　　　　　肝肠寸寸已支离。

　　　　〔刘墉捧剑上。

刘　墉　（唱）哀莫大于心死矣，

　　　　　　　归去来兮别娇妻。

　　　　〔刘墉转见"奠"字，惊异地张望。

刘　墉　（问格格）知道了？

　　　　（问六王爷）知道了？

六王爷　都知道了，有快马来报，四九城的老百姓都知道了。

　　　　〔内白："万岁驾到。"

三　人　（同白）臣等见驾。吾皇万岁。

乾　隆　平身。

三　人　万万岁！

刘　墉　已命刘墉自裁，万岁何必再来。

乾　隆　伴驾二十余载，悼亡理应到来。

刘　墉　承蒙万岁错爱，罪臣不敢担待。

和　珅　规格空前绝后，你别不知好歹。

乾　隆　刘墉！

刘　墉　罪臣在。

乾　隆　这丧事挂白，你们家怎么挂红啊？

刘　墉　万岁赐死乃是喜丧。

和　珅　讽刺，简直是讽刺，罪上加罪。

乾　隆　甭跟他费话，咱们坐下。看看刘墉他是怎么样的自裁。

和　珅　万岁爷请坐，刘大人，万岁命我前来监刑，他老人家等着哪，你呀，抓紧时间吧。

刘　墉　臣启万岁，臣还有几句言语，无有交代。
乾　隆　有话快讲。
和　珅　别磨蹭了，再磨蹭，你也多活不了一个钟头。
刘　墉　夫人，笔墨伺候。（把剑放桌上）
　　　　（唱）我把后事来交代，
和　珅　得了，你就别唱【导板】了，唱段【快板】就齐了。
乾　隆　来段【流水】也成啊。
刘　墉　（接唱）万语千言涌心怀，
　　　　　　　我死后家中之事多担待。
和　珅　瞎操心，她不担待谁担待。
乾　隆　这个你甭操心，朕来担待。
和　珅　嘿，万岁爷担待。
刘　墉　（接唱）无知的娇儿要育成才。
和　珅　书读多了是祸害。
乾　隆　哪能都跟你一样。
刘　墉　（接唱）要让他远离功名和宦海，
　　　　　　　做一个无为隐士独往来。
　　　　　　　见人不磕头，
　　　　　　　见钱眼不开，
　　　　　　　见神不参拜，
　　　　　　　见鬼不怵呆，
　　　　　　　荣华富贵脚下踩，
　　　　　　　饿死也不做奴才。
乾　隆　好，有骨气。
和　珅　万岁，时辰到了。
乾　隆　刘墉，你为何还不动手？
刘　墉　还有几句言语要说与王爷。
乾　隆　快讲。

———京剧《宰相刘罗锅（下集）》〉〉〉〉〉

刘　墉　王爷呀！

　　　　（唱）我今一死您甭难过。

六王爷　我能不难过吗？

刘　墉　（唱）我今一死您酒少喝。

六王爷　白酒忌了，喝杯啤的。

刘　墉　（唱）我今一死，

六王爷　你别老死死的，这心里多难受，你要说——去。

刘　墉　（唱）我今一去啊，

六王爷　你上哪儿去呀？

刘　墉　（唱）去见那阴间小鬼五殿阎罗。

六王爷　你这一去可就回不来啦。

刘　墉　（唱）要回来今生无望来世说。

六王爷　来世还当我的女婿。

刘　墉　（唱）有来世怕王爷认不得我。

六王爷　我怎么会认不得你呀！

刘　墉　（唱）再投胎刘墉绝不做罗锅。

格　格　老爷。

　　　　（唱）你是不是罗锅我都爱，

　　　　　　　我嫁你看中你的盖世才。

　　　　　　　你为官清正人拥戴，

　　　　　　　到头来落得个回家自裁。

　　　　　　　你我夫妻对天拜，

　　　　　　　相约死后合冢埋。

　　　　　　　海誓山盟我的心中在，

　　　　　　　你先去一步我随后就来。

乾　隆　好哇！

　　　　（唱）刘墉命儿真不坏，

　　　　　　　娶了刚烈女裙钗。

和　珅　万岁，时辰都过了，那刘墉迟迟不肯动手，我看他是贪生怕死。

乾　隆　刘墉快快动手。

刘　墉　臣这就上路。

　　　　（唱）回头我把……

和　珅　别唱了，唱了一晚上你累不累呀？万岁不能等了，绝对不能再等了，你可急死我了。

刘　墉　你着哪门子急。

和　珅　你快抓紧时间吧。

　　　　〔刘墉努力拔剑拔不出。

和　珅　刘大人别努着，我帮你。

　　　　〔二人拔剑，终于拔开。刘墉手中的剑变成一面小旗，上写"逗你玩儿"。

和　珅　咦？逗你玩儿？

　　　　〔六王爷取下"奠"字换成"寿"字。

乾　隆　（唱）天子胸怀宽如海，

　　　　　　　玩笑一回都下台，

　　　　　　　假戏真做耍耍赖，

　　　　　　　以假当真你发发呆。

　　　　刘爱卿，这场玩笑，朕与你开大了。

刘　墉　不大不大。正合适。

　　　　〔一捡场人捧《诗集》上。

乾　隆　今逢刘爱卿寿辰，朕将《御制诗全集》赠与卿家。哎，那首《咏梅》诗也收录在内，甭跟我较劲儿，你就忍痛割爱了吧。

刘　墉　谢万岁！

和　珅　万岁，刘墉的大罪您都赦免了，奴才的小过您就宽贷一回吧。

乾　隆　你呀，回家去好好学习，有了文化修好德行，朕再重新启用。

和　珅　臣回去一定努力加强学习，把万岁的诗从头背到尾，不说烂熟于胸，也要倒背如流。

————京剧《宰相刘罗锅（下集）》 〉〉〉〉〉

乾　隆　好了，好了，刘爱卿的寿辰，朕再赐你一件礼物。乐队，把你们那新学的西洋小曲奏起来。

众　人　Happy birthday to you.

和　珅　偷油，偷油。

六王爷　什么偷油。

和　珅　你不知道，你们家罗锅儿，偷了万岁的打油诗，这事儿叫西洋人知道了，编成了小曲叫偷油儿。

众　人　（同指和珅）没文化！

　　　　〔剧终。

精品剧目·京剧

贞观盛事

编剧　戴英禄　梁　波

人物

魏　征　字玄成，谏议大夫，贞观名臣。

李世民　唐朝皇帝，即唐太宗。

长孙皇后　李世民之皇后。

长孙无忌　长孙皇后之兄，钦封赵国公。

郑仁基　字尚竹，隋朝通事舍人。

月　娟　郑仁基之女。

裴夫人　魏征夫人。

房玄龄　尚书左仆射（左丞相）。

唐公公　太监。

苌　娥　老宫女。

卖炭哥　苌娥恋人。

裁判官　宫中弄臣，击鞠赛裁判者。

老　仆　魏府男仆。

丑丫头　魏府侍女。

御马监　御马饲养官。

歌舞伎

西域女子

吐蕃、突厥、回纥、蒙古、柔然、日本等国使臣

大臣、太监、宫女、侍卫、马夫、舞伎、仆佣、百姓

——京剧《贞观盛事》 〉〉〉〉〉

第一场

〔贞观年间，阳春三月。

〔锣鼓喧阗，笙簧并作。

〔画幕外，八宫女、四太监引唐公公上。

唐公公　（朗声诵念）

　　　　　圣主临朝，河清海晏；

　　　　　万国使臣，来朝长安。

　　　　　三月街市，灯彩高悬；

　　　　　御苑开禁，百姓尽欢。

　　　　　马球场上，挥鞭对战，

　　　　　大唐雄风，传扬万年！

〔雄浑庄严、热烈昂扬的乐曲中，画幕急速开启。

〔长安。宫廷马球场。

〔由众官员组成的击鞠队，分着红、绿两色服装，从两边分上，挥舞鞠杖，驰马热身。

〔长孙皇后与吐蕃、突厥、回纥、蒙古、柔然等国使臣在门楼上观阵，谈笑风生。

唐公公　裁判官率红、绿两队登场啊！

〔裁判官矮步出场。

裁判官　皇上、国舅，准备登场！

〔长孙无忌得意洋洋纵马上，向绿队队员示意。

〔礼炮轰鸣，响若雷霆。

〔李世民内白：御马监，"飒露紫"伺候！

〔幕后喊声传递："飒露紫"伺候——"飒露紫"伺候——"飒露紫"伺候——

〔李世民内唱：物华锦绣映春光——

〔马夫前导，李世民纵马上。

李世民　（接唱）跨金鞍，挽丝缰，催神骏，越锦障，迎宾礼炮云中响，破阵鼓乐震三江。

　　　　击鞠场精神抖擞挥藤杖，

　　　　依法度进退有制巧攻防。

　　　　攻如箭——

　　　　羽箭疾飞穿云幛；

　　　　防如弓——

　　　　雕弓蓄势若铜墙。

　　　　众志合一力难挡，

长孙无忌　酒来！

长孙皇后　（唱）龙腾虎跃呈嘉祥。

〔音乐声中，宫女们捧酒跪呈；李世民、长孙无忌举杯揖天，长饮（古代"击鞠"开始前的仪式）。

裁判官　皇上、国舅，击鞠场上我可是要秉公执法的，您二位谁要是输了，可别给我穿小鞋呀！

长孙无忌　这击鞠场不论君臣，我们要是赢了，陛下可别怪罪呀！

李世民　你若是赢了孤王，孤便赐你一匹心爱的好马。

长孙无忌　哪一匹？

李世民　"飒露紫"。

长孙无忌　就是陛下现在乘骑的这一匹？大伙都听见了，到时候可别不算数呀。

李世民　你若输与孤王呢？

长孙无忌　我们要是输了，奉献陛下一件稀世珍宝。

李世民　　稀世珍宝？

长孙无忌　　也是一个活物啊。

〔众笑。

裁判官　　皇上、国舅，咱们就各就本位！

〔鼓乐声中，李世民精神焕发，驭马娴熟；挥杖击鞠，潇洒自如。众队员驱驰奔突，身手矫健。

〔观战者呐喊助威。

〔各国使臣目不转睛地看着李世民。

〔长孙皇后、房玄龄、唐公公提心悬气，密切注视李世民，唯恐有些闪失。

〔红队越战越勇，绿队渐趋落后。长孙无忌故意犯规，露出破绽。

裁判官　　国舅犯规，黄牌警告！

〔李世民一杖定输赢——红队获胜。

裁判官　　进喽——国舅输给皇上喽！

〔众欢呼。

〔长孙皇后及众使臣步下门楼。

长孙无忌　　陛下神威不减当年，老臣甘拜下风。

李世民　　国舅若不犯规，今日赢家未必就是朕哪。

众使臣　　（纷纷围上，拱手致贺）大唐皇帝果真不同凡人，真乃万民之福，天下之幸啊！

李世民　　有道是"一掌独拍，虽疾无声"。朕能取胜，并非一人之功，全靠众卿协力同心。

房玄龄　　古人云："能用众力，方可无敌于天下。"

长孙无忌　　房大人，您这张嘴可是越来越灵巧了。

〔"飒露紫"嘶鸣声……

李世民　　朕不曾忘记，（抚摸着"飒露紫"）你也是我大唐的一大功臣哪！御马监！

御马监　　臣在。

李世民　朕心爱的六匹战马,如今只剩下这"飒露紫"了,好生看护,若有差池,拿你是问!

御马监　遵命。

〔御马监小心翼翼地牵马下。

使臣甲　(望着离去的"飒露紫"感叹不已)哎呀呀,这等好马就是在我们西域也不可多得!

使臣乙　能够跟随大唐皇帝南征北战、屡立战功,就更加难得了!

众使臣　是啊,难得,难得!

李世民　诸位若真喜爱,朕便每人赠送一匹。

众使臣　什么,每人赠送一匹?(下意识地看看"飒露紫"离去方向)

李世民　(向唐公公)请皇后娘娘代朕赠马。

唐公公　请皇后娘娘赐马!

〔数名侍卫捧神态各异的三彩陶马,引长孙皇后款款而上。

长孙皇后　(唱)国运昌盛福无限,

　　　　　　万民同乐庆长安。

　　　　　　三彩陶马世罕见,

　　　　　　颁赠嘉宾礼上贤。

〔侍卫举陶马跪于台前。长孙皇后将"飒露紫"以外的五匹陶马分赠与各国使臣。众使臣接马惊诧。

长孙皇后　这三彩骏马乃是仿陛下那六匹心爱的战骥烧制。

众使臣　这是烧出来的?(众围观,惊讶)

李世民　(唱)见彩马犹见"六骏"面,

　　　　　　往事历历映眼帘。

　　　　　　六骏马随孤王出生入死,历尽艰辛把基业创建,

　　　　　　结下了千古不解缘。

　　　　　　将彩马分送诸君作存念,

　　　　　　教"六骏"风采四海扬传。

　　　　　　"青骓马"、"白蹄乌"天驷横行解危难,

　　　　　　"什伐赤"、"特勒骠"朱汗骋足越潼关。

　　　　　　"拳毛䯄"独闯险境扫奸叛，

　　　　　　"飒露紫"足轻电影傲苍天。

　　　　　　这彩马神态逼真色鲜艳，

　　　　　　"飒露紫"赐魏征——褒奖他代朕出巡把重任肩。

　　　　〔五匹陶马分赠各国使臣，唯留一匹"飒露紫"。

长孙无忌　什么，陛下要将"飒露紫"赐与魏征？
李世民　　你若赢了孤王，"飒露紫"自然归你，可惜你输与孤王了哇。
长孙无忌　陛下，你也太看重那魏征了。
李世民　　魏爱卿每每犯颜直谏，这就是朕看重他的缘故。
房玄龄　　你方才言道，若是输了，便敬献陛下一件稀世珍宝。国舅想必说话算数吧？
长孙无忌　算数，算数。
李世民　　（打趣地）是怎样的一件活物，快快呈上来！
长孙无忌　陛下请看！
　　　　〔音乐声中，一名西域少女端坐在高大的骆驼上从台前缓缓走过，异域的丰姿、俏美的容貌使在场的人们敛声屏气、目不交睫……
长孙无忌　陛下，这是微臣特地从西域为陛下采回来的，您瞧……
李世民　　（情不自禁地）妙啊！妙啊！
长孙无忌　陛下喜欢，微臣就将她送入后宫吧！
李世民　　呃，后宫之事全凭皇后做主，皇后做主。
使臣甲　　（对使臣乙）贵国美女充作大唐皇家赌注，实在是风光体面哪！
　　　　〔使臣乙尴尬、恼怒，但又不便发作……
李世民　　诸位使臣随朕看看长安街景如何？
众使臣　　好，好！
　　　　〔长孙无忌、房玄龄等随李世民陪众使臣下。
唐公公　　启禀娘娘，新采选来的宫女，已然送到。
长孙皇后　将宫女和西域女子一同送进后宫，侍奉陛下。

唐公公　是。

〔长孙皇后、宫女下。

〔唐公公指挥一大群新宫女鱼贯过场下。

〔光转暗。

〔芨娥神情漠然上。

芨　娥　（指新宫女）又来了一个，又来了一个！（疯笑）啊哈哈哈……

〔对着台口一侧卖炭哥与牛车壁画，唱山歌。

（唱）妹在崖上唱山歌，

　　　　哥在崖下赶牛车。

　　　　阳婆婆爬到山墚墚上，

〔卖炭哥画外音，接唱：哥哥我接你来哟……

〔遥远的一声牛叫："哞——"芨娥凝神远望……

〔收光。

第二场

〔次日清晨。

〔魏征宅邸。

〔瓦舍竹篱，简朴清雅。小院中几株梨树倚墙而立，枝头梨花如烟如雾，一尘未染。

〔老仆埋头修理箩筐，丑丫头挥帚清扫庭院。

〔裴夫人正在归置桌案上的书籍文稿。

裴夫人　丑丫头，你家老爷到哪里去了？

丑丫头　老爷？（四下张望）呃……不知道。

老　仆　昨儿晚上我睡觉的时候，看见老爷在那儿写奏本呢；今儿早上起来，他还在那儿写。怎么一会儿工夫就不见了？

丑丫头　怕是上朝去了。

裴夫人　奏本还在这里，朝服也未曾穿，怎能上朝去呢？

丑丫头　老爷，老爷！

裴夫人　玄成，玄成！

〔魏征内白：夫人请稍待片刻，魏征我即刻就来！

丑丫头　老爷在那儿！又在那儿鼓捣他的酒呢！

〔魏征内吟唱：翠涛清醇谷米香……

〔魏征捧酒壶、持陶碗，边唱边上。

裴夫人　看你这样儿，哪像个谏议大夫，倒像个酿酒的老翁啊！

魏　征　我酿的"翠涛"酒，比那些作坊的酒要香上十倍。夫人不信，请来品尝！（递酒碗）

〔裴夫人尝酒。

魏　征　怎么样啊？

裴夫人　香，香！

魏　征　（转对老仆、丑丫头）你们也来尝一尝！

老　仆　我尝尝。（尝酒）真香啊！

丑丫头　我也尝尝。（尝酒，被呛）咳咳……

魏　征　哈哈哈哈……

（唱）"翠涛"清醇谷米香，

　　　陶碗代杯胜金觞。

　　　柴门陋室烧火炕，

　　　还有个——

　　　还有个结发老妻赛新娘。

〔几片梨花飘洒而下，丑丫头顽皮地把梨花瓣撒在魏征和裴夫人身上……

裴夫人　玄成你来看啊，昨夜一场春雨，将院中的梨花俱都催开了。

魏　征　是呀。（情趣盎然，吟诵）春雨润花……

裴夫人　（接诵）花绽放，

魏　征　（吟诵）暖风昵人……

裴夫人　（接诵）人安详。

魏　　征　好，民为邦本，本固邦宁。人安详，人安详。
魏　　征　（唱）梨花凝春韵，
　　　　　　　　玉骨素雪妆。
　　　　　　　　淡云生翠枝，
　　　　　　　　肃然出东墙。
　　　　　　　　风雨拂尘尘不染，
　　　　　　　　含烟笼雾更馨香。
　　　　　　　　春雨贵，春意盎，
　　　　　　　　春歌唱农桑，唱农桑。
　　　　〔卖炭哥身背炭篓，深情地唱着山歌上。
卖炭哥　（唱）妹在崖上唱山歌……
　　　　　　　哦，老爷，您可回来了。
　　　　〔丑丫头入内取出小包袱，递与老仆。
老　　仆　（取钱，对卖炭哥）这是今年的木炭钱，还有老爷的一包旧衣服，拿着吧。
卖炭哥　（感激地望着裴夫人）夫人，您又给这么多钱，眼下一斗米也不过四五个铜钱，我这点木炭……
裴夫人　拿去吧，你也不易呀！
　　　　〔卖炭哥接过钱物，向魏征、裴夫人深深鞠躬，朝院内另一边走下。
魏　　征　唉，等了这许多年，头发都等白了。
裴夫人　他那苌娥还活在人间么？
魏　　征　尚在皇宫后院。自从新皇登基之后，苌娥与那些前朝宫女，都被收入今日的后宫了。
裴夫人　如此说来，他二人的婚事，今生今世怕是无望了。
魏　　征　未必无望，夫人你来看。（将奏本递与裴夫人）
裴夫人　（阅奏本）怎么，你又要奏请新皇释放宫女？
老　　仆　老爷，郑先生来了。

——京剧《贞观盛事》 >>>>>

魏　征　哦，快快有请！

老　仆　有请郑先生！

〔郑仁基内唱：三月徒有春光好。

〔郑仁基步履匆匆上。

魏　征　（热情相迎）"翠涛"酿成，挚友临门。来来来，尚竹兄，请饮"翠涛"。

郑仁基　嘿嘿！

（唱）名虽存，味已变，枉称"翠涛"。

魏　征　何出此言？

郑仁基　（唱）今日里登魏府我特来求教。

魏　征　郑大人，有何事不明，只管讲来，我这谏议大夫么，我一定不吝赐教。

郑仁基　请问，何谓"政通人和，德比尧舜"？

魏　征　百谷丰稔，内外平靖，君明臣贤，国泰民安。

郑仁基　哈哈哈哈……

（唱）恐世人直把唐朝作隋朝。

魏　征　尚竹兄，此话从何说起？

郑仁基　长安城内街谈巷议，难道你未曾听见？

魏　征　他们都讲些什么？

郑仁基　你那个圣明的皇上，后宫佳丽逾万，却又在采选民间淑女，充实他的三宫六院，实属扰民之举，这岂不与隋炀帝相差无几么？

〔魏征未作答。

魏　征　……

郑仁基　更有甚者，昨日马球场上，长孙无忌将一西域女子作为赌注，输与你那个大唐天子了！

魏　征　哦，当着各国使节？

郑仁基　当着各国使臣，纳入后宫去了。

魏　征　哦？

郑仁基　我这在野草民，本不该管你们大唐的事情，只是他们上行下效，害得我也不得安生了。

魏　征　这又是从何说起？

郑仁基　你自己看来！（将一封请柬掷与魏征）

魏　征　（阅柬）嘿嘿，我多次在皇上面前举荐尚竹兄，长孙无忌屡加阻拦，明日他的孙儿满月，怎么会下帖请你与令嫒月娟过府饮宴呢？

裴夫人　郑大人，且莫着急，慢慢道来。

郑仁基　嫂夫人！

　　　　（唱）开御苑小女偕婿去游玩，
　　　　　　长孙无忌见色起意顿垂涎。
　　　　　　借喜宴欲逼我屈从就范，
　　　　　　他自恃皇亲国戚位高权重一手能遮天。
　　　　　　蒙仁兄多抬爱屡次举荐，
　　　　　　怎奈是我与当朝了无缘。
　　　　　　看破世事一走为上选，
　　　　　　从此后携女远游，卖扇度日，清净悠闲，自在安然。

魏　征　尚竹兄，稍安勿躁。依我看来，明日国舅府的喜宴，你是非去不可。

郑仁基　非去不可？

魏　征　非但你要去，还须带着月娟一同前往。

郑仁基　难道说要我父女屈从他不成？

魏　征　非也。国舅孙儿满月，请帖满天飞，满朝文武皆送礼，皇上、娘娘定要同去。

郑仁基　这与我有什么相干？

魏　征　哈哈，干系大得很哪！明日在酒宴之上，我要请大唐皇帝解救月娟姑娘。

郑仁基　解救月娟？

——京剧《贞观盛事》

魏　　征　还要请皇上放回西域女子。

郑仁基　还要皇上放回西域女子？

魏　　征　我还要请皇上释放后宫宫女。

郑仁基　啊呀，魏老道哇！当年也是为了此事，你上疏杨广，险些招来杀身之祸；如今你又要惹事生非，只怕再也无有第二个郑仁基来救你了！

魏　　征　当今皇上，虚怀若谷，广开言路，决非昔日杨广！

郑仁基　好，倘若当今皇帝果真纳你谏言，我郑仁基情愿为大唐赴汤蹈火！

魏　　征　一言既出——

郑仁基　驷马难追。

魏　　征　如此说来，我这道奏本，越发地应该呈递了！

（唱）这奏本是魏征一百三十谏，

荐贤才放宫女荷任如山。

裴夫人　玄成！

（唱）你忘了此生中屡遭风险，

免祸灾求平安你再莫多言。

魏　　征　夫人！

（唱）我自幼孤苦寒微出身贫贱，

栖道观投瓦岗备受颠连。

数十年饱经沧桑历经风险，

看够了成败兴衰沉浮变迁。

好难得遇明主抱负得伸展，

实可贵九五之尊从善如流海纳百川。

到如今千里长堤蚁穴初现，

尤需将盛世隐患呈奏君前。

眼见得官场流弊乱法典，

我怎能木然缄口壁上观。

　　　　　　更何况盛誉之下少检点，

　　　　　　怕只怕奢靡成风酿祸端。

　　　　　　劝皇家率先作典范，

　　　　　　陶冶世风警百官。

郑仁基　好哇！

　　　　（唱）老魏征官高爵显依然是当年肝胆！

裴夫人　（唱）忆起了当年事令人心寒。

　　　　　　他也曾为放宫女上书诤谏，

　　　　　　隋炀帝定下死罪，还要把九族株连。

　　　　　　多亏有郑大人搭救脱险，

　　　　　　若不然我一家人哪有今天？

　　　　　　万不可重蹈覆辙再诤谏……

　　　　〔突然，传来卖炭哥的歌声：

　　　　　　阳婆婆爬到山墚墚上，

　　　　　　哥哥我接你来哟……

魏　征　（唱）想一想卖炭哥于心怎安？

　　　　〔裴夫人默然无语。

　　　　〔卖炭哥身背空炭篓返上。

卖炭哥　老爷，夫人，开春了，没人买炭，我该回去了，等到了重阳节，我再来长安卖炭。

魏　征　卖炭小哥，你不妨在长安多留三五日，或许能将你的苌娥带回家去。

郑仁基　玄成兄，（指卖炭哥）他是……

魏　征　他就是苌娥的相恋之人。

郑仁基　莫非是二十三年前的那个苌娥？

魏　征　正是。

郑仁基　她还在呀？

魏　征　尚在皇宫后院，已然疯疯痴呆了。

卖炭哥　（痛心疾首）苌娥！

〔卖炭哥踉跄下。

郑仁基　玄成兄，这道本章你要早早呈递才是呀！

魏　征　那是自然。尚竹兄，我有一事相求，借你的扇儿一用。

郑仁基　扇儿何用？

魏　征　喜帖相邀休辞让，借扇儿引出好文章。

〔收光。

第三场

〔翌日。

〔内喊声：吏部杨大人到！户部盛大人到！工部童大人到！刑部高大人到！

〔画幕外，四大臣各捧贺礼过场下。

〔内喊声：贺客到——鼓乐伺候！

〔画幕启。

〔长孙无忌豪华宅第。

〔张灯结彩，鼓乐喧天，男佣女仆，穿梭往来。

〔长孙无忌满面春风端坐庭前。四大臣陪坐左右。

长孙无忌　列位大人，请随意呀！

〔乐声中，众歌舞伎迤逦排开，翩然起舞。

歌舞伎　（唱）千歌百舞沐春风，

　　　　　　　飘然回雪轻。

　　　　　　　跳珠撼玉声铿锵，

　　　　　　　挥袂彩云生。

长孙无忌　（唱）彩云生——

　　　　　　　舞姿婆娑多喜庆，

　　　　　　　有谁知我是脸上欢笑心中疼。

　　　　　　战功卓著却无重用，

　　　　　　只因我是当今国舅，皇后要内举避亲留芳名。

歌舞伎　（唱）颜如玉，舞成影，

　　　　　　繁音急节别有情。

长孙无忌　（唱）别有情——

　　　　　　情有所依恋芳容，

　　　　　　广筑庭院把家业兴。

　　　　　　到明日迎娶月娟遂心愿，

　　　　　　老有所获慰晚情。

大臣甲　国舅爷喜得贵孙，国舅府满堂春色，可不可将小王爷请出来，我等拜见拜见？

众大臣　是啊，拜见拜见。

长孙无忌　好好好，抱上来，抱上来！

　　　　〔女仆抱婴儿上，众大臣围观。

大臣甲　哎呀呀，天庭饱满，地阁方圆，眉宇清秀，两耳垂肩，贵人相，贵人相！

大臣乙　是啊，日后定能出将入相，成就大业！

长孙无忌　嗨，尚在襁褓之中，焉能看出那么远的事来？你们不过是在讨我的欢心罢了。不过，孙儿着实惹人喜爱，你们这样一说，听起来倒也赏心悦耳啊。哈哈哈……

　　　　〔幕后声：皇上驾到——

长孙无忌　皇上来了。（指歌舞伎、女仆）你等退下。诸位大人随我迎驾。

　　　　〔歌舞伎、女仆下。

　　　　〔众人随长孙无忌迎驾。

　　　　〔侍卫、太监、唐公公引李世民、房玄龄上，裁判官手捧锦袱覆盖的三彩陶骆驼随上。

长孙无忌　臣长孙无忌恭迎陛下！

众大臣　臣等叩见陛下！

——京剧《贞观盛事》

李世民　平身。

众　　　谢陛下！

李世民　（环视厅堂）这国舅府真个是气派不凡！

长孙无忌　陛下，这大厅是微臣刚刚修建的。您瞧，这砖——是咸阳送来的秦砖，这瓦——是洛阳送来的汉瓦，这柱子——是从南疆买来的紫檀……

李世民　哦，买来的？

长孙无忌　买来的。

李世民　（唱）这官邸雕梁画栋多堂皇，

　　　　　　　这家设富丽精巧非寻常。

　　　　　　　更有那奇珍盈室供玩赏，

　　　　　　　国舅府真个是金碧辉煌。

　　　　　　房爱卿！

　　　　　　　大臣中还有哪家似这样？

房玄龄　陛下！

　　　　（唱）长安城上上下下广建豪宅，

　　　　　　　你攀我比相效仿，

　　　　　　　要与国舅斗富争强！

裁判官　国舅爷您可带了个好头啊！

　　〔众笑。

长孙无忌　皇后娘娘她……

李世民　皇后玉体不适，今日就不来贺喜了。

长孙无忌　（心头一震，面露尴尬之色）哦？哦哦……

李世民　（对裁判官）快将娘娘赏赐之物交与国舅。

裁判官　是。（将三彩陶骆驼捧到长孙无忌面前）国舅爷，这骆驼上坐的可不是西域美女啊！

长孙无忌　好，好，多谢娘娘厚爱。（示意仆佣接过三彩陶骆驼）

　　〔幕后声：魏大人到——

长孙无忌 （旁白）魏老道，这个乡巴佬，他怎么不请自来啊？

李世民 国舅，你也请了玄成了么？

长孙无忌 呃……我请的客人太多，我也弄不清楚了……

李世民 （示意房玄龄）玄成此来必有缘故。

〔幕后声：有请魏大人！

〔魏征上。

魏　征 恭喜国舅，贺喜国舅！哦，陛下在此，叩见陛下。

李世民 爱卿代朕出巡多有辛劳，回得京来还须好生调养。

魏　征 谢陛下隆恩。微臣奉旨出巡，已修下奏本，禀报陛下。

李世民 朝堂再奏。

魏　征 谨遵圣命。

长孙无忌 魏大人从不屈驾光临，今天是什么风把您给吹来了？

魏　征 长孙公喜得长孙，长安城家喻户晓，满朝文武礼单频飞，这请帖偏偏过我魏征家门而不入啊！

长孙无忌 我以为魏大人还在千里之外为国辛劳呢！

魏　征 哈哈哈……

房玄龄 魏大人，你也是前来贺喜的吧？

魏　征 那是自然。

大臣甲 魏大人带来什么贺礼，让下官也开开眼界？

魏　征 惭愧呀惭愧，魏征囊中羞涩，无有什么值钱的东西，只带来纸扇一把。

房玄龄 （凑近魏征）魏大人，国舅本来就对你心存疑忌，你怎么只带把纸扇，岂不是……

魏　征 （故意高声地）房大人，这把纸扇非同寻常，这上面实有王羲之遗风啊！

李世民 羲之遗风？快快呈上来，待朕观看！

魏　征 哦，陛下御览。（呈扇）

李世民 （展开纸扇，顿觉眼前一亮）哎呀呀，这笔法飘若浮云，走似蛟龙，好字，好字呀！但不知作书者他是何人？

魏　征　就是微臣多次向陛下举荐的前朝旧臣——郑仁基。

李世民　哦，郑仁基。

魏　征　他可是一位旷世之才呀！

长孙无忌　原来他还是一位精通书法的高手啊！

魏　征　我欲将他举荐与陛下，国舅大人你看如何？

长孙无忌　我早有此意呀！

李世民　他现在何处？

长孙无忌　我已然下帖请他前来了。

〔内喊声：郑先生到——

长孙无忌　快快有请，快快有请！

唐公公　有请郑先生！

〔郑仁基落落大方上。

郑仁基　（唱）步款款迈入了豪华门第，

国公府来了我前朝旧臣不卑不亢一布衣。

站立在阶前冷眼相觑，

见华堂之上玉鼎金爵举世稀。

这一个春风满面定是国舅长孙无忌，

可笑他贪欲过甚，自诩豪富，贻患社稷，反遭世人讥。

那一位高踞席首分明是新朝天子，

只见他相貌堂堂、气宇不凡，赫赫有威仪。

魏玄成跻身新朝秉性未改有心志，

我待要相机而行，成全他走活这盘棋。

〔郑仁基神情自若地立于一旁。

魏　征　尚竹兄，见了当今皇上，你因何不跪呀？

郑仁基　在下分不出哪位是新朝皇上，哪位是当今国舅，不知向谁下跪。

魏　征　原来如此。国舅大人，郑先生他不认识当今皇上倒还情有可原，他怎么会不认识你呢？你二人既然互不相识，你又为何下帖请他

　　　　　过府饮宴呢?
李世民　魏爱卿,国舅想必是慕名相邀。
长孙无忌　对对,是慕名相邀,慕名相邀啊!
李世民　(兴味盎然地展开纸扇)郑先生,这扇儿之上,可是先生的墨宝?
郑仁基　涂鸦而已。
李世民　先生笔法潇洒飘逸,绝妙入神,但不知师从何人?
郑仁基　小民师从前朝旧臣虞世南。
李世民　虞世南?真是名师出高徒啊!朕记得他有一首诗好像是这样写的:(吟诵)"垂緌饮清露,流响出疏桐……"
郑仁基　(接诵)"居高声自远,非是借秋风。"
李世民　妙,妙。他虽做过前朝高官,但为人忠直,可谓一代名士。不知令师现在何处?
郑仁基　现在长安城外一绳床瓦舍栖身。
李世民　烦劳先生传个口信,就说朕要登门求教。
郑仁基　(一怔)怎么,陛下要亲自登门求教?
李世民　还要请他出山,共建大业。
郑仁基　还要请他出山?
魏　征　皇上,君无戏言。
李世民　魏爱卿,今日你是不虚此行了吧?
魏　征　陛下圣明。尚竹兄,怎么样啊?
郑仁基　(唱)难怪他不耻辱骂作贰臣,
　　　　　却原来皇上是一个开明君。
李世民　(唱)郑先生尽请随意莫拘谨,
郑仁基　(唱)我还有些许小事烦当今。
李世民　有话请讲。
郑仁基　陛下,我女儿月娟今日一同应邀前来赴宴,是她遇着了不大不小的麻烦事儿,只有陛下才能与她做主呀。
李世民　哦,宣她进见。

唐公公　　是。(向内)月娟小姐见驾!

　　　　　〔月娟内唱:进豪宅见圣驾,方寸骤乱,我怎生应对?

　　　　　〔月娟上。李世民惊见其美貌。

李世民　　哎呀呀,真个是天姿国色,郑先生,你好福气啊!

郑仁基　　儿啊,快快拜见陛下!

月　娟　　(跪)小女子郑月娟叩见陛下。

李世民　　月娟小姐,有话起来讲。

月　娟　　(唱)愿圣君助弱女明断是非。

　　　　　　　　贤德主开御苑把民心抚慰,

　　　　　　　　百姓家欢天喜地畅游一回。

　　　　　　　　我与那陆公子携手踏春心欲醉,

　　　　　　　　却不料游兴未尽乐极生悲。

李世民　　啊?御苑踏春,怎会乐极生悲呢?

月　娟　　(唱)玉楼前偶遇着老翁一位,

　　　　　　　　他对我纠缠不休,步步紧追,全不顾人流如潮众目睽睽。

李世民　　哦,老翁?他是哪个啊?

月　娟　　(唱)他本是权倾朝野一显贵,

　　　　　　　　威逼我填房续弦入锦帏。

　　　　　　　　我早已丝萝有托得嘉配,

　　　　　　　　我岂能趋炎附势把心违。

李世民　　(点头赞许)言之有理。(转对郑仁基)果然是有其父必有其女呀!

月　娟　　(唱)今日里天赐良机有幸赴盛会,

　　　　　　　　圣天子定能够解难扶危。

李世民　　嗨,朕与你做主就是。只是你讲了半日,还未说出权倾朝野的老翁他是哪一个啊?

月　娟　　(唱)他……

魏　征　　是啊,他是哪一个啊?

月　娟　（唱）他……

李世民　他到底是哪一个啊？

〔郑仁基示意月娟大胆地说。

月　娟　（唱）圣君哪……当今的皇王娘是他胞妹！

〔李世民大出意外，踱步不语。

〔静场。

众大臣　啊郑小姐，想是你弄错了吧？

魏　征　是啊，国舅大人焉能如此行事？

长孙无忌　哼，我夫人亡故多年，别说再娶一房妻室，就是纳他个三妻四妾又有何妨？

月　娟　圣君哪！

（唱）难道说华堂之上乱了是非？

李世民　哎呀呀，国舅爷德高望重声名显，他岂能强娶小月娟？

魏　征　是呀。

李世民　待日后郑陆两家结姻眷，朕要请国舅爷代天赐福贺良缘。

郑仁基　皇上圣明！

月　娟　多谢陛下，（调皮地）多谢国舅大人！

〔众笑。长孙无忌尴尬。

李世民　（唱）魏玄成借得扇儿巧布阵，

魏　征　（唱）仗天威借得风儿散乌云。

李世民　（唱）我大唐喜得贤才堪庆幸。

长孙无忌　（唱）好一个狡黠诡诈的魏老道，他存心把我坑！

李世民　众位爱卿！

众大臣　臣！

李世民　（唱）鱼水相交君与臣，

　　　　　　　同朝共事贵同心。

　　　　　　　风云际会是缘分，

　　　　　　　大唐兴盛仰众卿。

众大臣　谢陛下教诲。

李世民　回宫！

　众　　送陛下！

〔李世民、房玄龄、唐公公、裁判官及太监、侍卫下。

裁判官　我说国舅爷，今儿您又输给皇上了！

长孙无忌　（忿然）哼！

〔众臣惊愕。魏征、郑仁基相视而笑。

〔画幕落。

第四场

〔画幕启。

〔翌晨。

〔皇宫大殿。

〔钟鼓齐鸣，仪仗鹄立，金瓜钺斧，龙凤宫扇。

〔明丽辉煌的乐声中，侍卫、太监、宫女鱼贯而出。

唐公公　我说你们都给我听着，魏大人出巡有功又举荐贤才，皇上高兴极了，要在今儿个早朝，当着众位大臣的面把这匹"飒露紫"彩马赏赐给魏大人，这可是件大喜事，你们都给我好生伺候着！

众太监　是——

〔李世民喜色盈面，龙行虎步上，唐公公怀抱三彩陶马"飒露紫"紧随其右。

李世民　（唱）紫殿开宸阙朗霞光千丈，

　　　　　　　登九重览众山君临万邦。

　　　　　　　驱六骏灭隋炀气吞霄壤，

　　　　　　　居五位定乾坤始建大唐。

　　　　　　　应天时遂民意恩威并降，

　　　　　　　沐春晖奏箫韶国祚日强。

　　　　回眸看兴衰成败古今状，
　　　　几曾见浩瀚神州这般辉煌？
　　　　励精图治呈嘉祥，
　　　　心仪尧舜步康庄。
　　　　四海咸宁疆域广，
　　　　府库充盈帝运昌。
　　　　君贤明臣忠直基业共创，
　　　　庆长安开盛世福祉绵长！
　　　〔魏征、长孙无忌、房玄龄及众大臣抱笏上殿，列队见驾。
众大臣　臣等叩见陛下！
李世民　众卿平身。
众大臣　谢陛下。
李世民　众位爱卿！
众大臣　臣在！
李世民　想我大唐有今日之兴盛，靠的是长孙爱卿、房爱卿和众位大臣的竭力辅佐；近年来又得益于魏爱卿忠言诤谏。他所奏谏的百余条，于朕洞察下情裨益甚多。若非赤诚，焉能如此？今日朕要当着群臣，将这彩马"飒露紫"赐与魏征，以示奖掖。
魏　征　谢陛下隆恩。此番微臣奉旨出巡，所到各州黎庶安定，百业正兴，却也见官宦奢靡，颓风渐盛，为除弊端，臣已修下奏本。恳请陛下恩准之后再行奖赐。
李世民　爱卿起来讲。
魏　征　谢陛下。近日长安盛传，陛下在击鞠场上，赢了一名西域美女，不知是真是假？
长孙无忌　真又怎样，假又如何？
魏　征　若是假的，下官便要严办那些谣言惑众之人。
长孙无忌　要是真的呢？
魏　征　若是真的么……此举可有损我大唐皇家圣誉。

——京剧《贞观盛事》

长孙无忌　东拉西扯，无稽之谈！

魏　征　不。孟子曰："民为贵，君为轻，社稷次之。"[1]国舅用美女作赌注，岂非将陛下陷于帝德失范之地么？

李世民　爱卿言重了。

魏　征　陛下，此言差矣！为君者当知，"一日纵欲，数世之患"，更不可用人作赌注啊！

李世民　赌注之说，纯属戏言。那名西域女子乃是国舅敬送与孤王的。

魏　征　敬送陛下的？

李世民　正是。

魏　征　提起敬送，微臣倒想起一首山歌来了。

李世民　什么山歌？

魏　征　"妹在崖上唱山歌，哥在崖下赶牛车。阳婆婆爬到（哼唱）山墚墚上……"

李世民　（接唱）"哥哥接你来哟。"哈哈哈……爱卿，金殿之上怎么唱起山歌来了？

魏　征　陛下可知晓，唱这首山歌的是什么人？

李世民　朕在后宫时常听到这首悦耳的歌谣，但不知何人所唱？

魏　征　乃是一个名叫苌娥的隋朝宫女。

李世民　爱卿怎样知晓？

魏　征　那苌娥原是陕北米脂人氏，入宫前已有相恋之人。后来被人敬送与隋炀帝。（动情地）她久居深宫，思念成疾，竟然疯疯痴呆了。

李世民　哦。（转对唐公公）传朕旨意，好生看护那个疯癫的苌娥。

唐公公　遵旨。

魏　征　陛下，似苌娥这样的宫女，我大唐后宫还大有人在！如今还在逐年增多。

李世民　爱卿，你究竟要呈奏什么？

魏　征　此番微臣奉旨出巡，盛世景象，所见虽多。然亦有不法官宦，背着朝廷胡作非为，致使百姓，街谈巷议，已露民怨！

李世民　（一怔）街谈巷议——

魏　征　官场腐败，官宦奢靡。苛取于民，中饱私己。

李世民　有何民怨——

魏　征　营建私宅，废耕圈地。填房纳妾，强拘民女！

李世民　身为钦差，奉旨出巡，怎不依法处置？

魏　征　王公贵胄，位高势重，微臣我力所不及。

李世民　既是代朕出巡，就有朕的旨意。

魏　征　微臣曾多次登门劝阻，他们竟口吐觖词！

李世民　他们讲些什么？

魏　征　他们说……金殿之上不便直奏。

李世民　只管讲来！

魏　征　他们说，当今皇上不也有三宫六院七十二妃么？

李世民　这……

〔众震惊。

魏　征　魏征是据实禀奏。

李世民　不必争论，房爱卿代朕拟旨，命吏部、刑部对那些贪官污吏不法官宦严加查处！

房玄龄　臣遵旨。

魏　征　不法官宦理当查处，为此臣有一谏。

李世民　今日朝会已毕，明日早朝再奏。退朝！

魏　征　恳请陛下恕臣直言，贞观之初，陛下恐人不言，多方引导，使臣下大胆进谏；三年之后，有人进谏，陛下也还能悦而从之；近一二年来，陛下已不悦人谏，虽勉强听受，而意终不平，面有难色。此中缘由，还望陛下三思。

李世民　（勉强接过奏本，未阅）好好好，当面奏来！

魏　征　陛下曾道，"人君之患，不自外来，常由身出"，故匡正世风须从皇室做起，谨请陛下将西域女子送归故国，以利协和万邦；将思乡成疾的隋朝宫女送还她的亲人，以遂民愿；释放后宫多余的彩女，叫她们回归田园，勤务农桑，安居乐业，以沐天恩。

〔众惊讶。

房玄龄 （有意解围）玄成，你，你糊涂了吧？

长孙无忌 不，他清醒得很！陛下，魏征当着群臣羞辱皇家尊严，居心叵测，罪不容诛！

魏　征 哈哈哈……

李世民 你为何发笑？

魏　征 当初为了此事，魏征上疏杨广，险些满门抄斩。如今么……

李世民 如今怎样？

魏　征 要杀要奖谨从陛下，不过要让我魏征把话讲完。

房玄龄 臣启陛下，魏征自追随陛下以来，忠心不二，天地可鉴！

魏　征 （耿直地）君臣社稷原为一体，倘若君王不立，社稷不保，做臣子的纵被后人奉为神明，又有何用啊？

李世民 魏征，你有何用意？你与朕说，你与朕讲！

魏　征 陛下，你可讲过"怨之所积，乱之本也"？

李世民 讲过。

魏　征 你可讲过"上者，民之表也，表正则何物不正"？

李世民 有何言语，你一并讲来！

魏　征 陛下，容禀！

（唱）隋亡哀歌尚可闻，
　　　前车鉴，当为训，
　　　奢侈靡费是祸根。
　　　纵欲滋乱撼国本，
　　　杨广千古成罪人。

大业八年，杨广一次出游，便有万余宫女随从取乐，一时间上行下效、腐叶飘零，反声四起、国败君亡。如今，我大唐虽说国运昌盛，但奢靡之弊已露端倪，若不及早铲除，诚恐蔓延成风，危及我大唐基石。

　　　　　（唱）安不思危必生乱，
　　　　　　　　存不虑亡国难兴。
李世民　（唱）存亡休轻论，
　　　　　　　　危言乱视听！
魏　征　（唱）失民心者失天下，
　　　　　　　　杨广教训深。
李世民　（震怒）魏征，你敢将朕与那杨广相提并论吗？
魏　征　陛下呀！
　　　　　（唱）大唐国运虽昌盛，
　　　　　　　　蚁穴之患休看轻。
　　　　　　　　载舟覆舟宜深慎，
　　　　　　　　莫负百姓拥戴心！
　　　〔李世民内心充满矛盾地望着魏征。
　　　〔御马监高呼：报——急上。
御马监　启禀陛下，大……大事不好！
李世民　何事惊慌？
御马监　"飒露紫"它……
李世民　怎么样？
御马监　它……它无病暴死！
李世民　（盛怒，揪住御马监）"飒露紫"随朕出生入死，你、你、你……
　　　〔李世民怒不可遏，从侍卫腰间拔出宝剑，高高举起。
魏　征　陛下，万不可重马轻人！
　　　〔李世民掷剑于地，从唐公公手中夺过陶马"飒露紫"，重重摔在地上。
　　　〔众惊呆。
　　　〔陶马破碎的回响声……
　　　〔收光。

第五场

〔静场。

〔光渐起。

〔画幕外,唐公公、四太监及诸多宫女木然侍立。

〔左侧牛车壁画与右侧宫女壁画渐显。

〔音乐拨弄心弦。

唐公公　……你们都看见了,……也都听见了……

　　　〔众宫人无语

唐公公　……皇上发火了,……从来没发过这么大的火……

　　　〔众宫人无语

唐公公　魏大人这都是为了什么呀?

　　　〔众宫人无语

　　　〔一宫女暗泣,又止。

唐公公　要是觉得魏大人说得对,就跟我到皇后娘娘那儿,给魏大人讨个活命吧。

　　　〔唐公公下。宫女们依次下。

　　　〔音乐延续,力度逐渐加强。

　　　〔幕启。

　　　〔后宫。

　　　〔长孙皇后默然站立,唐公公率宫女、太监俯首跪地——今日朝堂上发生之事,显然已经禀报过了。众人神情呆愣,寂然无声。

　　　〔长孙皇后示意,唐公公及众宫人站起。

长孙皇后　(沉思)……

　　(唱)魏大夫一谏风雷起,

　　　　顿使我心底波澜难平息。

　　　　处盛世也并非无忧无虑……

思良谋护贤臣永固宏基。

唐公公　启娘娘，皇上来了！

长孙皇后　（一想）尔等在此接驾。

唐公公　接驾！

〔长孙皇后与二宫女下。唐公公趋前迎驾。

〔李世民沉思上，众宫人依次下跪请安。

众宫人　奴婢参见陛下，奴婢参见陛下……

〔众宫人的迎驾声不绝于耳，一片混响。

李世民　（烦躁地）好了！

〔众宫人一阵慌乱，垂手侍立。

唐公公　请皇上息怒。

李世民　（环视众宫人）这后宫之内竟有这许多的宫女？

唐公公　这后宫少说也有万把人。

李世民　哦，有万余之众？

唐公公　像奴才这样的有一两千人，剩下的便都是嫔妃、宫女了。

李世民　怎会有如此之多？

唐公公　启禀皇上，这内中有前朝留下来的，也有这些年到各地采选来的，还有达官贵人们献进宫来的。谁也没留意这档子事儿，日子一长，人可就越来越多了。

〔李世民看了唐公公一眼。

唐公公　恕奴才多嘴，后宫这么多人，又要吃又要穿的，一年得多少开销哇。有的人在宫里待了一辈子，都待傻了。再说，皇上您也顾不了那么多呀！

李世民　这后宫之事，娘娘她……

〔唐公公欲言。

李世民　娘娘怎么还不来接驾？

唐公公　皇上，娘娘来了！

〔二宫女引长孙皇后盛装款步上，李世民见状惊诧。

————京剧《贞观盛事》 〉〉〉〉〉

李世民　娘娘为何如此盛装？

长孙皇后　大唐皇后长孙氏叩见陛下！（大礼参拜）

李世民　既非册封又非朝会，为何如此盛装？

长孙皇后　陛下呀！

（唱）今日里虽未逢典礼吉庆，

着盛装参王驾恳切陈情。

皇兄他行事不端令人惊震，

臣妾我约束不严有负圣恩。

多亏了魏爱卿良药对症，

才免得一错再错，毁损了皇家圣名。

得魏征实乃我大唐之幸，

似这等社稷贤才千载难寻。

臣妾我思及此喜之不尽，

特地盛装贺明君。

我朝有此良臣在，

扶大唐，秉忠心，献长策，除弊端，正官风，安黎民，何虑神州不升平！

〔李世民默然未语，欲挥退众人。

〔幕后传来苌娥的歌声：

妹在崖上唱山歌，

哥在崖下赶牛车……

〔苌娥似疯非疯，唱着山歌上。

唐公公　（喝止）苌娥，你这个疯子，怎么跑到这儿来了？还不快回去！

长孙皇后　且慢。（和善地）她就是苌娥？

唐公公　快见过皇后娘娘。

苌　娥　娘娘？（凑上前仔细端详）皇后娘娘，嘿嘿嘿……

唐公公　放肆！（欲责苌娥）

李世民　（抬手制止）不要惊吓于她。（和颜悦色地）苌娥！

　　　　　　（唱）你休要害怕莫心惊，
　　　　　　　　　孤有话相问你仔细听。
　　　　　　　　　今岁年纪有多少？
　　　　　〔苌娥呆滞地摇头。
李世民　（唱）再问你被选入宫有几春？
　　　　　〔苌娥反应依旧。
李世民　（唱）前朝皇帝你可曾识面？
　　　　　〔苌娥茫然。
李世民　（唱）当今天子你应能记得清。
　　　　　〔苌娥益茫然。
李世民　（唱）可还有骨肉至亲在乡井？
苌　娥　（忽然眼中闪烁光芒，指牛车壁画）他……他在等我！
李世民　（唱）等你者盼你者他又是何人？
苌　娥　（唱）阳婆婆爬到山㟷㟷上，
　　　　　　　哥哥接我来……
　　　　　〔苌娥唱着山歌下。
李世民　（望着离去的苌娥，怜悯之心油然而生）唉！
　　　　（唱）这歌谣往日听来多婉转，
　　　　　　　今朝入耳凄楚哀怨倍伤情。
长孙皇后　（唱）豆蔻年华入宫禁，
　　　　　　　　青春空逝白发生。
　　　　　　　　寂寞后宫孤衾冷，
　　　　　　　　痴言疯语含酸辛。
　　　　　　　　倘若能似归燕展翅飞天外，
　　　　　　　　教春风吹开那万里愁云。
　　　　〔李世民摆手，长孙皇后、唐公公及宫女、太监依次退下。
　　　　〔更鼓声声，新月升起。
李世民　（徘徊沉思，心绪难平；举头望月，胸涌层波）玄成啊，玄成，今日朝堂之上，朕一时盛怒，当着群臣伤害你了。

（唱）月儿如钩，遥挂长天，

　　　清辉流泻，下照无眠。

　　　我将我心寄明月，

　　　心随清辉到卿前。

〔舞台后区光渐亮，现出魏宅与魏征。

魏　征　（唱）你我莫逆近十载，

李世民　（唱）争过多少回，

魏　征　（唱）红过多少脸，

李世民
魏　征　（同唱）却总是雨霁云消现晴天。

李世民　（唱）今日里……

魏　征　（唱）今日里……

李世民
魏　征　（同唱）今日里却怎又——

李世民　（唱）率性任情，

魏　征　（唱）急不择言，

李世民　（唱）闻言即怒，

魏　征　（唱）冒犯君颜，

李世民
魏　征　（同唱）朝野震慑惊百官，难堪实难堪。

李世民　（唱）心绪烦，情思乱，

魏　征　（唱）情思乱，心绪烦，

李世民
魏　征　（同唱）此心片刻也难安……

〔李世民及后宫景隐去。

魏　征　（唱）心潮如浪急翻卷，

　　　难按肺腑万千言。

　　　难道说兴衰更替，周而复始千古难更变？

　　　　难道说果真是善始容易克终难?
　　　　忆当年大明宫中彻夜论殷鉴,
　　　　君与臣手相执我们坦诚吐真言。
　　　　他言道:
　　　　"为君者节欲尊贤莫轻慢,
　　　　为臣者坦言诤谏才能够社稷安。"
　　　　抚今追昔生百感……
　　　　初衷岂因时日迁?
　　　　亘夜进宫再进谏,
　　　　剖肝沥胆,竭诚相见,固本浚源,方能够同心合力共铸盛世太平年!
　　　　〔李世民内喊:玄成!
魏　征　哪个唤我玄成?
　　　　〔李世民喊声近:玄成!
　　　　〔唐公公执灯笼引李世民悄然上。唐公公欲唤魏征,被李世民制止。
李世民　(向室内)玄成!
　　　　〔魏征闻声回头,发现李世民,一时不敢相信……
　　　　〔二人遥相对视,魏征移步向前,确认对方。静默片刻,魏征欲施礼,李世民急趋前扶住。
魏　征　(自责地)玄成这张狰狞的面容,惹恼陛下了……
李世民　(动情地)谁说卿狰狞,朕看卿妩媚……
　　　　〔李世民、魏征相视而笑,笑声酣畅,两心相印。
　　　　〔丑丫头内声:哎呀——
　　　　〔丑丫头满脸白粉,边喊边跑上。
魏　征　怎么样了?
丑丫头　(语无伦次)老爷、老爷,房顶上白墙皮掉下来,打了我一个大巴掌!

————京剧《贞观盛事》 >>>>>

魏　征　伤着无有？

丑丫头　没有。

〔裴夫人、老仆闻声上。

魏　征　快快叩见陛下！

〔裴夫人等见驾。

李世民　玄成，你一向就在此居住么？

魏　征　梨园魏宅，还有"翠涛"，惬意得很哪！

李世民　（感慨万分）玄成啊，孤的爱卿！想不到我大唐名臣的府邸，竟是这样顶不遮漏，梁无修饰，居无正厅，院无高墙。（对唐公公）传朕旨意，速命工部派人修缮，所需资费概由国库支付。

魏　征　（急阻）陛下，此举差矣！

李世民　（不解）嗯，朕又差在哪里？

魏　征　焉能动用大唐国库钱财修缮玄成个人私宅呀？

李世民　这……

魏　征　古人云："为官之法，一清廉，二谨慎，三勤苦。为臣身为谏议大夫，又是陛下钟爱之臣，怎可不以身作则呀？

李世民　魏爱卿言之有理，只是这宅院……

魏　征　微臣还有一谏。

李世民　啊，怎么你还有一谏？

魏　征　（郑重地）微臣奉命将《隋书》编撰完篇，伏请陛下御览。

〔老仆与丑丫头将一箱《隋书》抬上。

李世民　（阅书稿，激动地）以铜为镜，可以正衣冠。以人为镜，可以明是非。以史为镜，可以知兴替。魏玄成，人镜也！谏议大夫魏征听旨！

魏　征　臣在。（跪）

李世民　将《隋书》印发朝中大臣人手一卷，以为借镜。诏示文武百官居安思危，戒奢以俭，励精图治，共兴大业。朕率先从后宫做起，释放三千宫女，着令谏议大夫魏征拟诏。

131

魏　征　（庄重地）臣遵旨！

〔辉煌的乐声起。

〔二人同至桌案前，李世民亲自磨墨，魏征奋笔拟诏，造型。

〔画幕徐徐落下。

〔画幕前，唐公公手捧诏书。

唐公公　陛下有旨，静听宣诏！（宣诏）"奉天承运，大唐皇帝诏曰：自我大唐贞观立元以来，四海宁靖，百业振兴，国势强盛，万民康馨。为居安思危，戒奢以俭，察我皇苑后庭，宫娥众多，列阵成云，一则糜费库银，再则徒耗青春。于今，朕与皇后共颁诏令，开释三千宫女，一并永离皇城，礼送归家省亲，任其择偶成婚。以此陶冶世风，慰藉天下人心。钦此。"

〔乐声大作。

〔画幕启。

〔西域少女被礼送出宫。

〔宫门大开。

〔众多宫女一拥而出，喜泪盈面。

〔众百姓向前迎亲。

〔人群中，苤娥与卖炭哥相见，激动不已。

〔苤娥坐上卖炭哥吆赶的牛车。

〔李世民、魏征、长孙皇后及众臣亦为此情景所动。

〔郑仁基向魏征拱揖，表示钦佩，并欣然接过李世民所赐冠带袍服。

〔牛车满载着幸福和欢悦从台前走过。老牛："哞——"

〔幕闭。

〔剧终。

精品剧目·京剧

华子良

编剧 卫 中 赵大民

时间

解放前夕。

地点

山城重庆。

人物

华子良　白公馆囚徒，原华蓥地区党委书记。

老太婆　华妻，华蓥山游击队司令员。

华　为　华子良之子，交通员。

成　瑶　华为女友，地下党工作人员。

成　岗　成瑶之兄，难友。

雷　鸣　难友。

齐晓轩　白公馆党组织负责人。

李敬原　重庆地下党负责人。

刘老板　地下党交通站站长。

特派员　中美合作所专员。

陆　清　白公馆看守所所长。

杨进兴　看守长。

伙夫、众难友、游击队员、顾客、国民党士兵、打手等

————京剧《华子良》 〉〉〉〉〉

序　幕

〔白公馆看守所。

〔华子良跑步。音乐进入，打击乐进入。

〔国民党士兵舞蹈上，与华子良组成画面。

华子良　好大的风啊！好大的雾啊！来吧！来吧！你们别想挡我的路！

〔华子良脚步加快，终因体力不支，摔倒在地。

〔童声画外音：疯子，快跑，快跑啊！

〔华子良喘息，擦汗捶背，挣扎起继续跑步，又一次摔倒。

〔童声画外音：傻子傻，疯子疯，跑起步来快如风；疯子疯，傻子傻，一跤摔了大马趴。

〔华子良摔倒。

〔伴唱：莫道他疯疯傻傻痴癫状，
　　　　十五年铁窗烈火炼金刚，
　　　　君不见高墙内外石榴放，

〔童声画外音：站住！疯子，你叫什么名字？

华子良　（站定）你们问我吗？哈哈！

　　　　（唱）我就是——
　　　　　　那一棵七扭八歪的石榴树攀着高墙，
　　　　　　任凭它风吹日晒暴雨降，
　　　　　　狂风吹不倒、暴雨浇不死的华子良。

〔伴唱：一唱雄鸡天下白，
　　　　万里神州得解放。

〔毛主席的声音：中华人民共和国中央人民政府今天成立了！

〔《国歌》的乐曲起。

〔男女合唱：新中国，新中国……

〔华子良站住凝视远方，难友推着铁栅上。

〔男女合唱：伟大的新中国从此屹立在东方！

〔士兵赶难友下。

〔华子良跑步。

〔切光。

一

〔白公馆，院内。

〔华子良缓慢地跑步。

〔特派员和陆清上。

陆　清　特派员！特派员！

〔特派员很不耐烦地踱步，注意到华子良。

特派员　他是什么人？

陆　清　他叫华子良，是个疯子。

特派员　疯子？

陆　清　是个关了十几年的嫌疑犯，三年前陪了一趟杀场，枪声一响，他就疯了。

特派员　噢？（走向华子良）你过来，叫你……

〔华子良不理睬，转身跑向石榴树。

陆　清　特派员，他又疯又傻，耳朵又聋。

特派员　（靠近华子良）你是个疯子？

〔华子良转身瞪着特派员，疯跑过去。

〔特派员下意识后退，碰到石榴树上，转身踢树。

特派员　他妈的！

———京剧《华子良》 〉〉〉〉〉

〔华子良护树。

特派员　你！

〔华子良面无表情，抚摸着石榴树。

陆　清　华子良！这是特派员，不许放肆。特派员，这棵树是疯子种的，谁也不能动。

特派员　谁也不能动？拿来！

陆　清　（不解地）什么？

特派员　拿过来！

〔陆清递上鞭子。特派员佯装打树，华子良护树，特派员转而抽打华子良。华子良不觉疼痛，依然傻笑着护住石榴树。

陆　清　特派员，他真是个疯子！

特派员　陆所长，目前形势紧张，重庆地下党也乘机活动，上峰有令，要严防政治犯内外勾结，趁机越狱。

陆　清　（掏烟）特派员，您放心。（递烟，点火）

特派员　我就是放不下心，前些天白公馆那个厨子，长期给政治犯传递情报，这件事惹了多大的麻烦！

陆　清　是是，那件事多亏特座在上峰面前为我美言。

特派员　我这次来，是要向你传达一项绝密的任务。

陆　清　什么任务？

〔收光。追光分别打住华子良、特派员和陆清。

特派员　对集中营这批政治犯，总裁亲自下达了手谕。（扔掉手中的烟，立正）

陆　清　怎么说？

特派员　（低声）提前——分批——密裁。

〔华子良一惊，跑下。

陆　清　什么时候动手？

特派员　越快越好。（指着华子良的身影）对这种人也要严加防范，陆所长，可不要抓了一个厨子，又出来一个疯子！

陆　清　是，是。
　　　　　〔二人下。
　　　　　〔梆声数响。起光。
　　　　　〔伙夫内喊：开饭喽！
　　　　　〔杨进兴和伙夫提饭桶上。
　　　　　〔华子良装出疯状跑上，从杨进兴手里抢过饭桶。
伙　夫　嘿，疯子把你手中的东西抢过去了！
　　　　　〔华子良又把伙夫手中的桶抢过去。
伙　夫　你！
杨进兴　疯到你的头上了。
　　　　　〔齐晓轩、成岗、雷鸣等陆续走上取饭。
　　　　　〔华子良默默地给他们盛饭。
雷　鸣　（吃了一口，急忙吐出）这是什么饭？米都发霉了！
成　岗　你们看，还有耗子屎呢！
众难友　这饭根本不能吃！
杨进兴　诸位将就一点吧，现在米价一日三涨，能吃上这样的米就不错了。
雷　鸣　哼，好米都进狗肚子了！
杨进兴　雷鸣，你吼什么！
雷　鸣　我天生就是大嗓门！
杨进兴　你他妈的！
成　岗　你们也吃这样的米吗？
众难友　你们吃，你们吃！
　　　　　〔陆清上。
陆　清　你们嚷什么？嚷什么？
成　岗　陆所长，这是人吃的吗？
众难友　这米不能吃，不能吃！（难友们把碗扔到一边）
陆　清　这是什么话？怎么不是人吃的？华子良，你吃给他们看。

〔华子良接过饭,手抓着吃了两口。

陆　清　告诉他们,好吃不好吃?(大声地)好吃不好吃?

华子良　好吃。

成　岗　懦夫!(打掉他手中的饭碗)

雷　鸣　(抓住华子良欲打,又觉他可怜,推开)呸!

华子良　(拾起两块碗片)嘿嘿,碎啦!

　　　　(唱)好大的一只碗哪,摔成了碎碗碴,

　　　　　　就好像红红火火的石榴花。

　　　　　　石榴结果碗口大,

　　　　　　一刀切两半,碗大的一个疤。

　　　　　　这一半石榴给我爸,

　　　　　　这一半石榴送给我的娃。

杨进兴　华子良,你的娃是男娃还是女娃?

〔杨进兴将饭桶盖盖在了华子良的头上,两人大笑。

〔华子良取下饭桶盖,做疯状。

华子良　(接唱)我的娃不是男来不是女,

　　　　　　　她是朵火红鲜亮的石榴花,

　　　　　　　不姓杨来准姓华——

〔众难友痛心地转过身去,陆清和杨进兴站在一旁睥睨地笑。

〔华子良乘机将桶里的饭全倒在地上。

〔众人围上来看,华子良疯癫地拢着米饭。

华子良　(接唱)汪汪汪,喵喵喵,

　　　　　　　咕咕咕,呱呱呱,

　　　　　　　我的那些个小狗小猫小鸡和小鸭,

　　　　　　你们都来吃啊,白公馆的长官请客啦!(用饭碗从地上舀饭,追着给敌特吃)吃,吃……(最后把饭送到齐晓轩面前)长官,你也吃。

成　岗　(愤怒地)滚开!

〔雷鸣欲抢碗,华子良紧紧护住。

华子良　这是好稻米,吃饱了肚子能充饥。(对齐晓轩)长官,你一口吃下见碗底,保你一生有福气。(向对方暗示)吃,吃啊!

〔齐晓轩似有所悟,接过饭碗。

〔华子良从地上抓起米饭往嘴里塞。

雷　鸣　有什么福气!像你这样活着还不如死了的好!

〔雷鸣打了华子良一耳光。华子良傻笑,激怒成岗,他将华子良击倒。

成　岗　胆小鬼!

〔伙夫上。

伙　夫　一桶饭全倒了,这该怎么办?

陆　清　重做!

伙　夫　(耳语)没有陈米了。

陆　清　用新米。

〔陆清说罢怒冲冲下。

杨进兴　所长说了,给你们做新饭,大家都回牢房去!回牢房!

〔杨进兴下。众难友纷纷责骂华子良。

齐晓轩　大家不要难为他,他曾经是咱们的同志啊!走吧,走吧。

〔众难友散去。

〔齐晓轩从碗底拿出一纸条,看了一眼,急忙藏起,匆匆走下。

〔画外音:他曾经是咱们的同志啊!

华子良　(体味地)他曾经是咱们的同志啊!(悲伤地哭出声来)

〔画外音:石榴树的哭泣声。

华子良　石榴树,别哭,别哭,咱们不能哭啊!你瞧我都不哭。

〔华子良腹痛、呕吐。

(唱)馊米饭吃得我腹痛难忍,

更难忍战友的辱骂刺我的心。

石榴树啊,

心中滴血凭谁问？

只有你明明白白知我心。

十五年孤雁离群难归阵，

十五年含垢忍辱路无垠。

十五年战友咫尺难相认，

十五年亲人面前成罪人。

〔远处传来川江号子：嘉陵江上起潮汛……

华子良　（接唱）一声号子传乡音。

〔收光。追光起。华子良继续跑步，老太婆跑步上，两人叠化。华子良暗下。

〔场景转为华蓥山。

二

〔华蓥山。双枪老太婆带游击队员跑步。起光。

老太婆　同志们，加油啊！

（唱）红旗猎猎遍山岗，

同志们，休息了。

〔示意众人散开休息，众分下。

老太婆　（接唱）群情振奋歌声扬。

秣马厉兵迎解放，

刀出鞘、弹上膛，待军令、下山岗。

配合主力扫孽障，

山城就要现春光。

〔华为上。

华　为　妈，山下来人了。

〔李敬原上。

李敬原　老太婆！

老太婆　李书记!

〔两人热烈握手。华为暗下。

老太婆　李书记!你可来了!

李敬原　老太婆,你好啊?

老太婆　好、好,李书记,可把你给盼来了。

〔华为复上,手中托着一盘石榴。

华　为　李叔叔,吃石榴,刚从树上摘的。

李敬原　(拿起一个石榴)这石榴可真好啊!

华　为　那当然了,石榴树是我爹当年亲手种的。

老太婆　华为,去操练吧。

华　为　哎。

〔华为下。

老太婆　李书记,你上山一定有什么指示吧?

李敬原　司令员同志,情况紧急啊!

　　　　(唱)解放军包围山城势如席卷,

　　　　　　　敌人的屠杀计划已提前。

　　　　　　　许云峰已蒙难镪水池畔,

　　　　　　　江姐她慷慨赴义在歌乐山。

老太婆　(唱)战友殉难肝肠断,

　　　　　　　血债要用血来还!

〔老太婆愤然鸣枪,声震山涧。

老太婆　李书记,怎么干,你说吧!

李敬原　上级决定,攻打重庆战役一旦打响,二野将派一支先遣队,突袭集中营,届时华蓥山游击队要全力配合!

老太婆　保证完成任务!

李敬原　好!

老太婆　只是我们对监狱的地形不熟悉,要是能有一张地图就好了。

李敬原　瓷器口有我们的一个交通站,你派个可靠的同志前去接头,监狱里的内线会提供你们需要的情报!

老太婆　接头的任务就交给华为。

李敬原　好啊，到时候我让成瑶去配合他。

老太婆　等他拿到地图，我再亲自下山察看地形。

〔李敬原观察周围。

李敬原　老太婆，我还有一个好消息。

老太婆　什么好消息？

李敬原　（悄声地）华子良同志他还活着！

老太婆　你……你说什么？

李敬原　他被关在白公馆，这次敌人提前屠杀的消息，就是他设法送出来的。

老太婆　（惊喜地）啊？！

〔华为上。欲说什么，李敬原拦住他，两人同下。

老太婆　（眺望远方，心潮起伏）子良！

（唱）闻听说子良他还在世上，

　　　倒叫我心潮起伏泪眼迷茫。

　　　十五年盼音讯本已绝望，

　　　好消息忽然传来好似梦乡……

　　　曾记得，

　　　风吹竹叶响，

　　　石榴满枝香。

　　　茅屋剪灯花，

　　　灯下读文章。

　　　到如今，巴山子弟已成长，

　　　华蓥山，千竿翠竹万面红旗盼你早还乡。（眺望远方，低声呼唤）二娃子！

〔收光。追光打住老太婆。

〔女声独唱：华蓥山上石榴红，

榴花如火照天明。

天明不见阿哥面，

摸把竹床冷冰冰。

老太婆　子良！

〔收光。追光中华子良上。两人交错换位，老太婆下。

〔画外音：疯子！疯子！

三

〔瓷器口。鑫记杂货店。

〔刘老板满面春风地拨打算盘。

〔华子良与两顾客相撞。

顾客甲　慢点挤，慢点挤。

顾客乙　你是哑巴啊？瞧你一身泥巴，把我的衣裳都弄脏了。

顾客甲　疯子，他是疯子。

〔杨进兴上。

杨进兴　嚷什么嚷什么？没瞧见他是个疯子吗？

顾客乙　疯子？疯子还满街跑？

杨进兴　你他妈的！

〔顾客甲乙躲下。

刘老板　（迎上前）杨长官，请里边坐，里边坐。（斟茶）长官请喝茶。（倒茶）

杨进兴　不客气。（看铺面）老板娘，老远就听见你的算盘珠子噼里啪啦地响，看来生意不错嘛！

刘老板　还不是托长官您的福吗！

杨进兴　好说。

刘老板　（唱）算盘响，店门开，

开门迎得贵客来。

杨进兴　好说。老板娘,你这又敬烟又敬茶,你这生意越来越红火啦。
　　　　(示意要钱)

刘老板　(接唱)小本生意凭实在,
　　　　　　　　公买公卖两无猜。(递钱)

杨进兴　(接钱)老板娘真痛快,我那儿百十号人开伙,你这生意算是做着了。

刘老板　多谢长官!
　　　　(接唱)来日方长多担待,
　　　　　　　　管叫您一路顺风两袖生财三星高照
　　　　　　　　四季康泰五福临门六六大顺一步一步上高台。

杨进兴　哈哈哈,老板娘真会说话。(见华子良盯着石榴愣神)疯子,拿个破石榴干啥呀?想吃啊?

华子良　不。(将石榴藏起)

杨进兴　你瞧,一个破石榴……

华子良　(神秘地)我要拿这石榴换香烟抽。

杨进兴　嘿,疯子,都说你又疯又傻,我看你是哑巴吃扁食,心里有数啊。跟我好好干,真要是共产党进了城,我就带你上山打游击,我当司令,你当个军需官。

华子良　(傻笑,走到刘老板面前,举起石榴)嗯?

刘老板　怎么,你真要换香烟?

华子良　嗯!

刘老板　(看了杨进兴一眼)不成,不成,你这石榴值多少钱,我一包香烟多少钱,换不得,换不得。

华子良　换不得也要换!

刘老板　怎么?

华子良　我们长官要当司令了,我就是军需官,你要是不换啊……我就砸店!

杨进兴　疯子,不许胡来。

刘老板　好了好了，我呀，不看僧面看佛面，今天我就用这盒香烟换你这石榴。（递上香烟拿过石榴）

〔华子良高兴地打开香烟，抽出一支嗅着。

刘老板　杨长官，咱们到后面看货去。

杨进兴　好好好。疯子，就在这儿等我，你哪儿也不准去，听见没有！

〔杨进兴与刘老板下。华子良背朝观众，坐在桌前。

〔华为上。

华　为　（唱）乔扮商人取情报，
　　　　　　　日夜兼程到市郊。
　　　　　　　接头地点已来到，

〔华为四下寻找，成瑶暗上。

成　瑶　（接唱）成瑶我等亲人暗自心焦。

〔成瑶发现华为。

成　瑶　华为！

华　为　成瑶！

成　瑶　华为，瞧你那东张西望的样子，一点也不自然。

华　为　看你说的，找人不就得东张西望吗？

成　瑶　在敌人眼皮子底下工作，千万不能暴露自己，咱们现在是一对恋人，举动要自然随便才好。

华　为　对，咱们本来就是对恋人，是得亲热点才像呢！（搂住成瑶的肩）

成　瑶　华为！谁让你这样的……

〔华子良一震，走过来。

〔成瑶推开华为，华为撞在华子良身上。

华　为　大叔，对不起。

〔华子良双眼紧盯着华为。华子良的画外音：华为，儿子！我的儿子！

华　为　大叔！

华子良　小老板，你姓华？

华　为　怎么？

华子良　（笑）好，好！小老板，你抽烟吧？

华　为　大叔，我不会。

华子良　走南闯北的小老板，怎么不抽烟呢？

成　瑶　（生硬地）不会就是不会嘛！

华子良　你是他太太吧？

成　瑶　是又怎么样？

华　为　成瑶，你怎么能和他这样呢？

成　瑶　（将华为拉到一边）我听说白公馆有一个疯子。

华　为　是他？他叫什么名字？

成　瑶　不清楚，就知道他是几年前陪绑杀场，被枪声吓疯的软骨头。

华　为　是这么回事！

　　　　〔华子良心情激动，从筐中拿出两个石榴。

华子良　小老板，我这儿有几个石榴，你带上吧！

华　为　你是什么人？

华子良　我是白公馆的囚犯啊！

成　瑶　哼，好一个自由自在的囚犯。

华子良　你带上吧，带上吧……

华　为　谁要你的石榴！（将石榴打落在地）

华子良　这，这可是我亲手种的呀！

华　为　老东西，你是个贪生怕死没有骨气的懦夫、胆小鬼！

　　　　〔华子良被华为推倒在地。

华　为　（对成瑶）咱们走。

　　　　〔二人下。

华子良　（直愣愣望着华为离去，声音颤抖着）我……我是你爹啊！

　　　　（唱）华为儿满怀憎恶骂出口，

　　　　　　　倒叫我又悲又喜滴滴泪水心中流。

　　　　　　　曾记得茅屋别离儿年幼，

爹为儿一粒一粒剥石榴。

今日里重相见——

我满腹的话儿难出口，

有儿不能认，有亲不能投，

有苦不能诉，有泪不能流。

就像这红红的石榴，皮里皮外看不透，

这万千痛楚压心头。

〔杨进兴内声：疯子，装上咱们的东西，回去了！

华子良　（缓慢地）回去……回去了！

〔华子良缓慢走下。切光。

〔光复明。刘老板、华为和成瑶在场。

华　为　老刘同志，东西送来没有？

刘老板　已经送到了！

〔刘老板递上石榴。

华　为　石榴？

刘老板　掰开看。

华　为　（掰开石榴取出情报）白公馆、渣滓洞地形图！太好了！

成　瑶　华为，这石榴……

华　为　（看石榴忽有所悟）石榴……疯子……

〔华子良步履蹒跚的身影，走在山路上。

〔收光。

四

〔白公馆院内。

〔难友们在放风，华子良手拿扫帚发愣。

〔杨进兴不耐烦地走上。

杨进兴　疯子，疯子！一个人叨咕什么呢？

——京剧《华子良》 〉〉〉〉〉

华子良　我看见儿子了。

杨进兴　疯话，这是陆所长的报纸，一会儿给他送去。（下）

〔华子良翻看报纸，忽被一条消息所吸引。

〔齐晓轩走近华子良，探身看报。

〔华子良故意将报纸掉在齐晓轩脚下。

齐晓轩　（捡起报纸）华子良，你的报纸掉了。

华子良　嘘，不要惊了我的石榴。（走到一边）

〔齐晓轩似有所悟，翻看报纸。

齐晓轩　（唱）敌人的报纸上把消息透露，

　　　　　　　从华东到西北尽为我收，

　　　　　　　我试着将报纸悄悄拿走，

华子良　（看见远处有敌特出现）石榴熟了，哪捡的还放哪儿去呀！

齐晓轩　（唱）看起来他疯癫背后有缘由。

〔齐晓轩放下报纸。华子良若无其事地捡起报纸离去。

〔齐晓轩招手，成岗、雷鸣围过来。

齐晓轩　成岗、雷鸣。

成　岗
雷　鸣　老齐。

齐晓轩　我刚才从敌人的报纸上，看到一条难得的消息。

成　岗　什么消息？

齐晓轩　大西南快要解放了，成都、重庆、贵阳的守敌也成了瓮中之鳖。

成　岗　我们要把这振奋人心的消息，告诉狱中所有的同志！

雷　鸣　对！你写传单，我来发！

齐晓轩　好！

〔华子良跑过场。

华子良　石榴熟了，石榴熟了……

〔切光。

五

〔白公馆。刑讯室。

〔众国民党士兵上。

〔陆清审问成岗。

陆　清　成岗，招了吧，招了就可以免受皮肉之苦！

成　岗　你叫我说什么？

陆　清　这张传单是从你的屋里搜出来的，说，它到底是从哪来的？

成　岗　我再说一遍，传单是我写的，消息是我听到的！

陆　清　你是读书人会写几个字，这点我不怀疑，可是这么重要的消息，你怎么能随便听来吗？说，它是从哪来的？

〔成岗沉默不语。

陆　清　只要你说出传单的消息来源，说出监狱中的组织，我马上就放了你。

成　岗　你做梦去吧！

陆　清　好，成岗，我要看看你骨头到底有多硬，给我用刑！

〔打手应声给成岗上刑。

陆　清　我要用竹签钉你的十指！

成　岗　（唱）竹签入指撼不动崇高信仰！

陆　清　我还有老虎凳！

成　岗　（唱）老虎凳折不断钢铁脊梁！

陆　清　我要灌你辣椒水！

成　岗　（唱）麻辣烫成岗含笑劳你赏，
　　　　　　　水中捞月你一场空忙！

陆　清　用烙铁烙他！

〔打手用烧红的烙铁烙成岗。

成　岗　啊……（昏死过去）

〔特写光照亮扫地的华子良。

华子良　（唱）皮肉烧焦滋滋响，

　　　　　　　烙在战友身疼在我心房。

〔华子良忍痛下。打手将成岗浇醒。

陆　清　成岗，你招是不招？

成　岗　（唱）成岗生来筋骨壮，

　　　　　　　风吹雨打历冰霜。

　　　　　　　任尔等花言巧语施伎俩，

　　　　　　　毒刑拷打逞凶狂。

　　　　　　　纵有酷刑千百样，

　　　　　　　共产党，共产党人志如钢。

　　　　　　　历史的车轮难阻挡，

　　　　　　　笑尔等穷途末路难久长。

陆　清　（气急败坏）把他关进地牢！

〔打手拖成岗下，特派员气冲冲地走上。

陆　清　立正！特派员！

特派员　陆所长，对这种不怕死的共党，再厉害的刑法，也是没有用的！

陆　清　特派员有何高见？

特派员　陆所长，这张传单必须引起我们足够的警惕，它说明白公馆和重庆地下党还有联系啊！

　　　　（唱）居安思危警钟常响，

　　　　　　　共产党无所不及须提防，

　　　　　　　你千万莫迷信高墙电网，

　　　　　　　怕只怕里外勾结内奸藏，

　　　　　　　白公馆定有人联系地下党——

陆　清　特派员，要是从白公馆查出这样的人，我抽他的筋，扒他的皮！

特派员　（指着正在跑步的华子良，唱）

　　　　　　　这个人疯癫癫颇费猜详。

陆　清　（不以为然地）特派员，他是个疯子。

特派员　把他给我叫过来！

陆　清　是。华子良跑过来！

〔华子良低头跑上。

特派员　华子良，你天天跑步，持之以恒，真是意志坚定，百折不挠啊！

〔华子良不语。

陆　清　疯子，特派员问你话呢！

华子良　（向陆清）报告长官！

陆　清　特派员问你话呢！

华子良　（跑向特派员）我天天跑步，就能多吃饭，我一顿能吃三大碗——稻米饭啊！

陆　清　（笑）饭桶！

〔特派员观察华子良。

特派员　华子良，解放军就要打过来了，你不想家吗？

华子良　家！家！

特派员　你的家在哪？

华子良　（唱）我的家……

陆　清　你的家在哪儿？

华子良　（唱）我的家……

特派员　你的家在哪儿？

华子良　（唱）我家就在这歌乐山。

陆　清　（唱）这疯子倒自在无牵无念。

特派员　华子良！

　　　　（唱）你的家不在白公馆，

　　　　　　　华蓥山才是你的家园。

华子良　（背唱）一句话引起我无限眷恋，

　　　　　　　恨不得与亲人相会在山前。

特派员　（背唱）螳螂在前黄雀有妙算，

———京剧《华子良》 〉〉〉〉〉

华子良　（背唱）毒蛇吞象你打错了算盘！

　　　　长官，华蓥山的路我熟，共产党来了，我们上山打游击。

　　　　（唱）长官做司令，

　　　　　　　我当军需官。

　　　　　　　抓住老太婆——

　　　　（以鞋当枪）砰砰！

特派员　你认识双枪老太婆？

华子良　认识啊！

　　　　（唱）我与她好姻缘还请长官一线牵。

　　　　〔收光。华子良暗下。追光打住陆清和特派员。

陆　清　哈哈，想不到这疯子还是个花心啊！

特派员　花心？什么花心，他是在跟我斗心！

陆　清　特派员要是不放心，我就把他抓起来。

特派员　不，让他疯下去。

陆　清　特派员的意思是……

特派员　明天你派华子良一个人去瓷器口。

陆　清　他一个人？他要是跑了呢？

特派员　我就怕他不跑！

　　　　〔特派员下。陆清招呼杨进兴和一便衣上，示意他俩跟踪华子良。

　　　　〔收光。

六

　　　　〔去瓷器口的路上。

　　　　〔华子良内唱：出魔窟跨山崖——

　　　　〔华子良挑箩筐上。

华子良　（接唱）秋风扑面，

　　　　　　　望山城，雾弥漫，嘉陵江，水连天，

一路奔跑我下了山。

我好似困鸟出笼飞天半，

我好似池鱼离网畅游在深潭。

我只想敞开胸怀高声喊……

啊……啊……

亲人啊，亲人啊，你们在哪边？

〔杨进兴和伙夫跟踪躲闪，被警觉的华子良发现。

华子良　（接唱）蓦回首，丛林之中人影闪，

　　　　果然是，敌特跟踪把我看，

　　　　我这里攀崖绕壁穿山涧，

　　　　今日里学一回刘海戏金蟾。

　　　　（疯唱山歌）华蓥山上石榴红，

　　　　榴花似火照天明啊……

〔华子良跑下。

杨进兴　这疯子要把咱们折腾死啊！

伙　夫　要是让他跑了，咱俩可就惨了。

杨进兴　他一个疯子，能跑哪儿去！

伙　夫　特派员说，他有点共党嫌疑。

杨进兴　什么，他是共产党？华子良要是共产党，我就是你的……

伙　夫　啥子？

杨进兴　小舅子。

伙　夫　但愿他不是共产党，我也没你这个小舅子，快追，快追。

杨进兴　你说他们这是干什么呦，让咱们跟踪一个傻疯子，不是比傻疯子还傻疯子吗！唉，党国将亡，他们当官的去美国的去美国，飞台湾的飞台湾，我他妈的不如也疯了呢！

〔画外音：疯子！疯子！

〔二人惊惧。

〔切光。

〔起光。一个女游击队员扮作佣人上,老太婆扮成贵妇,二男游击队员扮作轿夫随上。

老太婆　（唱）滑竿一颤过重山,

　　　　　　乔装打扮到江边。

　　　　　　深入虎穴把地形探,

〔老太婆四下察看,并示意众人散开侦察。游击队员下。

〔华子良内唱:华蓥山上石榴红,

　　　　　　榴花似火照天明啊……

老太婆　（唱）一声山歌震心弦。

〔华子良上。

华子良　（唱山歌）华蓥山上石榴红,

　　　　　　榴花似火照天明啊,

老太婆　（接唱）天明不见阿哥面,

　　　　　　摸一把竹床冷冰冰啊。

〔华子良一惊,二人对视,同唱山歌。

华子良
老太婆　（对唱）华蓥山上石榴红,

　　　　　　榴花似火照天明,

　　　　　　天明不见阿哥面,

　　　　　　摸一把竹床冷冰冰啊。

〔二人凝眸对视,心潮澎湃。

〔伴唱:啊——

　　　　　是梦? 是魇? 是真? 是幻?

　　　　　这相逢来得太突然。

华子良　（背唱）莫非我装疯过久昏了眼?

　　　　　　难相信梦里的亲人就在面前。

老太婆　（背唱）难相信昔日英武男子汉,

　　　　　　竟这般瘦骨嶙峋白发斑斑。

〔二人感觉如梦如幻。光渐暗，追光打住两人。

华子良　（唱）十五年……

老太婆　（唱）十五年……

华子良　（唱）十五年梦中常相见，

老太婆　（唱）十五年你高墙屈辱受熬煎。

华子良　（唱）十五年盼团聚泪眼望断，

老太婆　（唱）十五年你怎熬过酷暑严寒。

华子良　（唱）盼相见，相见却又难相认，

老太婆　（唱）难相认，满心痛楚似刀剜，

华子良　（唱）只觉得血在澎涌心潮翻，

老太婆　（唱）我的身发颤！

华子良　（唱）我的心发酸！想呼，想叫，

老太婆　（唱）想呼，想叫，

华子良
老太婆　（合唱）想哭，想喊，

　　　　我、我、我的老伴！

〔二人走近欲拥抱，定格。起光。

〔伴唱：慢、慢、慢，

　　　　此时此刻，要考虑周全。

华子良　（唱）山石后隐藏有鹰犬，

老太婆　（唱）他神情骤变为哪般？

华子良　（唱）强压激情装疯汉。

老太婆　老华！

华子良　（疯状）华蓥山上石榴红……

老太婆　二娃子！

华子良　二娃子拉纤下川东啊……（示意石后有人）

老太婆　（会意）咳！

　　　　（接唱）我问你进城走哪边？

华子良　（暗指白公馆）你要进城？

老太婆　对，进城。

华子良　嗨，你算是问着了！

　　　　（唱）拨转船头直向南，

　　　　　　　江岸十里到"城"边。

　　　　　　　莫走大路走山涧，

　　　　　　　谨防毒虫在林间。

老太婆　明白了，明白了。

华子良　（唱）贵夫人你不能白问路，

老太婆　那你要怎样？

华子良　我要一包香烟。

老太婆　我哪来的香烟啊。

华子良　没有香烟，就用你的衣服来换！

华子良　（自语，唱）我的好老伴，

　　　　〔杨进兴和伙夫的画外音：他在那儿呢！

华子良　（唱）原谅我重任在肩无法明言。

　　　　〔杨进兴和伙夫上。华子良抓起脏土抹在老太婆的衣服上。

　　　　〔老太婆领悟了华子良的意图，抓住华子良用雨伞打他。

老太婆　（故意说给敌特听）你这疯子，把我的衣服都弄脏了，你讨打，讨打！

　　　　〔华子良痴笑、躲闪，趁机跑下。

　　　　〔杨进兴和伙夫欲追，老太婆上前拦住。

老太婆　当兵的！当兵的！这个疯子乱冲乱闯的你们管不管，管不管？

杨进兴　你是干什么的？

老太婆　我是你们处长的亲戚，你们要是不管，我找处长去。

杨进兴　太太，对不起，这个疯子是我们山上的杂工，疯病犯了，我们正在找他。

伙　夫　对对，我们找他，我们找他。

〔二人欲下。

老太婆　回来，回来，原来他是你们那儿的，那我这件衣服，你得赔。
杨进兴　我赔什么呀？
老太婆　这是我花大价钱买的，你不赔谁赔啊？你不赔谁赔啊？
杨进兴　他弄脏的，找他赔啊！
老太婆　他是个疯子。
伙　夫　太太，不瞒你说，我们哥俩也不太正常了，（做疯状）疯了，疯了！

〔杨进兴和伙夫跑下。

老太婆　（望着华子良走去的方向）老华，保重啊！（一步一回头，突然冲着华子良离去的方向呼唤）二娃子！

〔伴唱：这相逢，太短暂，
　　　　说不清是喜是悲还是酸……

〔收光。

七

〔瓷器口，杂货店。
〔追光打住刘老板和华子良。

刘老板　老华，就你一个人？
华子良　后面有人跟踪。
刘老板　怎么回事？
华子良　老刘，成岗编了一期传单，敌人突击搜查发现了，他被关进地牢，还遭到毒刑拷打，我也受到怀疑了。
刘老板　（当机立断）你不能回白公馆了。
华子良　怎么？
刘老板　李敬原同志有指示，你的安全一旦受到威胁，必须采取保护措施，马上离开那里。

———京剧《华子良》 〉〉〉〉〉

华子良　不，这个时候我不能走！

刘老板　这是组织的决定！

华子良　老刘同志！营救计划尚未实施，监狱里的同志随时都可能牺牲，我怎么能在这时候一个人逃走呢？敌人只是怀疑，并无证据。你就赶快布置任务吧！

刘老板　也好，你把情报送给狱中的党组织后要尽快撤离！

华子良　保证完成任务！

刘老板　（唱）战友越狱须提前，
　　　　　　　部队接应在后山。（递上纸条）
　　　　　　　这里有地下党营救方案，
　　　　　　　火速面交齐晓轩，
　　　　　　　接头时切莫露破绽，
　　　　　　　千斤重任你承担！

华子良　来人了！

刘老板　（大声地）腊肉五斤，海米八两，皮蛋七篓，榨菜十八坛喽……

　　　　〔在唱名声中收光。

八

　　　　〔白公馆。
　　　　〔低沉有力的《国际歌》声。

陆　清　（色厉内荏）不许唱！不许唱！不许唱！
　　　　〔歌声继续。

陆　清　（哀求地）不要再唱了，就算兄弟我求求你们了！
　　　　（念）你唱"起来"我发慌，
　　　　　　　手慌脚慌心更慌。
　　　　　　　慌里慌张把窗关上，
　　　　〔歌声愈强。

陆　　清　怎奈何四周有墙天无墙。

〔内声：立正！

〔特派员上。

陆　　清　特派员，你看……

特派员　诸位，诸位，我奉劝诸位不要再闹事，只要大家悔过自新，是有可能放你们出去的。

难友甲　你们敢放我们出去吗？

难友乙　你们不是准备好镪水池了吗？

众难友　你们准备什么时候动手啊？

特派员　诸位，诸位，这是谣言，请相信政府对你们实行的是感化政策，而不是肉体的消灭。

众难友　住口！住口！

〔众难友用铁栏围住了特派员和陆清。

难友乙　我们现在强烈要求，停止迫害政治犯，立即将成岗放回牢房！

众难友　停止迫害政治犯，立即放回成岗！

特派员　这个不难，只要你们有人说出那张传单上消息的来源！

陆　　清　对，传单是谁写的？

特派员　（厉声地）是谁写的？

齐晓轩　（挺身而出）是我写的！

〔众难友被士兵赶下。

特派员　摆座！

〔齐晓轩从容就座。

特派员　齐晓轩，你曾是共产党的地委书记，许云峰死了，你现在就是他们的头了，你怎么还写传单呢？

齐晓轩　不相信，你们可以对笔迹嘛！

特派员　笔迹是一定要对的，你别想把责任揽到自己的身上，蒙骗党国。

陆　　清　你们是怎么和地下党联系的？

齐晓轩　这消息其实是你们带进来的！

陆　清　你胡说！

特派员　让他说！

齐晓轩　（唱）看守所连日来凄惶景象，

　　　　　　　清档案烧文件上下奔忙。

陆　清　档案文件是党国机密，岂能落在共军的手里！

齐晓轩　（唱）那一日管理室大开四敞，

　　　　　　　桌子上摆放着报纸一张。

陆　清　你竟敢私自进管理室？

齐晓轩　（唱）管理室并非是皇宫御帐，

　　　　　　　登堂入室但坐何妨？

陆　清　你偷看了报纸？

齐晓轩　（唱）报刊载文供人赏，

　　　　　　　恼羞成怒实荒唐，

　　　　　　　劝二位要把当前局势细思量，

　　　　　　　且莫要杯弓蛇影乱做文章。

陆　清　笑话，我们的报纸岂能给共产党作宣传？

齐晓轩　报纸就在管理室，何不拿来看看呢？

　　　　〔特派员示意陆清拿报纸。

陆　清　报纸！

　　　　〔士兵送上报纸，陆清要翻找，特派员拦住他。

特派员　请问齐先生，是哪天的报纸啊？

齐晓轩　这么重要的消息，特派员没看？

特派员　现在我问的是你！

齐晓轩　十月十号，《中央日报》第三版，左下角，找到了吗？

陆　清　（懊丧地）找到了，特派员，你看……

特派员　（看报）唉！（把报纸扔向陆清）

陆　清　《中央日报》，《中央日报》，你不找共军的麻烦，怎么专给自己人添乱啊！

齐晓轩　搬起石头砸了自己的脚！哈哈哈……

〔齐晓轩下。

特派员　陆所长，此事定有内线，那个疯子回来没有？

陆　清　马上就有结果。

特派员　哼，我看他是不敢回来了！

〔华子良内声：我回来了！

〔华子良挑担冲出。杨进兴和伙夫追上。

华子良　（唱）健步如飞上山岗，

　　　　　　　攀崖越壑戏豺狼。

　　　　　　　巧送消息作迷障，

　　　　　　　白公馆又回来不躲不藏的华子良。

〔石榴树画外音：疯子回来了！疯子回来了！

〔收光。追光打住华子良。

华子良　（深情地）石榴树！石榴树！

九

〔白公馆院内。石榴树旁。

〔伴唱：漫天迷雾，秋风肃杀，

　　　　　急待天明，翘望朝霞，

　　　　　黎明前知心挚友说一说话，

　　　　　两情依依，一问一答。

〔伴唱中，华子良提起水桶，给石榴树浇水。

华子良　石榴树，老朋友，天要亮了，我要走了！

〔石榴树的画外音：你要走了？到哪去啊？

华子良　我要下山去了。

〔石榴树的画外音：我不让你走，我不让你走！

华子良　我也舍不得你呀！石榴树，我的好友啊！

——京剧《华子良》 〉〉〉〉〉

（唱）难忘你——
　　淫雨绵绵为我撑起伞一把，
　　难忘你——
　　长夜漫漫伴我迎朝霞。
　　难忘你——
　　解孤独听我倾诉心里话，
　　难忘你——
　　知我心叶婆娑细语沙沙。
　　你虽无有那红梅傲雪美如画，
　　你虽无有那青松擎天干挺拔。
　　但却是寒冬烈日都不怕，
　　贫瘠土内把根扎。
　　你七扭八歪貌不惊人
　　蓓蕾挂在那密叶下，
　　任凭那狂风吹雪雨打，
　　该开花时就开花。
　　熬过了那多少年春秋冬夏，
　　磨砺了刚强本质坚忍不拔。
　　石榴树啊，
　　暂离别难分难舍说不完的知心话，
　　保重啊，保重啊！
〔伴唱：石榴花，石榴花，
　　　　映红了天，映红了霞，
　　　　秋实绽开籽千万，
　　　　来年春到更芳华。
〔火红的石榴花纷纷开放，映红整个舞台。

十

〔白公馆地牢。

〔画外音：铁镣的声音。地牢的铁门声。

齐晓轩　成岗。

成　岗　老齐。

齐晓轩　看来敌人要在最后一刻对我们下毒手了。

成　岗　我们要尽快和狱外党组织取得联系。

齐晓轩　现在能进出白公馆的只有华子良……

成　岗　那个疯子？

〔起光。

齐晓轩　对，我已经观察他很长时间了，他很可能是我们的同志。

成　岗　他会是我们的同志？

齐晓轩　成岗，还记得那次敌人给我们吃馊饭，他盛着一碗饭硬要让我吃，就是在那碗底，藏着敌人的密裁消息。还有，他天天跑步为的是什么？他有许多外出的机会，为什么不逃跑？

成　岗　他是给敌人当奴才当惯了，没有逃跑的勇气吧！

〔华子良突然出现，成岗吃了一惊，保护着齐晓轩。

成　岗　华子良，你来干什么？

华子良　孤雁归群要找党！

成　岗　滚开！

齐晓轩　慢着，你要找哪一位？

华子良　特支书记齐晓轩。

齐晓轩　派你接头的是谁？

华子良　省委书记罗世文。

齐晓轩　老罗同志牺牲已三年。

华子良　（念白）他留下遗嘱三年前，

————京剧《华子良》 〉〉〉〉〉

    三年前一个凄风阴雨天，

    杀场路上刑车颠，

    老罗有估算，

    说我只是嫌疑犯，

    可能是陪绑吓唬咱，

    指示我枪声一响，伪装疯癫。

成　岗　伪装疯癫？

齐晓轩　那你为什么到现在才来接头相见？

华子良　我有特殊任务在肩，非到必要时刻，不能和同志们相见。

齐晓轩　你的任务是……

华子良　等待解放，越狱突围白公馆！

齐晓轩　接头暗语？

华子良　"让我们迎接这个伟大的日子吧！"

齐晓轩　华子良，我的好同志！

华子良　老齐！

成　岗　老华同志！

华子良　成岗！

    〔三人拥抱在一起，华子良泣不成声。

华子良　（唱）一声"同志"三春暖，

    两行热泪如涌泉，

    早也盼来晚也盼，

    孤雁归队把家还。

成　岗　（唱）战友们泪眼对泪眼，

    满腹痛楚满心酸，

    好战友原谅我——

    错将鸿鹄当雀燕，

    错将亲人当愚顽。

    拳脚相加施冷眼，

痛不该——
往你心灵的伤口又撒盐。

齐晓轩　（唱）你深藏恨爱涉艰险，
你忍辱负重受熬煎，
我代表战友们道声歉。（深鞠一躬）

〔华子良感动不已，泪流满面。

齐晓轩　子良！
（唱）你的苦，你的难，
你的忠贞你的胆，
人民永远记心间！

华子良　老齐，我带来了地下党的指示。

〔齐晓轩看指示。

齐晓轩　好！
（唱）党的指示甚周全，
安排营救在夜间。

成　岗　（唱）铁门重重挽锁链，
手无寸铁开锁难。

〔华子良拿出一串钥匙。

华子良　（唱）我早已配好钥匙一串，
开锁破门不费难。

成　岗　（接过钥匙，唱）一串钥匙沉甸甸，

齐晓轩　（唱）这战友情谊重如山。

华子良　（唱）越狱时千万莫慌乱，
地牢内有暗道通向外边。

成　岗　地牢？

华子良　对，当初许云峰同志关在里面，用铁片和手指挖开了后墙的条石，搬开条石，就可以通往山后。记住，是后墙左边第三块条石！

齐晓轩　这就是说,老许同志当年能够越狱逃跑,但他没有这么做,他把死留给了自己,把生留给了同志们!子良同志,你圆满完成了任务,继续留在白公馆非常危险。你马上设法逃出去,找到营救部队,给他们做向导,杀回集中营。

华子良　老齐,你放心吧!

　　　　(唱)为营救战友刻不容缓,

成　岗　(唱)祝愿你此去一路平安。

齐晓轩　(唱)伴着清风奔江岸,

　　　　　　　高举红旗到山前。

　　　　　　　到那时——

　　　　　　　战友醉唱《红岩赞》,

三　人　(合唱)千杯万盏尽开颜。

　　　　〔三个人的手紧紧地叠握在一起。

　　　　〔切光。

十一

　　　　〔白公馆。院内。

　　　　〔杨进兴内声:集合!

　　　　〔特派员、陆清、杨进兴匆匆上。

杨进兴　报告长官,一切准备就绪。

特派员　镪水池?

杨进兴　已经灌满。

特派员　行刑队?

杨进兴　枪弹上膛。

特派员　好,现在执行徐处长的"密裁计划",先行处决一批要犯和危险分子!把成岗带上来!

杨进兴　是。带成岗!

〔成岗被士兵押上。

成　岗　（唱）任脚下响着沉重的铁镣，
　　　　　　　任你把皮鞭举得高高！
特派员　成岗先生，听说你上有老母，下有小妹，我也实在不愿这么做。
　　　　只要你能写一份自白书，我就……
成　岗　（唱）我不需要什么自白，
　　　　　　　哪怕胸口对着带血的刺刀！
　　　　　　　面对死亡我放声大笑，
　　　　　　　魔鬼的宫殿在笑声中动摇，
　　　　　　　这就是一个共产党员的自白，
　　　　　　　高唱凯歌埋葬腐朽的王朝。
特派员　带走！
成　岗　刽子手，来吧，别发抖！
特派员　我是从不亲手杀人的，那个疯子华子良呢，叫他来动手！
杨进兴　我叫他瓷器口买菜去了。
特派员　混账，给我把他找回来！

〔伙夫跑上。

伙　夫　看守长，不好了，疯子他是装的……
杨进兴　啊！
特派员　我早就怀疑他不是个疯子，把他带上来！
伙　夫　特派员，带不上来了，他趁买菜的机会把我甩掉了，一个人跑了！
特派员　什么，他跑了！
成　岗　特派员，你们的末日就要到了！
特派员　行刑！

〔难友们高呼：成岗！成岗！成岗！
〔收光。枪响。

十二

〔通往歌乐山的路上。华子良与华为相遇。

华　为　什么人？
华子良　带路的。
华　为　口令！
华子良　华蓥山上石榴红！
华　为　爹！
华子良　好儿子！
华　为　我……
华子良　时间紧迫，告诉你妈带着队伍跟我走！

〔游击队急速前进。
〔白公馆一片混乱。
〔华子良引游击队员冲进白公馆。
〔老太婆双枪击毙顽抗的敌人。
〔晨曦初照，烟消雾散。
〔伴唱：白公馆里火光闪，
　　　　牢房空荡石壁残。
〔游击队员们打扫战场，救治伤员。
〔受伤的脱险难友和华子良握手。
〔华子良一边心情沉重地抚慰难友，一边执著地寻找着。

华子良　老齐……成岗……

〔老太婆上。

老太婆　华子良！
华子良　报告长官！
老太婆　我是华为他妈。

〔二人相拥而泣。

华子良　（唱）千言万语心头涌，
　　　　　　　　泪眼相望竟无声。
老太婆　（唱）想亲人漫漫长夜如幻梦，
　　　　　　　　受折磨真怕你假疯变真疯！
　　　　〔成瑶上。华为追上。
成　瑶　（哭喊着）哥哥，哥哥……
华　为　成瑶，成瑶！
老太婆　成瑶！
成　瑶　（扑进老太婆怀里）华妈妈！
华子良　我的好孩子。
老太婆　成岗走了，齐晓轩走了，许云峰、江姐他们都走了……
华子良　不，他们没走，他们还留在我们心中！
　　　　（唱）情切切唱一支忠魂曲，
　　　　　　　意绵绵难诉说战友情谊，
　　　　　　　怀念你，舍身求真理，
　　　　　　　怀念你，铁骨铮铮斗顽敌，
　　　　　　　怀念你，人民世代心永记。
　　　　〔众合唱：红岩上，红岩上，
　　　　　　　　石榴花开映红旗。
　　　　〔红旗翻卷，榴红似火。
　　　　〔剧终。

精品剧目·京剧

膏药章

编剧 余笑予 谢 鲁 习志淦

人物

膏药章	帮　办
小寡妇	众捕快
捕快头	众清兵
捕快甲	众衙役
捕快乙	狱　卒
大师兄	禁　子
女店主	当铺老板
革命党	刽子手甲
县　官	刽子手乙
族　公	

———京剧《膏药章》

〔清朝末年。华夏某县。

〔音乐激烈。舞台上捕快头及捕快亮相。

〔捕快头领众捕快、衙役上。

捕快头　太爷悬赏！捉拿乱党！抓住一个，赏银千两！

众捕快　赏银千两！

捕快头　你们到十码头，你们去三官堂！

众捕快　喳！

捕快头　小心茶楼酒馆！

众捕快　喳！

捕快头　留意花街柳巷！回来！要记住，革命党善于伪装。

众捕快　善于伪装。

捕快头　他纵有三头六臂，咱有天罗地网！

〔众亮相造型。定格。

〔众隐去。

〔追光：膏药章亮相：狗皮膏药！

〔伴唱：卖膏药卖膏药卖膏药！

膏药章　（唱）膏药章出城催讨膏药账，

　　　　　　　忽然那个鸡飞狗跳墙。

　　　　　　　捉乱党、乱嚷嚷，

　　　　　　　差人们踹门扭锁砸窗户、倒柜翻箱。

　　　　　　　听说是革命党，他们反清反皇上，

　　　　　　　还要咱大老爷们儿剪辫子，实在太荒唐。

　　　　　　　没有辫子，成了秃子。

　　　　　　　从今往后我成了和尚。

还要吃斋念佛，念佛吃斋。
我怎么找婆娘？怎么入洞房？
怎么去拜花堂？我又怎么抬花轿接新娘？
敲锣打鼓拜花堂，吹起了喇叭喜洋洋。
呜哩哇哩呜，呜哩哇哩哇，呜哩哇哩呜哩哇哩，
光棍我不愿当。
哎呀呀哎呀呀，此女满面是血浆。

鞭炮！还有香！上坟的忧伤过度，撞了！生意来了，生意来了。列位，不是我膏药章吹牛，我膏药章治疗跌打损伤，那是百灵百验，起死还阳。不信你瞧着，我这膏药只要一贴上——（小寡妇呻吟声）她就能活动了。

小寡妇　水……

膏药章　水……（观察）对！前面有个小客栈，弄点水来洗洗伤，醒了好讨膏药账。来来来，起来不着急！咱们慢点！您站好了，我拿褡裢去啊。

〔膏药章石狮后扶出小寡妇。小寡妇欲倒，膏药章扶住。

〔捕快甲、乙上。

二捕快　站住！

膏药章　没动！

捕快甲　哦，膏药章——

膏药章　是我！

捕快乙　（指伤者）这位呢？

膏药章　不认识。

捕快甲　你们俩在干什么？

膏药章　她撞了墙！

捕快甲　哈哈！

膏药章　嘻嘻！

捕快甲　拐骗妇女！

——京剧《膏药章》 〉〉〉〉〉

捕快乙　逼良为娼！

捕快甲　逼良为娼！

膏药章　混账！

捕快甲　什么？

膏药章　冤枉！

捕快乙　少废话，罚银五两！

膏药章　五两那么多！

捕快甲　十两。

膏药章　你听我说。

捕快乙　十五两。

膏药章　不讲道理！

捕快甲　二十两！

〔膏药章不语。

捕快甲　说呀，你怎么不说了？

膏药章　不说了，再说你们还要往上涨！

捕快乙　没钱？没钱这是什么？

膏药章　我全部家当。

捕快甲　这篮子里……

膏药章　死人用的香。

捕快甲　不要！

膏药章　好大方！

捕快乙　滚蛋吧你！

膏药章　走吧，咱们找店房。

捕快甲　什么，你还要开包房？

膏药章　洗伤！

捕快甲　下场！

〔膏药章扶小寡妇下。

〔大师兄上。

大师兄　（唱）黑云翻卷变风向，
　　　　　　　今日情况非寻常。
　　　　　　　老五他托我来接应革命党，
　　　　　　　为朋友帮个忙小事一桩！

捕快甲　站住！

大师兄　干什么？

捕快甲　检查！

捕快头　住手！（发现是大师兄，行礼）门里金刚！

大师兄　座上菩萨！干什么到处搜查？

捕快头　城里来了乱党。

大师兄　啥叫乱党？

捕快头　就是那革命党啊！

大师兄　他们把我当革命党抓！

捕快头　混蛋，革命党都是短头发！

二捕快　喳！

捕快头　哈哈，手下多有冒犯，万花楼兄弟摆酒。

大师兄　得罪！得罪！一品居哥们请茶！

捕快头　回见，回见！

〔捕快头及二捕快下。

大师兄　短头发，有意思……呀！天色晚，人未见，且到南门小店打探一番！

〔招商客店。女店主上。

女店主　明是招商客店，暗中联络接线。

大师兄　开门！

女店主　（暗号）虎口拔牙！

大师兄　（暗号）全凭钢刀！

〔女店主开门。

女店主　师兄！

——京剧《膏药章》

大师兄　师妹！

〔大师兄进。

大师兄　城门紧闭风声紧，

女店主　贵客早已来店中。

　　　　（唱）长袍马褂瓜皮帽，

　　　　　　　挽着一个女娇娇。

大师兄　带着家眷。

女店主　（唱）只见他，进门来不与我对暗号，

大师兄　（示辫子）他有这玩意儿吗？

女店主　（唱）长辫子拖在后脑勺。

大师兄　来人有诈，现在何处？

女店主　楼上客房。

大师兄　我去会他。

女店主　请！

〔女店主下，大师兄上楼。

〔膏药章端脸盆上。

大师兄　嗯？膏药章？怎么是他呀？

〔膏药章端脸盆进房。

〔膏药章复上。

〔大师兄将膏药章"嘘"出。

大师兄　（突然小声问）虎口拔牙！

膏药章　嗯？

大师兄　（大声）虎口拔牙！

膏药章　拔牙就拔牙，你嚷什么呀？

大师兄　虎口拔牙！

膏药章　有意思，进店的时候，女店主要拔牙，他也要拔牙？明白了，想是住店要对对联。想不到啊，这个浑浊世界，还有如此风雅之客店。大哥，你是要跟我对……

大师兄　虎口拔牙!
膏药章　虎口拔牙?明白,要对虎口拔牙。虎,我对什么呢?虎,我对狗,画虎不成反类狗,好!口?口,我对皮,人口两张皮,妙!拔,是一拔就高,对高!牙,牙疼上药。大哥!
大师兄　虎口拔牙——
膏药章　狗皮膏药!
大师兄　嘿!
　　　　(唱)对暗号对出了狗皮膏药,
　　　　　　　真佛未到我心内焦。
　　　　　　　速去南门再寻找——(下)
膏药章　狗皮膏药——这人有病。
　　　　〔膏药章转身进屋。小寡妇上。二人碰面,惊诧定格。
　　　　〔伴唱:哎——月貌花容,花容月貌,
　　　　　　　膏药章灵魂出了窍。
小寡妇　你……你要干什么?出去!
膏药章　给钱!
小寡妇　出去——(一脸盆水泼向膏药章)
　　　　〔膏药章退出门。小寡妇关门。
膏药章　大姐呀,你听我说——(【牌子】叙述经过)
小寡妇　如此说来,你是个好人?
膏药章　早就是好人了,您这倒好哪,滴水之恩涌泉相报啊!(示打湿的长衫)
小寡妇　先生,您怎么不早说?(开门)
膏药章　我还没张嘴就成落汤鸡了。
小寡妇　真是对不起。
膏药章　没什么,大姐您就掏钱吧。
小寡妇　掏钱?
膏药章　对了,治疗费十两银子。是我进去拿呢,还是您送出来?

———京剧《膏药章》 >>>>>

小寡妇　十两？

膏药章　十两！

小寡妇　喂呀！

膏药章　贵呀？不贵。这还是见着您打了五折呢！

小寡妇　（唱）本不该救我性命！

膏药章　大姐，您是不想给钱呀？您不说我是好人吗？这好人他也得吃饭呀。

小寡妇　（唱）天地间有谁怜恤未亡之人。

膏药章　未亡人？啊，这位是死了男人的寡妇。可怜哪！我也不能亏本，大姐您就给个五两银子行吗？

小寡妇　天哪！

膏药章　没有添，是在减哪！

小寡妇　（唱）我满腹冤仇一腔恨。

膏药章　恨谁？

小寡妇　（唱）恨族公恨帮办人面兽心！
　　　　　　　两只狼为霸占我机关用尽，
　　　　　　　我的夫遭惨害死因不明，
　　　　　　　活着不能把仇报，
　　　　　　　阴曹地府把冤伸。
　　　　　　　坟场之上寻自尽——

膏药章　（唱）膏药章今儿个要打这个抱不平！
　　　　　　（义愤填膺地）大姐，这事没完！我替您写状子告他们。

小寡妇　告？！

膏药章　大清国是个有王法的地方！

小寡妇　多谢先生。

膏药章　不客气，说说你那个族公是干什么的？

小寡妇　县衙门师爷。

膏药章　师爷……那是管法律的。我们告帮办。

小寡妇　帮办是洋人。

膏药章　洋人？那是管师爷的。大姐是这样，如今百姓怕官，官怕洋人，他们一个比一个厉害呀！大姐，您那个医药费五两银子我给您全免了，我只能这样了。

小寡妇　先生留步！

膏药章　没房钱？大姐您是没房钱？不要紧，（见手中长衫）这样，您就把这长衫拿去顶房钱。

小寡妇　先生，这使不得呀！

膏药章　不客气，不客气，大姐这样，您这个鞭炮咱们把它放了，崩崩晦气！（拿起竹篮中的鞭炮）

〔内喊：抓住他！

〔革命党上。捕快头跟踪上。

捕快头　（示意后面）弟兄们，抓住他！

〔捕快、清兵上。抓捕革命党。搏斗。

膏药章　把它放了崩崩晦气！

〔膏药章用灯火点鞭炮，好半天才点着，丢，响了。

捕快甲　枪声！

捕快头　卧倒！

〔捕快、清兵卧倒。革命党乘机跑下。

膏药章　哎，别跑啊！（伸出头看热闹。捕快头开枪击中革命党。膏药章的帽子被击飞）

众捕快　冲啊！（上楼）不许动！

〔膏药章、小寡妇退回房中，以衣蒙头，拥在一处，抖成一团……

捕快甲　（看见膏药章、小寡妇的脚）头儿！是一男一女！

捕快头　一定是革命党的高级头头！

膏药章　我、我是膏……

众　　　不许动！

——京剧《膏药章》

膏药章　膏药章！
捕快头　把枪交出来！
众　　　交出来！
膏药章　枪？我没那玩意儿！
众　　　不许动！
膏药章　我没那玩意儿呀！
捕快头　那刚才"啪啪"两响是怎么回事儿？
膏药章　那是我放的炮仗！
捕快头　黑灯瞎火的你放的哪门子鞭炮啊？
膏药章　不该放！
捕快头　她是谁？
膏药章　她是刚死了男人的寡妇。
捕快头　她刚死了男人你就来顶缺了？
小寡妇　差官！他可是好人哪！
捕快头　他不是好人你能脱衣裳？
膏药章　差官！她没脱衣裳！
捕快头　她没脱衣裳？那你手上拿的是什么？
膏药章　那是她脱的……这是我……
捕快头　行了！行了！快穿上！
　　　　〔膏药章、小寡妇欲换手中衣裳。
捕快头　不许换！手上拿什么就穿什么！穿上！
　　　　〔膏药章穿上裙子，小寡妇披上长衫。
捕快甲　头儿，这可是一桩风化案哪！
捕快头　什么风化案？统统是革命党！带走！
众捕快　走！
　　　　〔众隐去。
膏药章　大姐，您上坟就上坟，您买的哪门子鞭炮啊？
小寡妇　是我连累先生了。

膏药章　唉，这不怪您，怪我。黑更半夜的，我放的哪门子鞭炮呢？最可恨还是那个做鞭炮的，要不响你就都不响，偏弄俩响的搁里头。

〔鼓声中县官升堂。

捕快甲　带革命党！

众捕快　带革命党！

〔族公、衙役上。

革命党　（唱）身受枪伤陷魔掌，

　　　　　　　披枷戴锁上公堂。

　　　　　　　革命男儿胆气壮，

　　　　　　　抛头颅洒热血千古流芳。

县　官　嘟！大胆的乱党，见了本官还不跪下！

众　　　跪下！

革命党　呸！我革命党人岂能跪你这专制的走狗！朝廷的奴才！

族　公　难道你就不怕死？

革命党　本人自投身革命以来，早将生死置之度外，我不怕死，奈何以死惧之？

县　官　你的同党是谁？

革命党　怎么？你是要问我的同党吗？你们听着！

　　　　（唱）他为民众把病医，

　　　　　　　他为人间除顽疾。

　　　　　　　扭转乾坤换天地，

　　　　　　　称得起我华夏济世良医。

〔捕快头与县官耳语。

县　官　哼……你以为本县真不知道你说的是谁吗？本县早已将他捉拿归案了！你来看——（指膏药章）

膏药章　老爷，我不是革命党！我是个卖狗皮膏药的呀！

县　官　狗皮膏药……假的！

膏药章　真的！我这膏药，祖传秘方，货真价实，舒经活络，提神醒脑，

止咳化痰，补肾壮阳。老爷您也当堂一试！（一边说一边将随身所带的膏药散发给衙役等）

县　　官　真有这么灵吗？

膏药章　　不灵不要钱！

县　　官　既然如此，你还敢说你不是济世良医？你就是他的同党！

革命党　　哈哈哈哈……

县　　官　你笑什么？

革命党　　与我同党的济世良医，姓孙名文字逸仙，人称中山先生。

族　　公　孙中山哪！

县　　官　哈哈！你竟敢在公堂之上戏弄本官，来呀——给我拉下去打！

衙　　役　喳！

〔众衙役带革命党下。

县　　官　膏药章，你还是招了吧！

膏药章　　老爷，您叫我招什么？

捕快头　　你就说你是革命党！

膏药章　　我不是革命党！我真不是革命党啊！老爷！

（唱）我到城外去讨账，

　　　　路上救了小孤孀。

　　　　为崩晦气我放炮仗，

　　　　光冒烟，不见响。

　　　　嗵啪！嘻嘻！响了！响了！真响了！

　　　　"冲啊"——猛然间，他们冲进了小店房。

　　　　我的老爷呀，说我是革命党，你看像不像？

县　　官　（端详）唔，是瞧着有点儿别扭，好像多了点儿什么。

捕快头　　老爷，你瞧他那后脑勺儿上……

族　　公　老爷，多了一条小辫子。

县　　官　对呀，革命党的脑袋瓜上怎么会有这玩意儿呀？来呀！把他那小辫子给我割了！

捕快头　喳！（提刀欲割膏药章发辫）

膏药章　老爷！

　　　　（唱）这小辫子表明了我是忠于皇上的安善良民，

　　　　　　　倘若是割了它我岂不成了四不像？

　　　　　　　我的老爷呀，

　　　　　　　恳求你保留我这原模原样、原水原汤、原包装。

县　官　这么说你不是革命党？

膏药章　老爷，别看咱是卖狗皮膏药的，咱也是有根有底人家的子孙，我爷爷给皇上的爷爷瞧过病，皇上的爷爷还恩准咱爷爷在"旗"哩，您想啊，这旗人能当革命党吗？

县　官　瞧你这熊样也不像个革命党！

膏药章　老爷圣明！

县　官　好！成全你对朝廷的忠心，这小辫子就不割了！

膏药章　老爷恩典！

县　官　你既是我大清子民，就不该拐骗良家妇女。

膏药章　老爷胡说！

县　官　放屁！

膏药章　老爷，我真没有拐骗良家妇女啊，不信你问她。

县　官　我知道！（对小寡妇）过来！过来！是个招蜂引蝶的模样！你和他是在床上被抓到的吧？

膏药章　老爷，那不是床上，是楼上！

县　官　楼上没床吗？

膏药章　楼上有床！

县　官　那就是床上。

膏药章　那是楼上！

县　官　分明是拐骗妇女，还敢巧言舌辩！不动大刑我谅你不招！来呀，给我扯下去打！

小寡妇　老爷，章先生冤枉呀！

―――京剧《膏药章》 〉〉〉〉〉

（唱）章先生正人君子心地善良，
　　　坟场上多亏他救死扶伤。
　　　城门关闭我有家回不去，
　　　无奈何他带我住进小店房。
　　　我二人清清白白坦坦荡荡，
　　　我的大老爷，说他是拐骗妇女实在冤枉。

膏药章　老爷，这下您听明白了吧！

县　官　明白！我比谁都明白！你说你不是拐骗妇女，那你身上穿的是什么？

膏药章　裙子！

县　官　（指小寡妇）那你身上呢？

小寡妇　他的长衫！

县　官　这不结了吗！有伤风化，罚银二百五十两！

族　公　老爷，这小女子是我的侄媳妇，您要为我做主呀！

县　官　嗯，亵渎官亲，再加……

族　公　二百五十两。

帮　办　慢！机会均等，利益均沾！（扔字据）

县　官　（捡字据，看）洋大人，她的丈夫欠您的钱？

帮　办　Yes！

县　官　现在您要她还账？

帮　办　Yes！

县　官　没钱就要她帮工顶债？

帮　办　Yes！

族　公　哎呀老爷！这小女子可不能送进洋行，那是送肉上砧板哪！

县　官　Yes！

族　公　老爷，这个小女子您就把她交给我吧！

膏药章　老爷，那是砧板上的肉，一码事儿！

县　官　那你说怎么办？

膏药章　欠债还钱！
县　官　欠债还钱！
族　公　欠债还钱！
县　官　好！掏！
膏药章　掏！
族　公　掏！
县　官　谁掏哇？
膏药章　谁掏哇？
县　官　你掏！（指膏药章）有伤风化，官府要你二百五！
族　公　犯我族规，祠堂要你二百五！
帮　办　夫债妻还，洋行要你二百五！
县　官
族　公　（同）拿来！
帮　办
膏药章　你们三个二百五我怎么拿得出啊！
县　官　拿不出来就给我打！
捕快甲　老爷，打不得了！
捕快乙　老爷，完了！
　　　　〔众衙役拖革命党上。
县　官　你们就不会轻点打吗？抓一个革命党，赏银就是一千两，这一下全完了！拖下去埋了！
众衙役　喳！
膏药章　慢！老爷，此人有救！
县　官　还愣着干什么？快救啊！
膏药章　水！
　　　　〔县官从师爷手上夺过茶壶给膏药章。
　　　　〔膏药章抢救革命党。
革命党　嗯……

———京剧《膏药章》 〉〉〉〉〉

县　　官　咦！老爷的一千两银子又算捡回来了！

膏药章　老爷，这一千两银子是我捡回来的！您看，除去官府、祠堂、洋行三个二百五，还多一个二百五就是我的了！

县　　官　呸！膏药章，限你三天交出银两！小寡妇交保（指族公、帮办）释放。革命党打入死囚牢房！退堂！（众举革命党亮相）

〔县官、衙役等隐去。

小寡妇　章先生！（示手上的长衫和膏药章身上的裙子）

膏药章　嗨！

〔二人欲交换衣衫……

族　　公　你还不走？侄媳妇，交保释放，我是保人。

帮　　办　交保释放，我是保人。

族　　公　哎，撒手！撒手！

〔小寡妇羞愤下。

族　　公　你是保人？你凭什么当她的保人？

帮　　办　那你凭什么担她的保？

族　　公　她是我侄媳妇！

帮　　办　侄媳妇？她的丈夫是怎么死的？

族　　公　怎么死的，你心里明白！

帮　　办　我当然明白！不就是因为吃了你的药，他才坠入地狱的！

族　　公　胡说！是你放出的狼狗咬死了她的丈夫！

帮　　办　先生！说话要注意分寸！那只是咬伤，真正的死因是药！

族　　公　是狗！

帮　　办　是药！

族　　公　是狗！

帮　　办　是药！

族　　公　狗皮！

帮　　办　膏药！

〔二人握手，分别下。

〔大师兄上，与狱卒相见。

狱　　卒　大师兄，革命党伤势严重，火速请医疗伤。
大师兄　牢内你多照应，我去请医。

〔切光。

〔膏药章家。膏药章拿裙子上。

膏药章　（唱）一场风化案，
　　　　　　　　招来一身污。
　　　　　　　　三个二百五，
　　　　　　　　关了我这膏药铺。
　　　　　　　　这才是坑了章大夫，
　　　　　　　　苦了那个小寡妇。
　　　　昏沉沉，迷糊糊，我这好比火烧乌龟肚里疼，我是有苦说不出。
　　　　唉！坑了大夫，苦了寡妇。

〔膏药章做梦。

小寡妇　（唱）膏药章，章膏药，
　　　　　　　　狗皮膏药小玩意儿，大学问，
　　　　　　　　独有的那个祖传秘方功效可真神。
膏药章　（唱）膏药章，章膏药，
　　　　　　　　我能医病不治命，
　　　　　　　　只要面对着官府洋人我这膏药可不灵！
小寡妇　章先生，您灰心了？
膏药章　我的心都凉了。
小寡妇　就为那些罚款？
膏药章　那是我多年卖膏药的血汗钱啊！
小寡妇　我问问你，你的那些膏药是怎么来的呢？
膏药章　用锅熬的！
小寡妇　那锅还在吗？
膏药章　还在啊！

———京剧《膏药章》

小寡妇　这就对了！只要锅还在，咱们重打锣鼓另开张，熬它个三年五载的，何愁章家膏药铺不财源茂盛，人丁兴旺呢？

膏药章　大姐，您这几句话说的好啊！我听得心里暖洋洋！热乎乎啊！听您这意思，往后咱们就不一张张的卖了，咱们零售改批发。大姐，可我这儿缺少个帮手啊！

小寡妇　那我来帮您啊！

膏药章　您帮我？！

小寡妇　我来给您打工！

膏药章　不不不，不是你给我打工，是我给你打工，往后啊，您就主内，我主外，您是内当家，我是外当家。章家膏药铺都是您的，您就是老板娘啊！

小寡妇　您说的是真心话吗？

膏药章　月亮代表我的心！大姐，您是说咱俩之间缺少个媒人？（手指石狮子）大姐您瞧，这不有现成的媒人吗？

小寡妇　狮子？它们怎么能做媒呢？

膏药章　大姐呀，当初您要撞不着它，我就撞不着您，咱俩这缘分就因它而起。大姐，您看啊——

　　　　（唱）树上的鸟儿……

小寡妇　（唱）成双成对当空舞，当空舞。

膏药章　（唱）绿水青山……

小寡妇　（唱）自由自在多幸福，多幸福。

膏药章　（唱）为了你……

小寡妇　（唱）为了我，你要重整膏药铺。

膏药章　（唱）为了我……

小寡妇　（唱）我心甘情愿脱孝服。

膏药章　（唱）发家又治富，

　　　　　　　无灾便是福。

小寡妇　（唱）发家又治富，

　　　　　无灾便是福。
　　〔膏药章一下把小寡妇拥进怀中。
　　〔小寡妇隐去。灯亮。大师兄突然出现。
大师兄　膏药章！醒醒！
膏药章　（抓着大师兄的手，不停抚摸）怎么是你？
大师兄　大白天的你躺在那儿，又是哼哼又是扭的，干什么了你？
膏药章　我做梦娶媳妇，管得着吗你！
大师兄　好，做梦娶媳妇不罚款！哈哈……
膏药章　你干什么来了？
大师兄　看病！
膏药章　你有什么病啊？
大师兄　我没病，请你去给别人看病！
膏药章　出诊？这出诊金可要得多哟！
大师兄　一百两银子够了吧？
膏药章　一百两？
大师兄　这个病你看得了吗？
膏药章　看是什么病了？
大师兄　骨断筋折！
膏药章　哎！那就算您找着了！治疗骨断筋折，我章家祖传的绝活儿。常言说：伤筋动骨一百天。在我这里，三天止痛，五天消肿，七天之后行动自如！
大师兄　当真？
膏药章　假不了！
大师兄　走！
膏药章　拿来！先给钱后治病！
大师兄　先瞧病后给钱！
膏药章　先给钱！
大师兄　给了钱你可得跟老子走啊！

膏药章　（拿银包）不走是孙子！

大师兄　走！

膏药章　走！病人现在哪里？

大师兄　死囚牢！

膏药章　他是谁？

大师兄　革命党！

膏药章　（还银包）不去！

大师兄　膏药章！你这个龟孙子！

〔膏药章假装晕倒躺下。

大师兄　唉！（出门）

〔女店主上。

女店主　（唱）膏药章不出诊把大事耽误！

大师兄　咱们文请不行就武请！

女店主　武请？

〔大师兄、女店主耳语。同下。

〔小寡妇上。

小寡妇　（唱）为报仇雪恨来求大夫。

　　　　章先生……

膏药章　你走！你走！银子也拿走！我不去！

小寡妇　章先生……您病了吗？（以手试膏药章额）

膏药章　（一把抓住小寡妇手）你还动手动脚的！（睁眼）啊大姐？真是您……来了？

小寡妇　我给您送长衫来了！

膏药章　长衫？谢谢！正好啊，您这裙子我正琢磨着给您送回去呢！

小寡妇　章先生，您怎么病了呢？

膏药章　我……

小寡妇　您是为了那罚款？

膏药章　总算凑齐了！

小寡妇　那您这膏药铺……

膏药章　破产了！

小寡妇　这口气……您咽得下？

膏药章　咽不下咱慢慢咽吧！

小寡妇　您不觉得窝囊吗？

膏药章　窝囊？咱这辈子窝囊惯了！大姐，您……还好吗？

小寡妇　我……

膏药章　我知道，您这日子比我难过！您要往开了想啊！

小寡妇　我想不开，这口气我咽不下！

膏药章　别！大姐，常言说得好：胳膊扭不过大腿，鸡蛋碰不过石头，人在屋檐下，低头不丢人，惹不起咱躲得起呀！

小寡妇　呀！

　　　　（唱）一个"躲"字说出唇，

　　　　　　他怎知我大难临头难脱身！

　　　　章先生，我求您一件事！

膏药章　只要是我办得到的！

小寡妇　求您给我一味药！

膏药章　什么药？

小寡妇　砒霜！

膏药章　您要砒霜干什么？

小寡妇　章先生！

　　　　（唱）我家中不安静，

　　　　　　常有狐鼠闹五更！

　　　　　　请你卖给我砒霜三钱整……

膏药章　三钱？别说毒耗子，毒死人都有富余！

小寡妇　我家的耗子厉害呀！

膏药章　大姐，您不要啊……

小寡妇　章先生，您是怕我……您放心吧！我已是死过一回的人了，再不

———京剧《膏药章》〉〉〉〉〉

会随便去死了，请先生赐药！

膏药章　三钱？

小寡妇　三钱！

膏药章　大姐，您……真是毒耗子？

小寡妇　是毒耗子！

膏药章　好！我去给您拿！

小寡妇　（唱）与仇人同归于尽……

膏药章　大姐，砒霜在此！

小寡妇　（唱）多谢先生！

膏药章　大姐，您知道这砒霜的厉害吗？

小寡妇　药性剧毒，入口即亡！

膏药章　对了！别没毒了耗子先把自个儿给毒了。大姐，您听我跟您说，您还年轻，您得活下去，遇见合适的您就凑合一个，别跟我似的，您看我这屋里头，孤苦伶仃，连个说话的人儿都没有，这日子难过呀！

〔小寡妇为膏药章披上长衫。

小寡妇　天晚风凉，您披上长衫！

膏药章　这一辈子除了我妈，还没有第二个女人对我这么知冷知热哟！

〔小寡妇开门。

膏药章　大姐！（关门）我做梦都想您啊！

小寡妇　（唱）本当就此撒手去，

　　　　　　怎奈宿债未还清。

　　　　　　你为了救我性命，

　　　　　　谁知你反落得惹火烧身。

　　　　　　我又是惭愧又是恨，

　　　　　　愧的是连累了先生，

　　　　　　恨的是人间不平。

　　　　　　你好心本当有好报，

　　　　　　到头来只落得家财荡尽、忍气吞声、贫困交加、孤苦伶仃。

　　　　　他们既能无中生有把罪定，

　　　　　你我何不顺水推舟假当真。

　　　　　非是小女自作践，

　　　　　今日里献上我清白身，为报你的大恩大德！大德大恩！

膏药章　大姐，您这份情我领了！

小寡妇　您答应了？

膏药章　我答应……不得呀！

小寡妇　啊……

膏药章　答应你，人言可畏；让你走，不近人情；大姐啊，我光棍娶妻，你寡妇嫁人，咱名要正言要顺，您就等吧……

小寡妇　等？

膏药章　不是今冬，就是明春，咱们请三媒找六证，花花轿儿抬进门，我们同床共枕，鸾凤和鸣，白头到老，多子多孙。眼下不是我无情，大姐呀，要保住咱们的清白名声啊！

小寡妇　您可真是个正人君子啊！

膏药章　只是个卖狗皮膏药的哟！

小寡妇　那我……就真走了……

膏药章　那我……就不送您了……

小寡妇　您多保重！

膏药章　大姐，您也保重啊！（自责）膏药章呀膏药章，做梦娶媳妇，媳妇真来了，你又装孙子。你、你、你混蛋！

　　　　〔小寡妇出门。

　　　　〔族公上。

族　公　侄媳妇！

小寡妇　你？！

族　公　你……你……你怎么报答我呀？

小寡妇　报答你？

族　公　交保释放，我是保人！

——京剧《膏药章》

小寡妇　家里去！

族　公　这就对了！

小寡妇　（唱）雪恨之计安排就，

　　　　　　　拼着一死报夫仇。

　　　　　　　族公先行，我去买酒。

族　公　（唱）早备下一壶二锅头！

小寡妇　哦？你有酒？

族　公　会佳期岂能无美酒乎？

小寡妇　好，走！

族　公　慢着点！

　　　〔圆场。推门。进门。

　　　〔帮办随进。

族　公　你怎么来了？

帮　办　你能来，我为什么不能来？

族　公　这是我侄媳妇的家，我能来你不能来。

帮　办　别说你这个家，就是你们大清国皇帝的家，我爱去就去。

族　公　对对对！皇上的家好玩，您到那儿玩去，这儿不欢迎你。

帮　办　你马上离开，别让我发火！

族　公　你奶奶的！

帮　办　你说什么？

族　公　我说你奶奶的！

帮　办　什么意思？

族　公　好意思！

帮　办　你以为我听不懂？你奶奶的，滚了出去！

族　公　我不滚！

　　　〔小寡妇一身妖艳打扮亮相。

小寡妇　别吵了！

帮　办　太漂亮了！

族　　公　　天女下凡！

小寡妇　　老实点！今天你们都得听我的！

族　　公
帮　　办　　（同）今天我们都听你的！

小寡妇　　把门关上！

〔二人关门。

小寡妇　　（指洋人）坐下！（问族公）过来！今天你得给我说实话！

族　　公　　我今天都说实话！

小寡妇　　你告诉我，我丈夫到底是怎么死的？说出来我好报答你呀！

族　　公　　你的丈夫，是他放出的大狼狗给咬死的！他是罪魁！

小寡妇　　罪魁？（问洋人）过来！

帮　　办　　今天我也什么都说！

小寡妇　　你告诉我，我丈夫到底是怎么死的？

帮　　办　　是他给你丈夫吃了什么药他才升入了天堂。用你们中国人的话说，他是祸首！

小寡妇　　这么说你倒是个好人？

帮　　办　　OK！

小寡妇　　是好人？

族　　公　　我是好人！

族　　公
帮　　办　　（同）我们都是好人！

小寡妇　　哈哈……

　　　　　　（唱）你的心，你的意，我早已看透。

　　　　　　　　你是罪魁，你是祸首，罪魁祸首谁也别想溜。

　　　　　　　　你为我才放出大狼狗，

　　　　　　　　你为我才设下毒计谋。

　　　　　　　　你是个好罪魁，

　　　　　　　　你是个好祸首。

————京剧《膏药章》 >>>>>

>　好罪魁，好祸首，
>
>　罪魁祸首你们一同来呀……
>
>　陪我喝下这碗同心酒，
>
>　情投意合，意合情投！

帮　办　你先喝！

族　公　你先喝！

小寡妇　怎么，怕有毒啊？

族　公　我喝！侄媳妇，这人在花下死……

帮　办　做鬼也风流！

族　公　侄媳妇，你这酒里头好像搁了东西，白糖！白糖！

帮　办　来，再给我斟上一杯！

〔小寡妇尝酒，一惊。

小寡妇　膏药章，你这卖假药的骗子！（昏倒）

族　公　一碗酒喝下去她就醉了！

帮　办　醉得好！醉得好！先生，你没有事了，可以回去了！

族　公　你回去！

帮　办　你回去！

〔大师兄持刀，一如凶神出现。

大师兄　呔！你们都给老子回老家去！

〔隐去。

〔当铺老板提包袱上。击鼓。

〔县衙门正堂。县官、众衙役上。

县　官　何人击鼓？

捕快头　当铺老板。

当铺老板　老爷！长街开当铺，当铺当东西，东西吓死人，老爷看仔细！

　　　　（呈上包袱）

县　官　打开！

〔衙役打开包袱。

众　　　师爷……

县　官　师爷？这师爷的脑袋是哪儿来的？

当铺老板　是一个黑脸大汉提到小店来典当的。

县　官　这个人呢？

〔大师兄上。

大师兄　在这儿呢！

（唱）老子生来哟，会杀头哟。

天不管来哟，地不收哟。

当铺老板　老爷，就是他！就是他！（下）

县　官　你……姓什么？

大师兄　姓干！

县　官　叫什么？

大师兄　爹！

县　官　干爹！

大师兄　哎！

县　官　大胆的干……

捕快甲　爹！

县　官　他怎么叫这个名字？哎，这脑袋是你当的吗？

大师兄　是我当的！

县　官　这师爷的脑袋是当得的吗？

大师兄　卖不出去我就得当呀！嘿，别愣着！

县　官　什么？你还卖脑袋！

大师兄　一个月总得卖个两回三回的！

县　官　你敢卖谁敢买呀？

大师兄　有啊！

县　官　谁？

大师兄　膏药章！

县　官　膏药章？那他为什么又不要呢？

———京剧《膏药章》 >>>>>

大师兄　他嫌这个脑袋"土"了，只肯要那个洋的！
县　官　这脑袋还有什么土洋之分吗？
大师兄　哈哈，老爷你要问？哥儿们，你听着！
　　　　（唱）脑袋和脑袋不一样，
　　　　　　　一个土来一个洋。
　　　　　　　师爷的土脑袋虽然有分量，
　　　　　　　比不上洋脑袋他的黏性强。
　　　　　　　那个洋脑袋细皮嫩肉白又胖，
　　　　　　　里面全是迷魂汤。
　　　　　　　列位呀——
　　　　　　　用手摸摸自己的脑袋上，
　　　　　　　黑膏药，白膏药，
　　　　　　　你一张，你两张，
　　　　　　　只要是你们贴上了膏药，
　　　　　　　头不晕来脑不涨，
　　　　　　　腰板儿直来腿杆儿强。
　　　　　　　章家的膏药为什么这样棒？
　　　　　　　这里边对的有洋脑袋熬成的浆！
众　　　哎呀！（急忙撕下各自脸上的膏药）
大师兄　（唱）土脑袋他不要我只好拿去当——
　　　　　　　洋脑袋在他膏药锅里藏！
县　官　好！来呀！
捕快头　有！
县　官　速到膏药章家里去搜查！
捕快头　喳！（下）
大师兄　膏药章啊膏药章，我不信你不来！
捕快头　走！
　　　　〔膏药章上。

膏药章　我怎么又来这儿了？

捕快头　走吧你！

膏药章　那罚款我交了！

捕快头　少啰嗦！

膏药章　还有什么东西没有到位啊？

　众　　跪下！

县　官　膏药章，你以何为生？

膏药章　膏药章，膏药章，卖膏药为生！

县　官　那膏药都是些什么熬的呢？

膏药章　都是药熬的！

县　官　都是些个什么药呢？

膏药章　都是些药材之药啦！

县　官　说出几味来老爷听听。

膏药章　不不不，老爷，此乃我章家祖传的秘方，不可外传！

县　官　胡说！

捕快头　老爷，不打他两下，他是不会招的！

县　官　给我打！

膏药章　别！别！老爷他怎么突然问起这膏药的事来了？想学这玩意儿？我得留一手！回老爷话，章家膏药，名牌正宗，历史悠久，做工精良！

县　官　你哪那么些乱七八糟的！给我往下说！

　众　　说！

膏药章　喳，章家膏药，含有天上飞的，地下跑的，水里游的，土里长的九九八十一味。有：丹桂、肉桂、月中桂、党参、玄参、高丽参、川乌、草乌、何首乌、木瓜、苦瓜、老丝瓜、麝香、沉香、广木香、枣皮、陈皮、瓜娄皮、虎骨、熊胆、牛黄、马宝、蜈蚣、全蝎、壁虎、僵蚕、白花蛇、赤练蛇、乌梢蛇、紫云英、紫金牛、紫沙车、红花、红矾、白芨、白芷、黄岑、黄连、黑麦、

———— 京剧《膏药章》 〉〉〉〉〉

　　　　　黑松、天麻、天冬、地鳖、地龙、水仙、水蛭、火硝、火石、七叶一枝花、头顶一颗珠、江边一碗水、九树一根藤、驴肝肺、金不换、银牙签、打狗棍、赶羊鞭、鸡骨草、猪尿泡、梅花鹿的角、金钱豹的牙、猫头鹰的眼、白眼狼的心、红鹦哥的嘴巴、绿毛龟的尾巴、城门口的泥巴、夹生饭的锅巴、丁香奴、刘季奴、人中白、麦门冬、益母膏、午时茶、车前子、马前子、当门子、牛蒡子、大麦子、小麦子、蛇床子、枸杞子、木贼子、使君子、菟丝子，外加一张未满月的母狗皮——

县　官　完了？

膏药章　完了！

大师兄　膏药章，你还有最要紧的一味药没说呢！

膏药章　你怎么来了？

大师兄　我不来你能来吗？说！

膏药章　坏了，今儿个碰上内行了，他怎么知道那最要紧的一味药没说呢？诈我？回老爷的话，小人药名确已报完，再也没有了！

大师兄　老爷，他有！

膏药章　没有！

大师兄　他有！老爷，不打他不招！

县　官　给我打！

膏药章　别！老爷！小人的膏药里头确实还有一味药我没说！

县　官　那是一味什么药呀？

众　　　说！

膏药章　提起此药倒也平常，就是一个——羊脑袋！

县　官　什么样的洋脑袋？

膏药章　就是那颜色白白的，毛儿卷卷的，鼻子高高的——羊脑袋！

众　　　啊？！

大师兄　（旁）嘿，巧啦！

　　　　〔捕快提包袱上。

捕快甲　启禀老爷，洋脑袋取到！
县　官　打开！
捕快乙　喳！

〔包袱打开，帮办的头赫然。

众　　（惊）洋帮办！
县　官　膏药章，你竟敢用洋帮办的脑袋熬膏药！
膏药章　老、老、老爷！小人熬膏药用的羊脑袋乃猪狗牛羊之羊脑袋，不是洋行洋帮办的洋脑袋呀！
大师兄　膏药章，咱们做这脑袋的买卖也不是一天半天的了，你熬膏药用的洋脑袋，不都是由我砍下来再卖给你的吗？
膏药章　什么？你砍？
大师兄　嗯！
膏药章　我买？
大师兄　对！
膏药章　还熬？
大师兄　没错！
膏药章　大哥，天地良心，哪有此事？！
大师兄　就有此事！
膏药章　老爷，他不是好人，他要拔牙，虎口拔牙！
大师兄　膏药章，昨晚上我砍了两个，你只要一个，今儿怎么不认账了？
膏药章　老爷，他、他、他是革命党啊！
大师兄　好！那你就是我的同伙！
县　官　统统都是革命党！打入死囚牢房！
众　　喳！
膏药章　老爷，冤枉！

〔膏药章晕倒。

〔众隐去。

〔死囚牢房。

———京剧《膏药章》

大师兄　膏药章！醒醒！

膏药章　（醒）这是哪儿？

大师兄　死囚牢房！

膏药章　我怎么进了死囚牢房？

大师兄　你犯了死罪，就得进死囚牢房！哈哈……

〔膏药章气愤中欲打大师兄。

膏药章　放手！

大师兄　去你的！

膏药章　（念）【扑灯蛾】

　　　　　我与你无冤又无仇，

　　　　　为什么害我当死囚？

大师兄　（念）谁叫你敬酒不吃吃罚酒！你来看——

膏药章　革命党？

大师兄　（念）为了救他，我才把那洋脑袋往你膏药锅里丢！

膏药章　（念）您缺德！冒烟！短阳寿！你们一个个该杀！该埋！该砍头！

大师兄　膏药章，别生气！咱们谈谈！

膏药章　谈谈？我是谁？你是谁？谈了又……

大师兄　你可知江湖上有一句话！

膏药章　什么话？

大师兄　好汉不吃眼前亏！（抓膏药章手腕）

膏药章　君子动口不动手！放手！

大师兄　我不放！

膏药章　放手！

大师兄　我不放！（加力）

膏药章　哎哟……你不放我……我怎么给革命党治病啊！

大师兄　（放手）快治！治……

膏药章　治！（摸革命党）

大师兄　你那干什么呢？

膏药章　号脉！

大师兄　号脉？有号这儿的吗？

膏药章　杀猪杀屁股——各有刀法不同！

大师兄　你得号这儿！

膏药章　您来——

大师兄　呃……得得得，我错了！您来！您来！

膏药章　不懂就是不懂，不要装懂！

〔膏药章号脉毕。

大师兄　怎么样了？

膏药章　完了！

大师兄　谁完了？

膏药章　他完了！他犯上作乱，骨断筋折，机关算尽，气血两亏。他是心、肝、脾、肺、肾，五内俱焚！我把此人好有一比……

大师兄　比从何来？

膏药章　姥姥死了儿子——

大师兄　此话怎讲？

膏药章　没了舅（救）了！

大师兄　啊？！

膏药章　不是今晚就是明儿早起的事儿了！

大师兄　革命党……

膏药章　（唱）我正在城楼观山景……

大师兄　膏药章，你不是说治跌打损伤是你祖传的绝活吗？

膏药章　那是做广告。

大师兄　广告？

膏药章　做广告嘛又有几句是真话咧！

大师兄　膏药章！

膏药章　大师兄！

大师兄　章先生！

——京剧《膏药章》 >>>>>

膏药章　大英雄！

大师兄　老子把你请进来可不容易呀！

膏药章　老子进来也太容易了！

大师兄　你给我说实话！

膏药章　你也给我说实话！那两个脑袋是我叫你砍的？

大师兄　请你不到，给钱不要，你叫我怎么办？

膏药章　你就去拿刀杀人？

大师兄　不就是两个嘛！

膏药章　哎呀我的妈呀！依你这性子你要杀多少？

大师兄　为了救革命党，我该杀多少就杀多少！

膏药章　啊?!（倒）

〔禁子引小寡妇上。

禁　子　膏药章，有人看你来啦！

大师兄　膏药章，有人来看你来啦！

膏药章　没人看我。

小寡妇　章先生……

膏药章　（一跃而起）大姐，您、您怎么到这种地方来了？

小寡妇　我……给您送铺盖来了。

膏药章　铺盖……谢谢您！

小寡妇　章先生！恩人啊！

大师兄　膏药章，这小娘子是谁啊？

膏药章　管得着吗你！

小寡妇　（唱）今日里才识出英雄本相，

　　　　　　好一位忠肝义胆、侠骨柔肠、智勇双全、外柔内刚、能文能武、敢作敢为的膏药章。

　　　　　　小女子被逼迫已无生望，

　　　　　　多亏你锦囊妙计白砂糖。

膏药章　白砂糖？那我是怕你……

小寡妇　（唱）你是怕我触法网，

　　　　　　　替我杀了两只狼。

膏药章　两只狼？

小寡妇　（唱）杀恶狼、除孽障，

　　　　　　　街头巷尾早沸扬。

　　　　　　　都说你白日装出窝囊样，

　　　　　　　到晚来身穿夜行衣、钢刀闪闪亮。

　　　　　　　来是一阵风，去是一道光。

　　　　　　　专管人间不平事，

　　　　　　　降妖驱魔、除暴安良。

膏药章　那是我吗？

大师兄　膏药章！

　　　　（唱）只怪你不肯医治革命党，

　　　　　　　我才武请你膏药章。

　　　　　　　手提钢刀长街逛，

　　　　　　　迎面来了两只狼。

膏药章　两只狼？

大师兄　（唱）一个是土师爷，一个是洋流氓，

　　　　　　　灵堂内他们要糟蹋小孤孀。

膏药章　哦？！

大师兄　（唱）小孤孀，真好样，

　　　　　　　报夫仇，有主张。

　　　　　　　一包砒霜酒中放……

膏药章　糟了！

　　　　（唱）那不是砒霜是白糖！

大师兄　（唱）小孤孀见计谋失败，急火攻心倒在了地上，

　　　　　　　眼看着孤身弱女要遭殃！

　　　　　　　那时候我……

膏药章　怎么样？

大师兄　扭头就走！

膏药章　站住！什么节骨眼儿你走？！

大师兄　关我什么事儿啊？

膏药章　见死不救非君子！

大师兄　怎么救？

膏药章　你手上拿的什么啊？

大师兄　刀啊！

膏药章　杀呀！

大师兄　杀谁呀？

膏药章　两只狼呀！

大师兄　杀得的？

膏药章　他们害死了大姐的丈夫，还想要糟蹋大姐，罪大恶极，怎么杀不得？

大师兄　杀得的？

膏药章　杀得的！

大师兄　这可是您要我杀的？！

膏药章　啊？！

大师兄　好！杀！

　　　　（唱）钢刀下连声响，

　　　　　　　两个脑袋滚灵堂。

　　　　　　　老子救了小孤孀，

　　　　　　　老子杀了两只狼。

　　　　　　　老子让你背冤枉，

　　　　　　　老子叫你进牢房。

　　　　　　　老子我为的是救那革命党！

膏药章　好！走——

　　　　（唱）我求老子上公堂！

　　　　　　大师兄，把你刚才唱的原腔原板一字不漏地在老爷面前再唱一遍，您甭说当我老子，当我爷爷咱也认了！

大师兄　哼，老子我给他唱？！

膏药章　你要唱了我就有救了啊！

大师兄　革命党都没救了，我救谁去呀！

膏药章　谁说革命党没救？

大师兄　有救？

膏药章　有救！

大师兄　你不是说那是做广告吗？

膏药章　做广告有时候也有真话的呀！

大师兄　有救你就快救啊！

膏药章　救了我，再救他！

大师兄　你救了他，我再救你！

膏药章　救我救他！

大师兄　救他救你！

　　　　〔膏药章不理大师兄，坐在铺盖卷上。

小寡妇　章先生，您就救救他吧。

膏药章　大姐，您不知道，我上这种人的当可是太多了！

小寡妇　可他们都是好人啊！

膏药章　好人？你看他们这模样像是好人吗？

小寡妇　章先生！

　　　　（唱）你有恩，我难忘，
　　　　　　此心早许膏药章。
　　　　　　原以为你的窝囊是假象，
　　　　　　谁知你真是一个软脊梁。
　　　　　　大师兄行侠仗义人敬仰，
　　　　　　在灵堂救了小孤孀。
　　　　　　他一片苦心你要多体谅，

———京剧《膏药章》

事紧急出无奈，这才委屈你膏药章。

见死不救你非君子，

不敢恨，不敢爱，不敢作，不敢当，你枉为七尺男子汉，

我一片痴情付与汪洋。

大师兄　膏药章！

（唱）只要你救活革命党，

老子保你出牢房。

我去翻供为你伸冤枉，

出狱后你二人就拜花堂。

〔幕后伴唱：膏药章，章膏药，

狗皮膏药小玩意儿大学问。

独有的那个祖传秘方，功效可真神，

可医病，跌打损伤，接骨斗损我这膏药最灵。

不治命，改天换地，扭转乾坤我这膏药可不行。

卖膏药！卖膏药！

〔膏药章慢步走向革命党，拿手号脉治病。小寡妇、大师兄点头称赞。

〔众隐去。

〔七日后。革命党试步，走近膏药章。

革命党　章先生！神医呀！

（唱）你为我治刑伤遭连累，

感谢你从死神的手中将我夺回。

你医术高明心肠好令人敬佩，

这怀表作谢礼聊表寸心你千万莫嫌轻微。

膏药章　革命党先生，这个表我不能收啊！

革命党　为什么？

膏药章　你想啊，要不是我喊那一嗓子："你别跑！"他们能抓着您吗？我欠您半斤还您八两，收支两抵，不客气！

革命党　章先生！

　　　　　（唱）你与那小大姐情深意美，
　　　　　　　　出狱后结伉俪凤凰于飞。
　　　　　　　　今日里赠怀表权当贺礼，
　　　　　　　　祝你们圆圆满满妇唱夫随。
　　　　　　　　你如今身无分文家败业废，
　　　　　　　　这怀表可换银钱万勿辞推。

膏药章　你这个革命党挺懂人情世故啊！

革命党　怎么，你以为革命党只会杀人放火？

膏药章　不是这个意思！您听我说啊，常言说的有啊：君臣父子，天命难违。犯上作乱是弥天大罪，谁当皇帝咱就给谁上税。您恕我直言，我是真不明白，您干吗要提着脑袋当革命党呢？

革命党　唉！东方睡狮，何日才苏醒？神州大地呀，何日响春雷？

膏药章　春雷？这时候哪儿找春雷去？

〔大师兄上。

大师兄　膏药章，卷铺盖！为你伸冤枉，翻案上公堂。老爷发了话，放你出牢房。

膏药章　放我啦?！

大师兄　今天晚上就放你回去了！

膏药章　今晚我就能回去了？

革命党　快收拾去吧！

膏药章　哎！（下）

革命党　见到五哥了吗？

大师兄　见到了！

革命党　他怎么说？

大师兄　五哥说眼下局势紧张，彭、刘、杨三位已在武昌遇害，五哥决定今晚劫牢救人！

革命党　禁声！今晚劫牢……

———京剧《膏药章》

大师兄　今晚劫牢！

革命党　膏药章胆小怕事，不能让他知道。

大师兄　所以我编了刚才那套瞎话，到了今天晚上，叫他糊里糊涂跟着咱们就走了！

革命党　大师兄，你可是粗中有细呀！

大师兄　嘘！他来了！

〔膏药章上。

膏药章　大师兄，我琢磨这茬不对呀?！

大师兄　怎么不对？

膏药章　放我出去干吗要等到晚上呢？

大师兄　这晚上凉快呀！

膏药章　啊?！我走了，你们二位……

革命党　我们?！你就不用操心了！

大师兄　二十年后又是好汉一条！

膏药章　（抹泪）眼看你们都要那个了，我这心里啊还真有点舍不得哟……

大师兄　舍不得就留下吧！

膏药章　不！我还是回去好！

〔内喊：县太爷到！

〔县官、衙役、刽子手上。

县　官　查：革命党、大师兄、膏药章……聚众谋反，毁我大清，犯上作乱，行凶杀人，上峰急令，验明正身，绑赴法场，立处斩刑！

三　人　怎么讲？

县　官　立处斩刑！

膏药章　大师兄！你又蒙了我一回！（晕倒）

革命党　狗官，膏药章纯属无辜，理当释放。

大师兄　狗官，人是老子一个人杀的，与他无关！

县　官　哼！武昌杀了"彭、刘、杨"，本县要杀"革、大、章"！上绑！

大师兄　慢！（扶起膏药章）章先生，是我害了你，我这儿跟你赔罪了！

　　　　　（跪）

膏药章　你……（晕）

县　官　上绑！

　　　　〔众隐去。

　　　　〔通向刑场的路上。

　　　　〔革命党内唱：绳捆索绑赴法场。

　　　　〔刽子手架革命党、大师兄上。

革命党　（唱）大义凛然头高昂！

大师兄　（唱）视死如归心雄胆壮！

　　　　〔刽子手架革命党、大师兄下。

　　　　〔刽子手用箩筐抬膏药章上。

膏药章　（唱）有劳二位抬箩筐。

　　　　〔刽子手放下箩筐。

刽子手甲　膏药章，你是头一回挨刀吧？

膏药章　这种事有二回吗？

刽子手乙　膏药章，我来问你，你是想"咔嚓"啊还是要"吱咕"？

膏药章　"咔嚓"？"吱咕"？

刽子手甲　想"咔嚓"就是用我这把刀。

刽子手乙　要"吱咕"就是用我这把刀。

刽子手甲　我这把刀削铁如泥，好就好在一个快。

刽子手乙　我这把刀削泥如铁，坏就坏在一个慢。

膏药章　这快慢有什么讲究呢？

刽子手甲　这快嘛，就是钢刀一举一落，"咔嚓"，等你还没明白是怎么回事，这脑袋就掉了，你舒服！

刽子手乙　这慢嘛，钢刀一推一拉，"吱咕"——

膏药章　脑袋也掉了？

刽子手乙　才进去一小半哪！

膏药章　锯呀！

———京剧《膏药章》 >>>>>

刽子手甲　说！你要"咔嚓"还是要"吱咕"？

膏药章　我要"咔嚓"！

刽子手甲　要"咔嚓"？拿来！

膏药章　什么？

刽子手甲　钱！

膏药章　"咔嚓"要钱哪？我要是没钱呢？

刽子手乙　没钱？没钱就"吱咕"！

膏药章　如今要钱的花样怎么这么多呀！

刽子手甲　别废话！你要"咔嚓"还是要"吱咕"？

膏药章　"咔嚓"，舒服点儿！"吱咕"，难受点儿！脑袋都得掉！咱不花那冤枉钱！

刽子手乙　这小子精透了！

刽子手甲　膏药章，你还得给老子掏钱！

膏药章　还掏什么钱呀？

刽子手甲　咱爷们儿抬你半天了！

刽子手乙　这搬运费……

膏药章　这事不该找我啊？！

刽子手甲　不找你找谁啊？

刽子手乙　起来走！

膏药章　走不动！

刽子手甲　走不动，咱就拖！

膏药章　拖更累！

〔小寡妇内喊：先生——小寡妇上。

小寡妇　先生！

膏药章　别挡道！

小寡妇　先生！

膏药章　让开！

小寡妇　夫哇——

刽子手甲　大胆的刁妇，竟敢擅闯法场！

小寡妇　求差官容我活祭夫君！

膏药章　胡说！谁是你夫君？我没有老婆！

小寡妇　有大师兄为媒，革命党先生为证，你怎说没有妻室呀？

膏药章　我们还没有拜花堂，不算！

小寡妇　先生，你不认为妻，我不怪你！可怜你孤苦无依，百年之后谁给你添土培坟呀！

膏药章　大姐，可怜你年纪轻轻守过一回寡了，我怎么忍心让你再守第二回寡呀！

小寡妇　为了你，我心甘情愿！

膏药章　大姐！

小寡妇　先生！

膏药章　娘子！

小寡妇　夫哇——

　　　　〔二人抱头痛哭。

刽子手甲　你们还没拜堂算什么夫妻？

膏药章　我们补办手续！

刽子手甲　在哪儿啊？

膏药章　在这儿！

刽子手甲　不行！

膏药章　给钱！只要二位肯帮忙，让你们发点小财。

二刽子手　发财？

　　　　〔膏药章从身上掏出怀表。

刽子手甲　表？

刽子手乙　洋表，抢手货呀！

刽子手甲　哥们儿怎么样，趁现在没人……

刽子手乙　让他们拜得了！

刽子手甲　连根蜡烛都没有怎么拜？

————京剧《膏药章》 〉〉〉〉〉

刽子手乙　（指盘子）这不是现成的吗？就用它！摆上！摆上！

〔刽子手帮小寡妇摆好香烛。

刽子手甲　站好了，站好了，一拜天地——

膏药章　昏天黑地，值不得一拜！

刽子手乙　不拜就不拜，二拜高堂——

膏药章　咱爹妈早就没了，拜谁去呀！

刽子手甲　他倒省事了！夫妻对拜！

小寡妇　夫哇——

　　　　（唱）两支寒心烛，三根断头香，

　　　　　　且将这——

　　　　　　且将这刑场做喜堂。

　　　　　　夫君哪——

　　　　　　与夫君结为眷属，平生愿已偿，

　　　　　　才完婚就永别何其太匆忙。

膏药章　（唱）我拜——

　　　　　　拜娘子好心肠，

　　　　　　愿与我这挨刀的死囚拜花堂，

　　　　　　今夜晚应是千金一刻销魂夜，

　　　　　　可怜你不见新郎见死郎。

　　　　　　霎时三声号炮响，

　　　　　　"吱咕""咔嚓"我要见阎王。

小寡妇　夫哇——

　　　　（唱）今日里送君归泉壤，

　　　　　　求夫君了却我心愿一桩，

　　　　　　就学着做一个革命党改改窝囊样。

　　　　　　剪去长辫——（拿出剪刀）

膏药章　不——

　　　　（唱）慢！慢！慢！

我叫娘子你莫慌张，

听我慢慢说，听我慢慢讲。

此事还须再商量，

剪辫子，改模样，

叛臣逆子我不愿意当。

我爷爷沐皇恩曾受封赏，

违祖训黄泉路上见了我的先人脸无光。

我是最最害怕呀——

最害怕连累你无端为我背冤枉，

要知道一人有罪全家株连满门遭殃。

我叫娘子你要慎重，这桩事要商量，我、我……

我没词儿了！刀斧手——

〔枪声大作。大师兄、女店主上。

大师兄　膏药章，革命党打过来了。

革命军　革命胜利了。

大师兄　走！跟我抓狗官去！

膏药章　大师兄，你又蒙我！

大师兄　弟兄们！抓狗官去！

〔大师兄、女店主下。革命军过场。膏药章、小寡妇反场下。

〔县官上。捕快头改装。膏药章、小寡妇上。

膏药章　狗官！

县　官　膏药章！

小寡妇　抓狗官！

〔县官举刀杀膏药章，未遂，刀落。

小寡妇　抓狗官……

〔县官枪击膏药章，小寡妇挡，中弹。

膏药章　娘子——

〔小寡妇死去。膏药章捡起刀，逼近县官……

——京剧《膏药章》 >>>>>

县　官　你、你……

〔县官逃下。

〔膏药章挥刀割去自己的发辫。

〔革命党上。捕快头已割辫随上。

膏药章　革命党先生，我……我要革……

捕快头　你他妈不是旗人吗，你革什么命啊？

膏药章　我……不是旗人！

革命党　章先生，你是好人！你受委屈了！

膏药章　我要革……

革命党　现在没事了，回家去吧！

大师兄　膏药章，恭喜你呀！没事了，回家去吧！新娘子在家等着你呢！

〔众下。

捕快头　革命啦！

膏药章　革命啦！

〔捕快头瞪膏药章。下。

膏药章　没事了？没事了！回家！回家……哈哈……娘子，咱们回家去……

〔膏药章用喜幛将小寡妇盖上，将剪下的辫子放在小寡妇身上。

〔大幕徐徐落下。

〔剧终。

精品剧目·京剧

廉吏于成龙

（根据王永泰小说《清官于成龙》部分章节改编）

编剧　梁　波　戴英禄　黎中城　王涌石

人物

于成龙　男，62岁，福建按察使，后兼任布政使。

康亲王　男，37岁，名杰书，钦命驻节福州。

勒　春　男，36岁，福建藩司（布政使衙门）经历。

刑　氏　女，58岁，于成龙之妻。

山　牛　男，35岁，于成龙的随从。

翠　妹　女，22岁，民女。

翠妹娘　女，53岁，民妇，翠妹母亲。

阿　福　男，60岁，平民。

邓雨轩　男，45岁，臬司（按察使衙门）刑名师爷。

喀　林　男，30岁，福州绿营守备。

戈什哈　男，25岁，康亲王随从。

兵弁、狱卒、衙役、亲兵、随从、侍女、乞童

——京剧《廉吏于成龙》

第一章

〔画外音：三百二十多年前的福建官道上，走来一位衣饰俭朴的花甲老人。沉郁的双目，满含着忧济苍生的夙愿；坚实的步履，显现出蹈险如夷的信念。他就是：于成龙！

〔福州城郊，树木苍翠。

〔于成龙内唱：千里跋涉到海角……

〔山牛肩挑竹箱，引于成龙款步走来。

山　牛　老爷，前面就是福州城了。

于成龙　（唱）相距榕城咫尺遥。

　　　　　　京师传诏将我调，

　　　　　　皆因是八闽福地有风涛。

山　牛　都到了秋天了，还这么闷热，这是什么鬼地方？

于成龙　哎，山牛，这福州可是个好地方，八闽富庶，稻米三熟哇！

山　牛　可您没瞧见这一路上田园荒芜，人心惶惶的？

于成龙　嗨，兴许正因为这个，朝廷才把你老爷调到这儿来呀。

山　牛　嗨，反正我也看出来了，哪儿有糟心事儿，朝廷就把您往哪儿调。罗城、合州、黄州、武昌……弄得咱们十八年都没回山西老家看看！

于成龙　山牛，想家了？

山　牛　可不，老爷，您就不想回家看看夫人和我那两位哥哥，还有您从没见过面的小孙子吗？

于成龙　怎么不想啊？昨儿晚上我做梦，还梦见咱家门口那棵老榆树呢！

（唱）家乡好，风情天下少，

　　　　冬暖夏凉黄土窑。

　　　　香喷喷的油麦卷，美滋滋的醋，

　　　　水淋淋的绿豆芽，厚醇醇的高粱烧。

　　　　我只待来日公事了，

　　　　归故园尽享天伦乐陶陶。

山　牛　老爷您这话，也不知说过多少回了。我看哪，您这是"被窝窝里眨眼睛——自己哄自己"吧。

于成龙　唉，这就叫官差不自由哇！

山　牛　老爷，该吃点儿东西，垫垫饥啦。

于成龙　拿个烧饼，开饭喽！

山　牛　嗳。（取烧饼递给于成龙）

　　　　〔于成龙刚要吃烧饼，突然出现几个孩童，跪在身边。

于成龙　快吃，快吃吧。

乞　童　谢老爷，谢老爷……

　　　　〔乞童抓过山牛分发的烧饼，就往小庙方向奔，与闻声而上的阿福撞了个满怀。

乞　童　阿福爷爷，看！是那位老爷爷给的……

阿　福　哎哟，客官真是积德，积德呀！

于成龙　（指乞童）这些孩子都是哪儿的啊？

阿　福　他们都是些无依无靠的流浪孩子，每天晚上就住在我这儿。

于成龙　他们的父母呢？

阿　福　唉，受了通海通匪要案的牵连，被打进大牢，至今没有音信。

于成龙　通海通匪？这可是个了不得的罪名啊！

阿　福　可不是嘛！这么大的罪名，套在小老百姓头上，实在是……唉！

于成龙　请问，您是……

阿　福　我是这座小庙的香火。

于成龙　那，庙里的僧人呢？

———京剧《廉吏于成龙》

阿　福　原先有两个和尚，因为交不起军粮，怕被追究通海通匪的罪名，只好逃出福州，云游四海去了。

于成龙　您说什么？僧家交不起军粮，也要被追究通海通匪的罪名？

阿　福　只要是官府看不顺眼的，都会以通海通匪问罪。您不知道，被抓进监狱的平民百姓成千上万呢！

于成龙　原来是这样啊……

〔传来阵阵锣声与"闲人散开——"的吆喝声。

山　牛　怎么回事？

阿　福　（惧怕地）怕是官军路过，别找麻烦，你们先进小庙避一避吧！

于成龙　（点头）我正想跟您聊聊。

〔阿福、乞童引于成龙、山牛下。

〔乐起。由众兵弁、衙役组成的仪仗队伍，簇拥勒春、邓雨轩和喀林上。

喀　林　勒春大人，前面不远就是十里长亭了。我等先在此地歇息，让军士们驱散亭边的闲杂人等，也好迎候新任臬台。

勒　春　将军费心了。

邓雨轩　在下身为臬司衙门刑名师爷，理当先去伺候。

勒　春　（伸手一拦）哎，这可不是你臬司衙门一家的事啊。现如今，巡抚去了前方督战，藩台职位暂时空缺，新任臬台于大人便是福州城里官阶最高的了。迎接他到来，既是你臬司衙门的事，也是我藩司经历的事，同样是绿营守备的事啊！

〔兵弁甲内喝：走！

〔兵弁甲、乙押翠妹母女急上。

兵弁甲　大人，长亭四周闲杂人等俱已赶走，这两个卖艺的口吐怨言不服管辖，让我们给抓来了！

喀　林　（怒）啊？你们胆敢不服管辖？

翠妹娘　啊呀老爷呀！我等好好在路边卖艺，他们遇人就骂，见人就打，砸坏了我们的木偶，还把我母女抓了起来……

翠　妹　一不犯法，二不犯禁，凭什么抓我们？

　　　　〔阿福、山牛暗上。

喀　林　哼！街头卖艺，便有聚众闹事之过；不服管辖，就有通海通匪之嫌！看你们两个四处流荡，没准儿还是逃犯呢！

阿　福　（惊惶向前，连连作揖）军爷开恩，军爷开恩！她们是耍木偶的艺人，不是逃犯……

兵弁乙　嘿，这不是和尚庙里的老香火吗？你自个儿欠着军粮没交，还敢帮她们说话？

喀　林　二罪并罚，把他押进大牢！

阿　福　冤枉，冤枉……

　　　　〔二兵弁押阿福下。邓雨轩欲阻，被勒春拦住，示意不需要阻拦。

翠　妹　（疾呼）你们还讲不讲理啦？

喀　林　讲理？（举鞭）这就是爷们的理！

　　　　〔喀林将皮鞭抛给兵弁。兵弁上前抽打翠妹。翠妹娘阻拦，被打伤左臂。于成龙暗上。

山　牛　（厉声怒喝）不许欺负百姓！

喀　林　一个来历不明的家伙，八成是个奸细。一起拿下！

　　　　〔山牛抡拳出腿，将兵弁打翻在地。

　　　　〔喀林拔刀，直取山牛。

于成龙　（威严地）把刀放下！

喀　林　啊！你算哪棵葱，也敢多管闲事？

于成龙　我不算哪棵葱，可就要管管你们的闲事！

喀　林　老帮菜！我教训教训你！（挥刀）

山　牛　大胆！竟敢冒犯臬台大人？

　　　　〔众人愣住。

邓雨轩　（向于成龙）请问，您是？

于成龙　于成龙！

勒　春　哎呀呀呀，原来是于大人到啦？（抢步上前，连连作揖）藩司经

———京剧《廉吏于成龙》 〉〉〉〉〉

历勒春迎候多时了!

邓雨轩　刑名师爷邓雨轩听候大人调遣!(请安)

众差役　(齐拜)叩见大人!

〔于成龙示意众人站起。

喀　林　(尴尬地)在下绿营守备喀林不知大人驾到,多有得罪,在下赔礼啦。

于成龙　守备大人,你又没伤着老夫,赔的什么礼呀?倒是那位老人家跟前,你该赔个不是啊!

喀　林　大人,我给她赔不是?一个卖艺的?

于成龙　怎么?一个卖艺的,就该让你无故地鞭打?这是大清的律条吗?

勒　春　(向喀林)于大人言之有理,还不快赔不是?

喀　林　(无奈)唔……(一拱手)老太太,赔礼了!

翠妹娘　(诚惶诚恐)不敢,不敢……

于成龙　刚才那个香火老人……

喀　林　启禀大人,那老头儿跟她母女可不同。事关抗交军粮通海通匪的大案,请大人见谅。(作揖)在下告辞。

〔喀林率马队倏然退去。

山　牛　吓!一个香火老人,也通海通匪?这不是瞎扯吗?

勒　春　这位小兄弟,不知这里的道道,可别随口乱说呀。(笑对于成龙)于大人,通海一案乃是惊动朝野的大案!前任臬司审定此案有功,为此官升两级呀!

(唱)海贼屡屡进犯,
　　　官兵征战连连。
　　　倘若军粮缺断,
　　　情同资助敌顽。
　　　乱世当用重典,
　　　岂容刁民作奸?
　　　大人掌管刑名,

　　　　　　　　执法理当从严！
于成龙　呀！
　　　　（唱）话语惊人怎剖辨？
　　　　　　刁民果真有万千？
　　　　　　刑事纷扰途中见，
　　　　　　此刻更觉疑惑添。
　　　　　　疾速到任不容缓……
山　牛　老爷，这位大娘伤得不轻。
于成龙　快送她们回家。
翠　妹　大人，我们没有家。
于成龙　那就带回臬司衙门延医治疗。
山　牛　还有那些没爹没娘的孩子……
于成龙　暂且收留，再作安置。邓师爷。
邓雨轩　大人。
于成龙　臬司衙门历年的案卷可都齐全？
邓雨轩　俱都齐全。
于成龙　好，将所有的案卷，即刻送到签押房，我要仔细查验！
　　　　（唱）深勘细察溯本源！
　　　　〔邓雨轩引于成龙下。翠妹母女、众乞童等随下。
　　　　〔勒春示意差役抬竹箱行李。
山　牛　别动！别动！这可是咱老爷的宝贝。
勒　春　宝贝？谁不知道你家老爷人称"于青菜"，他能有什么宝贝？
山　牛　您可别小瞧人。我家老爷这竹箱里装的，可是千金不换、万金难买的无价之宝。他说了：就凭这箱宝贝，十八年的官就算没白做！走喽！
　　　　〔山牛担起竹箱，快步追赶下。
勒　春　十八年的官没白做？（若有所思）……这个于成龙，他还真有绝的！上任伊始，就把一群要饭花子给接到臬司衙门，是又管吃又

——京剧《廉吏于成龙》

管住的。上任之后,一不拜官绅,二不会宾客,一头扎进案卷堆,把臬司衙门的陈年卷宗翻了个底朝天,还走遍大街小巷实地查访,好像真能从这儿刨出多少黄金白银似的。这不,今儿个他又出新招,带着手下人等去到南北东西四大监狱察看……

〔时空转换,景转监狱大门。

〔狱卒甲、乙在牢门前守候。

狱卒甲　察看?

狱卒乙　一个破牢房,又臭又脏有啥好看?

狱卒甲　咱哥儿俩在这儿干了三年,还真没见过一个当官的,乐意到这旮旯来转转。

狱卒乙　可不是!现如今通海一案闹得是天昏地暗。南北东西四大牢狱更是人满为患。

狱卒甲　不纳军粮的要抓……

狱卒乙　逃避差役的要抓……

狱卒甲　出海捕鱼的要抓……

狱卒乙　过海通商的要抓……

狱卒甲　案犯家属要抓……

狱卒乙　知情的邻里他也要抓……

狱卒甲　咱这福州大牢都快挤塌喽。

狱卒乙　天天都有人染上疾病,命丧黄泉。

狱卒甲　你说,他一个三品大员,来这儿干吗?

狱卒乙　八成又有了什么新招,要从这破牢房里再榨几串铜钱。

狱卒甲　没错,要不怎么叫"三年穷知县,十万雪花银"呢?

狱卒乙　唉!真是:官场官场,没理可讲!

狱卒甲　有理可讲,就不叫官场啦!

〔传来喊声:臬台大人到——

〔邓雨轩、山牛和若干名掌灯笼、佩腰刀的衙役引于成龙上。

于成龙　(唱)遍阅卷宗心震撼,

走访闾巷更怅然。
二狱卒　（跪）叩见臬台大人！
于成龙　此地共有几座监牢？
二狱卒　东西南北四座牢房。请问大人要察看哪座？
于成龙　今儿个我要全数察看！
二狱卒　喳！
山　牛　前面带路！
二狱卒　大人请！

〔众行走，来到东牢房。

〔似有阵阵阴气从牢内渗出，夹杂着片片呻吟惨泣之声。

狱卒甲　启禀大人，这是东牢房。内押通海案牵连疑犯九百九。
于成龙　（唱）榕城中何来众多牵连犯？
二狱卒　请大人察看南牢。

〔穿石径，行窄路，于成龙步履沉重。

〔又到一处，怨声累累。

狱卒乙　启禀大人，这是南牢房。内押通海案案犯家属一千七百七十七。
于成龙　不对，案卷上写的是一千八百人，那二十三个呢？
狱卒甲　启禀大人，那二十三人在这半个月里病死了。
于成龙　（惊）哦！
　　　　（唱）眷属何辜死得冤。
二狱卒　请大人察看西牢！

〔绕回廊，步阶梯，于成龙步履匆匆。

〔再到一处，哀声阵阵。

狱卒甲　启禀大人，这是西牢房。内押通海案待审人犯两千五百八十九人。
于成龙　案卷上明明写的是两千六百人，莫非那十一个……
狱卒乙　他们都归阎王爷管了。墙旯旮还有俩，我看也快了……（摇头）
于成龙　嗄！

（唱）罪牵罪来案连案，
　　　　重典滥施竟无边！
〔走小道，过坪场，于成龙步履狷急。
〔来到死牢，喊冤之声此起彼伏，不绝于耳。

狱卒乙　大人您看，这是北牢房。内押死囚三千整！半月之后便要开刀问斩了！

于成龙　（震动）什么？

二狱卒　半月之后便要开刀问斩了！

于成龙　这东西南北四大牢狱，关押着通海案犯，竟达八千余人。如此理案，古往今来，罕见哪，罕见！
　　　　（唱）通海巨案多妄诞，
　　　　　　连坐之众累万千。
　　　　　　是真犯岂容一人得逃窜，
　　　　　　是冤案纵然铁定也要翻！
　　　　邓师爷！

邓雨轩　大人。

于成龙　这东牢、南牢——

邓雨轩　所押牵连疑犯和案犯家属。

于成龙　受人牵累……着即释放！

邓雨轩　哦！

于成龙　这西牢——

邓雨轩　所押待审人犯。

于成龙　既无干证，取保候审！

邓雨轩　是！

山　牛　老爷，还有这北牢——

邓雨轩　那是半月之后便要行刑的三千死囚。

于成龙　人命关天，岂容草率？我看此案必须设法复议重审！

二狱卒　（旁白）我的妈呀，动真格的了！

邓雨轩　大人，您开脱案犯家属没错，保释待审人犯也有章可循。但复议重审，关系重大，恐怕……（惧怕摇头）

于成龙　请讲！

邓雨轩　通海一案乃前任按察使审定，刑部衙门核准，还得到驻节东南总揽军政的康亲王首肯。要想重审此案，只有请求康王爷恩准！

于成龙　理当如此。

邓雨轩　可康王爷权倾朝野，说一不二。求他翻案……大人，您可要三思啊！

于成龙　是啊！……（激动难按）可我身为主管刑名的按察使，总不能知错不纠，草菅人命吧！

〔内喊声：巡抚大人令下——

于成龙　接令！

〔于成龙等急步转回监狱大门。

〔勒春、喀林急上。

喀　林　（挥舞手中巡抚令箭）福建按察使于成龙听令！

于成龙　在。

喀　林　海贼侵扰，战事吃紧。巡抚大人命你三日之内，集齐十万官军所需之粮草，紧急运往前方。若有差池，按贻误军机之罪论处！

于成龙　这筹集军粮，本是藩司的职责，我这臬司，如何管得？

喀　林　大人，现今福州城内，就数您的官阶最高。这个重任自然得由大人承担啦！

于成龙　请问朝廷的饷银何时能够运到？

勒　春　七日之后可望运到。

于成龙　好！饷银一到，即刻购粮送往前方，也就是了！

喀　林　等饷银运到再去购粮，那前方可就断炊了，将士们吃什么？

于成龙　那么依你们之见？

喀　林　老规矩！命各村各户三日之内按人头交纳口粮，若有违抗，按通海通匪罪名拿问收监！

———京剧《廉吏于成龙》

于成龙　（气忿地）什么？！张口通海，闭口通匪，你还嫌这监狱里头不够热闹？我不信，康王爷会听由你们惊扰百姓！

勒　春　于大人别动肝火。康王爷确实也不愿惊扰百姓。为筹军粮，他带头捐出王府私银一万。下官邯郸学步，也捐了五千。于大人若能稍作姿态，纵使杯水车薪，也可略解燃眉。呃，要是您觉得手头不便，尽可向属下各府各县摊派……

于成龙　向各府各县摊派？这摊来派去，到头不是摊到百姓的头上？不行，不行啊！

喀　林　这也不行，那也不妥，大人您想个办法呀！

勒　春　是啊，库银不足，军粮短缺，您可怎么向康王爷交代？

于成龙　事关重大，于某正要见康亲王！

勒　春　（一愣）好极了！我等就静候佳音啦。告辞！

〔勒春、喀林扬长而去。

邓雨轩　（担忧）大人，您真要把这个难题给端到康亲王跟前？

于成龙　不端到他的跟前，谁来解题呀？

邓雨轩　康亲王不好惹呀！

于成龙　要是没事，谁去惹他呀？

〔山牛急上。

山　牛　老爷，许多刚出狱的百姓跪在街口，要拜谢大人救命之恩！

〔翠妹、翠妹娘搀阿福上。

阿　福　（跪倒）于大人哪！小人蒙冤入狱，险些丧命。大人将我救出，真是恩同再造。小老儿孤身一人，求大人收留我做点杂役。我愿鞍前马后，尽心效力，报答您老大恩大德呀！（大哭）

于成龙　这……

山　牛　老爷，就算衙门里添个帮手吧。

翠　妹
翠妹娘　大人开恩。（跪）

于成龙　（扶起阿福）好吧，咱们就一块儿回衙吧。（转向山牛）山牛，把行囊里剩下的银子全都拿出来，多买点儿老米，熬上几锅又稠又厚的菜粥，让大伙儿充饥！

山　　牛　您放心吧！（奔下）

于成龙　国本岂容撼？民意大于天！邓师爷！

邓雨轩　大人。

于成龙　即刻回衙，连夜赶写陈情表，明日拜见康亲王！

〔收光。

第二章

〔福州城畔。康亲王行营。

〔众亲兵背弓执矛，队列齐整，扛抬猎物，引披斗篷穿箭衣的康亲王上。勒春紧随康亲王左右。

康亲王　（唱）膺圣命驻东南权柄独掌，

　　　　　　统貔貅御匪寇威镇海疆。

　　　　　　盼的是建奇勋不负厚望，

　　　　　　又谁知民不驯吏无能，内忧外患积弊深重，举步维艰宏愿难偿。

　　　　　　盼朝中遣能员添我臂膀，

　　　　　　却不料派来个犟头倔脑、不知深浅的山西老乡。

　　　　　　鸣金罢猎归宝帐，

　　　　　　解困何处觅良方？

〔亲兵置凳于庭中。康亲王、勒春暂坐小憩。

勒　　春　王爷真不愧是皇家血脉，身手超凡，气概凌云哪！那些个鹿狍狸獐、虎豹豺狼，一听到王爷的马蹄声儿，连腿都吓软啦！

康亲王　勒春。

勒　　春　王爷。

康亲王　你小子这几年，是越来越会说舒心话了。

——京剧《廉吏于成龙》 >>>>>

勒　春　学生追随王爷从京城来到福州七八年了，耳濡目染，再愚钝也该有些许长进啊。不过，我说的也不尽是舒心话。比如，刚才所说的……

康亲王　关于那个新来的按察使于成龙？

勒　春　那些个话就够让您生气的啦。

康亲王　听说此人官声不错，现如今……

勒　春　现如今是越来越不懂得官场的规矩啦！看他来到福州之后所作所为，分明是要让百官皱眉，同僚糟心，王爷您老人家难堪嘛！

康亲王　（不悦）唉，这福建地面的事，够本王烦心的了，还偏偏给我派来这么个刺儿头！

　　　　〔二侍女上。

二侍女　启禀王爷，午宴齐备。

勒　春　请王爷入席吧。

　　　　〔二侍女下。戈什哈急上。

戈什哈　启禀王爷，福建按察使于成龙有要事求见！

勒　春　他还真来了！

康亲王　哼，咱照吃照喝，先把他晾在这儿。

　　　　（唱）品琼浆赏歌舞帐中小憩，

　　　　　　　且由他枯立辕门呆若木鸡。

　　　　〔康亲王、勒春、戈什哈隐下。

　　　　〔于成龙上。帐内传出丝竹弦管及杯觥相碰之声，众人：王爷请哪！

于成龙　唉，这真是！大官见小官，随口一声唤；这小官见大官，要比登天难。

　　　　〔帐外捧酒端肴者进进出出；帐内传出劝酒声。

于成龙　（念）日影偏西宴未收，

　　　　　　　声声劝酒贯珠喉。

　　　　　　　华堂豪饮千巡酒，

　　　　　安知冷狱万人囚！
　　　　（高声叫喊）有人没有？给我走一个出来！
　　　〔戈什哈上。
戈什哈　何人在此喧闹哇……
于成龙　不早跟你说了吗，福建按察使于成龙有要事求见康王爷！
戈什哈　王爷正在饮宴，无暇见你！
于成龙　那好啊。就请你回禀你家王爷，我这儿有人命关天的紧急公务要向王爷禀报，既然他老人家忙着吃喝玩儿乐，我也不便打扰，我只好回得衙去，独自行文，派八百里快骑连夜送往北京，请皇上定夺啦！（转身做离去状）
　　　〔康亲王、勒春等上。
康亲王　怎么啦？等不及了？
于成龙　按察使于成龙叩见康王爷。
康亲王　臬台大人的牢骚发到这儿来啦？
于成龙　不敢不敢，下官怕惊扰王爷休息，更怕耽误了王爷的公事。
康亲王　好一张利嘴！怪不得有那么多官员对你称赞有加，又有那么多官员说你性情孤傲。
于成龙　当今为官，有人说你几句好话，也有人说你几句坏话，这都不足为怪。俗话说，天下人都说你好，你未必就好；天下人都说你坏，你也未必就坏。
康亲王　说好不好，说坏不坏，那怎样才是好，又怎样才算坏呢？
于成龙　好人说你好，坏人说你坏，你就称不上坏；坏人说你好，好人说你坏，你就怎么也称不上好。这好人也罢，坏人也罢，为官一任凭的是四个字。
康亲王　哪四个字？
于成龙　天、地、良、心！
康亲王　既知天地良心，想必宠辱不惊。我问你：今儿个明明是为紧要公务而来，却为何稍不遂意便急着要走？

于成龙　不是啊,我的王爷!下官打从城里赶到此地,早已是腰酸腿疼,饥肠辘辘。王爷欢聚宾客,又没有我于成龙的半席之地。我若一味地傻等,饥困难熬且不说它,就怕传扬出去,坏了王爷您的名声。

康亲王　难道会有人说我吝啬?

于成龙　当然不会。

康亲王　那还能说我什么?

于成龙　会说王爷目中无人,狂傲无礼!

康亲王　(冷笑)这么说,你是在替我打算喽?

于成龙　王爷明鉴。

康亲王　(不怀善意地)好!今儿我就以礼相待,赏你美酒三巡。只要……你能消受得了!

于成龙　郊外饮宴,旷原对酌,真乃人生之美事,不过……下官今儿前来,确有紧急公务向您老人家禀报。您看今儿这酒……

康亲王　本王喜爱的就是边谈公事,边饮美酒!

于成龙　哦!边谈公事,边饮美酒?

康亲王　若不对饮,公事免谈!怎么,胆怯了?

于成龙　(正中下怀)下官遵命。

康亲王　这不结了嘛!上酒哇!

勒　春　上酒!

〔亲兵设座布酒。

康亲王　(唱)倾玉壶斟满了美酒一盅,
　　　　　　　酬酢间管叫他沉醉朦胧。

于成龙　(唱)持金爵议政事醇醪巧送,
　　　　　　　岂知我恰正是善饮的老翁。

康亲王　于大人。

　　　　(唱)既自称"天地良心"铭记肺腑,
　　　　　　　就应当心系朝廷枵腹从公。

　　　　　　福州城大小官员把银两捐送，
　　　　　　你为何推诿闪避装蒜哭穷？

于成龙　下官有下情回禀。

康亲王　讲！

于成龙　是。

　　　　（唱）解国难理应当倾囊相奉……
　　　　（从袖中取出一小小算盘，飞快运算）王爷您看，下官位居三品，每年的俸银不足二百两。衣食住行扣除之外，所剩无几。衙中其他官吏，更是微薄，除了养家活口，还能有多少富余？除非是……

康亲王　除非什么？

于成龙　除非是祖传万贯家财的豪门富翁。

勒　春　未见得捐款者都是祖传的富翁吧？

于成龙　不是祖传富翁，恐怕也是擅敛财物的官吏喽。

康亲王　嗯？你说这话，就不怕得罪众人吗？

于成龙　怕得罪人就不敢说实话，那还谈得上什么……（以手指天、地、心）

康亲王　本王捐赠的可是王府的私银，不畏人言。勒春，你说说，所捐银两从何而来？

勒　春　这……（狼狈）下官家底不厚……俸银也不多……为解国难……只得向百姓……（含糊其词）筹措……

于成龙　勒春大人，您说什么？

勒　春　筹措！

于成龙　筹措？这不等于是摊派吗？

勒　春　为国摊派一些也不为过呀！

康亲王　着哇！

于成龙　现在福州的老百姓穷得都叮当响了。榨干了血汗，他们还怎么活？倘若因此酿成祸乱，岂不更加有负朝廷？下官为此不胜焦虑，特地赶来请求王爷免去摊派捐银。

（唱）求王爷体恤下情多多包容。

康亲王　哦！（恍然）这就是你到这儿来的……

于成龙　请教王爷的第一件公事。

康亲王　嘿！巧言舌辩，真有你的！就凭你这副铁嘴钢牙，本王当刮目相看，来！我先赏他一大杯！

勒　春　大杯伺候！

〔亲兵送上大杯。

于成龙　王爷！这哪儿是大杯呀？这不成了大斗盆儿了嘛！

康亲王　就是个大尿盆儿，你也得把它喝喽！

于成龙　这……

勒　春　喝！

于成龙　嗻！（捧大杯，一饮而尽）王爷，我全把它喝了！

康亲王　再满上！

（唱）倾玉壶又斟满美酒二盅，

　　　看不出这老西儿颇具内功。

方才于大人请免摊派捐银之说，似乎言之成理。可是目下军粮短缺，而府库空虚，你叫我拿什么去支应？

于成龙　依下官看哪……这福建有粮可支。

康亲王　省内有粮，我怎么不知道？

于成龙　（唱）入闽时一路见粮囤高耸，

　　　黄澄澄白花花一望无穷。

康亲王　勒春，有这事儿？

勒　春　那是尚未运走的皇粮！

于成龙　（唱）论军机应有个缓急轻重，

　　　以仓储济燃眉情理甚通。

〔勒春欲与争辩，康亲王暗暗阻拦。

康亲王　（唱）我这里静待他蛇游出洞……

　　　　　（佯装不明）于大人，你说什么，我不明白呀！
于成龙　我说……（持杯壶做交换手势）呃……呃！
康亲王　（学做手势）嗯？嗯？……哦！
　　　　　（唱）莫不是偷梁换柱以实填空？
于成龙　不、不、不是这个意思……但……也可以这么说。
康亲王　（拍案）嘟！
　　　　　（唱）侵皇粮按刑律枭首示众！
　　　　　你欲陷本王爵终老樊笼？
　　　　　撤座！
　　　　〔于成龙悚然起立。
勒　春　嗨嗨，于大人，您的脑袋瓜儿是怎么转的，竟会设置出这么个圈儿那么个套儿，让王爷去钻哪？你也太聪明了吧？
于成龙　嗬嗬……嗬嗬哈哈……
康亲王　还笑得出来！
于成龙　王爷，您误会了。按大清的律法，这皇粮确实是不容擅动。可您是爱新觉罗后裔，当今皇上的嫡亲骨肉，身受皇家命，统领皇家军，为了皇家事，借用皇家粮。这一利于征战，二利于民生，三利于朝廷大计，四利于您老人家的赫赫官声……您何患而不作？何乐而不为呀？
康亲王　（受到启发，暗暗惊喜）你是说……
于成龙　王爷若能即刻拟下奏折，派八百里快骑连夜送往北京，追请皇上恩准，我想此事是料无大碍。王爷您看如何哪？
康亲王　（豁然开朗，转嗔为喜，但又难下台阶，便故作恼怒地）好你个于老西儿，你好大的胆子，竟敢随意解释起大清律法来了！
勒　春　你好大的胆子！
康亲王　就凭你这斗大的胆量，本王我……我再赏你一杯！
于成龙　谢王爷！
康亲王　（唱）倾玉壶再斟满美酒三盅，

———京剧《廉吏于成龙》 >>>>>

　　　　　　非叫他酩酊醉莫辨西东。

于成龙　王爷，这两大碗入肚，下官便觉微醺了。我要是有那醉言醉语的，王爷您可得多多海涵哪。

康亲王　有话就说，别找托词。

于成龙　是。这府库空虚也罢，军粮短缺也罢，发生在福建地面，皆非偶然。要想治理，还得从根子上着手，当务之急是要重审重判那个通海案！

康亲王　（沉下脸来）于成龙，何以见得通海案必须重审重判？

于成龙　启王爷，下官到任之后，对八闽刑案已作深勘细查，今拟就陈情表，祈请王爷细览！

　　　　〔康亲王接过于成龙递上的手书急阅。

康亲王　（愈看愈感震惊）……嗄！如此情节，前任臬司和几任官衙竟都没有向本王详报！

于成龙　王爷您驻节东南，统领前方战务。这民间的刑案没向您详报，或许也是情理中的事。可现在这个案子，闹得是昏天黑地，倘若再不向王爷详报，就有陷王爷于渎职之嫌啦！

康亲王　嗳，你是一省刑名总理，这事归你管。

于成龙　可前任定的案，刑部批的文，如今要想复议重审，还得请王爷您出来担待担待。

康亲王　本王该怎么个担待法呢？

于成龙　其一，下官已先行查勘，对一应身无过犯牵连入狱的案犯亲属，全部释放了。

康亲王　什么？放了？

于成龙　监狱早已人满为患啦。

康亲王　唔……其二呢？

于成龙　对那些尚无干证轻率扣押的待审人犯，一律交保候审。

康亲王　这这这……这不也是放了吗？

于成龙　近日时疫流行，已有数十人死在狱中，再不尽快发落，恐怕……

康亲王　（连连摆手）好了，好了，既然如此，你是按察使，你放人你负责。别来问我！

于成龙　可是，还有其三！这狱中关押着三千斩监候的人犯，半月之后就要开刀问斩了！

康亲王　难道你还想把这三千死囚全都放了不成？

于成龙　王爷……这些囚犯本不是都该死啊！王爷您想想，这福建本是土地肥沃，稻米三熟，民心纯朴，世风祥和。就是这个通海大案，闹得是昏天黑地民不聊生，倘若再不重审重判，势必危害朝廷，贻害千古！只求王爷签发手谕一道，暂缓行刑，上报朝廷，复议重审，就是下官与全省百姓都将感戴王爷的大恩大德呀！

　　　　（唱）囹圄中睹惨象谁不伤痛？

　　　　　　求亲王救黎民水火之中。

　　　　　　纵不为蒙冤受屈的三千众，

　　　　　　也当为大清国万代尊荣！

〔于成龙泪流满面，仆然跪倒在地。

康亲王　（唱）于成龙老泪纵横似泉涌，

　　　　　　言恳切语率直意真情浓。

　　　　　　释疑犯虽然是独行擅动，

　　　　　　担风险全为着皇家尊荣。

　　　　　　做臣下深明了责任沉重，

　　　　　　为王爵又岂能漠然置之无动于衷？

　　　　　　我有心暂缓处决三千众，

　　　　　　却怎生推翻铁案，重涉旧讼，再扬惊波，自毁其功，

　　　　　　牵连那上下左右衮衮诸公？

　　　　于成龙，你长跪不起，敢莫是要挟本王？

于成龙　不敢，不敢，下官怎敢要挟王爷？只是这酒喝到这个份儿上，那公事也该有个了结吧？

康亲王　才喝了几杯，就想了结？

于成龙　那王爷的意思是……

康亲王　还是那句话呀！

于成龙　哦！边谈公事，边饮美酒？

康亲王　若不对饮，公事免谈！

于成龙　既然这是王爷的最爱，下官只好舍命奉陪！

康亲王　好！你来看！这宝帐之内有的是上好的美酒。本王今儿要跟你比酒！

于成龙　但不知是怎么个比法？

康亲王　十杯一轮，没完没了，谁先倒下，便是输了。

于成龙　输了怎说？赢了怎讲？

康亲王　我要是输了，一不追究你私放疑犯的过错；二将牢中死囚暂缓行刑；三派八百里快骑上京请旨重审此案！

于成龙　王爷，有道是：酒令——

康亲王　——胜军令！

于成龙　那您就上酒啵！

康亲王　慢！你要输了呢？

于成龙　这……

康亲王　哼哼，今日所请不准！还要你头顶酒壶，从这儿爬回去！

于成龙　（一跺脚）行！

康亲王　上酒哇！

于成龙　来吧！

康亲王　（唱）飞觥流觞甘露涌，

〔亲兵置杯斟酒。康亲王、于成龙举杯豪饮。

于成龙　（唱）玉液琼浆香味浓。

〔连连斟酒、豪饮。

康亲王　（唱）百杯入肚……

于成龙　（唱）百杯入肚……

康亲王　（念）我岿然不动！

于成龙　（念）我也岿然不动！

康亲王　（念）不动！

于成龙　（念）不动！

于成龙
康亲王　（同唱）不动啊……

〔康亲王、于成龙均告酩酊，但俱都使劲撑持，站立不倒。对峙良久，康亲王终于先软瘫于地。

于成龙　哈哈！
　　　　（唱）酒足方显真英雄！
　　　　（对康亲王）王……王爷……输了，说话可……可要算……算数！

康亲王　（无奈，点头）算数……算数！三件事我全答应……

于成龙　什么？三件你全答应？

康亲王　全答应！

于成龙　够朋友！（也软瘫在地上）

勒　春　不错，双方平局！

康亲王　老头儿，你给我头顶酒壶，从这儿爬……爬回去！

于成龙　康王爷……你要赖皮！

〔收光。

第三章

〔臬司衙内后院。
〔翠妹端药碗上。

翠　妹　（唱）于大人拼命比酒伤了身体，
　　　　　　　翠妹我看在眼里心痛惜。
　　　　　　　草药几味熬汤剂，
　　　　　　　养胃理气舒肝又补脾。
　　　　　　　但愿得天保佑好人无虑，

——京剧《廉吏于成龙》 >>>>>

冤案重理民有生机。

〔山牛挎包袱上。

翠　妹　山牛哥，听说老爷昨天又去王爷府了？

山　牛　是呀，可回来之后，像闷葫芦似的，一宿都没合眼。唉！也不知朝廷的批文下来了没有？

翠　妹　可日子已经过去一个多月了，那三千死囚的性命还悬着哪！

山　牛　谁说不是啊！

〔翠妹娘臂缠绷带与阿福同上。

翠　妹　山牛哥，待会儿汤药熬好了，你把它端进去，请老爷趁热喝。

山　牛　我还有事要出去。

翠　妹　什么事比老爷的身子更要紧？

山　牛　这也是老爷让我办的事啊。（双眉紧皱，重重地叹了一大口气）唉……

翠　妹　（奇怪地）山牛哥，你干吗叹气呀？

山　牛　（欲说又止）不好说。

翠妹娘　什么事不好说呀？

山　牛　（想说，又摇头）……说不好。

阿　福　没关系，慢慢儿说。

山　牛　（跺脚）唉，不说好！（转身欲下）

翠　妹　山牛哥！你、你是不是生我的气啦？（急得要哭）

山　牛　没有，没有，翠妹呀！

（唱）老爷唤我到后屋，

　　　　递过几件旧袄襦。

　　　　叮嘱我去至长街找当铺，

　　　　换它个几百铜钱几升米麦，回来也好下面糊。

翠　妹　（惊讶）换粮食，还得当老爷的衣服？

山　牛　唉！

（唱）咱老爷衣食花销全靠俸禄，

　　　　　　　自为官分外财从不贪图。
　　　　　　　连日来周济贫穷把人助,
　　　　　　　只落得两手空空眼看就要断了厨!
阿　福　（激动不已）什么?!老爷为了收留我们,花尽了钱财不算,还要典当自己的御寒衣服……
翠妹娘　不能啊!
阿　福　不能啊!
山　牛　我也这么说了,可老爷犯了倔,说要是我不听他的,就把我赶回山西老家!
翠妹娘　（唱）这样的好人实少见,
　　　　　　　我心酸难禁泪涟涟。
　　　　　　　颤巍巍摸出了这翡翠玉钏……
　　　　（从怀中掏出一只翠玉钏子）山牛,这是我祖父当年侯门卖艺得来的赏赐,再穷再苦也没舍得把它卖掉哇!
　　　　（接唱）祖传父父传女我珍藏了多少年。
　　　　　　　交付你市井之中去变卖当典,
　　　　　　　与老爷解燃眉慰我心田。
山　牛　（连连摇头）大娘,我不能要,我真的不能要!
翠　妹　山牛哥,你也不想想,于大人是为了谁才苦成这样?这节骨眼上,咱帮他一把,不也是帮咱们自己吗?
山　牛　话虽有理,可也得禀报老爷……
翠　妹　（嗔怪地）嗨!禀报了老爷,他还能答应吗?
山　牛　他没答应的事,我能做吗?
翠　妹　又不是什么坏事!你这人,你怎么那么死心眼儿?!
山　牛　这、这……
翠妹娘　（将玉钏塞到山牛手上）拿着,快去吧!
翠　妹　快去吧!
阿　福　快去吧!

———— 京剧《廉吏于成龙》 >>>>>

山　牛　（无奈）好吧，我这就去当铺！

〔收光。

〔光柱下，勒春出现。旁立随从。

勒　春　当铺？（示意随从跟踪山牛）

〔随从急下。

勒　春　哼，早已是铁板钉钉的通海案，被于老西儿一搅，居然松动起来。要是真的让他把案子兜底翻了，前任臬司被剥去顶戴不说，全省几十名官员都会牵连受罚，就连我们康王爷的脸，也没处搁啦。幸亏朝廷发下批文，把重审此案的决策大权，又交还给了康王爷……

〔幕后响起"哗啦啦"砸碎杯盘的声响。

〔戈什哈匆匆上。

戈什哈　（神色紧张地）王爷发火啦！

〔勒春示意戈什哈退下。

〔灯明。亲王府邸后花园。康亲王心情烦躁，来回踱步。

康亲王　（唱）戎马半生经百战，

哪曾遇过这般难？

通海案刑部推诿不明判，

却要我天大责任一肩担。

左推敲右斟酌无从决断，

千杯酒万盏佳酿怎解疑难？

于成龙请命再三屡陈己见，

催得我心烦意躁意躁心烦。

恨无快刀把乱麻斩，

于老西儿，唉，于青菜……

（接唱）你实实地难缠！

勒　春　王爷，昨儿个您不是又让那个于老西儿吃了闭门羹了吗？

康亲王　光吃闭门羹有什么用？你还不知道，他是个不到黄河心不死的老八板儿啊！

勒　春　依学生看，他初到福建，甘冒这么大的风险，一口咬住重审通海案不放，分明另有所图。

康亲王　他图什么？

勒　春　一个字：钱！

康亲王　不至于吧？

勒　春　王爷，这通海大案，涉及万人。倘若逐个重审，少不得从每个犯人身上刮他个十两八两，于成龙获利多少，不难计算呀。

康亲王　（疑惑）他不是人称"于青菜"吗？

勒　春　这是说他吝啬抠门儿，并非赞他清廉不贪。

康亲王　（动容）你的意思是说，他是个两面派？

勒　春　王爷明鉴。

康亲王　本王最恨的就是两面派！不过，（严肃地）你得给我拿出真凭实据来！

勒　春　（得意地）方才，学生路过街市，正巧看见于成龙的贴身随从打当铺里出来。我派人一问，他典当了几件破旧衣服不说，还典当了一枚翠玉钏子。

康亲王　那又怎么样？

勒　春　您说，他哪儿来这么件值钱的首饰？

康亲王　嗨，一枚小小的翡翠玉钏能值几个钱？何足道哉！

勒　春　一枚玉钏不足挂齿。可要是整整一箱，那可就不是区区之数啦！

康亲王　（不信）那个乡下偏老头儿，会有整整一箱珠宝？你看见了？

勒　春　王爷，他到任那天，下官亲眼得见他行李之中有一竹箱颇为沉重，我让衙役帮他去抬，就是那个贴身随从慌忙抢过，说箱里装的是他家老爷为官十八年攒下的宝贝，不许他人擅动。如今看来……

康亲王　（肝火渐起，却又尽力克制）嗳！一个三品大员，甭说他有一箱珠宝，就是有个三箱五箱，又有什么大惊小怪！

——京剧《廉吏于成龙》

勒　　春　　本该如此，可是现在又偏偏不是如此！他明明腰缠万贯，却要装得那样寒酸穷困，这不是装腔作势、矫揉造作、哗众取宠、沽名钓誉，又是什么？

康亲王　　（唱）我只道夜明珠旷世难找，

　　　　　　　　却未想假成真鱼目混淆。

　　　　　　　　谦谦态铮铮言空有其表……

勒　　春　　现如今世风不正，人心不古，什么都会有冒牌假货呀！

康亲王　　勒春！

勒　　春　　在！

康亲王　　命你前往臬司衙门传谕……

勒　　春　　是！

康亲王　　前方战事又告吃紧，于成龙摊派捐银八千两！

勒　　春　　好！如不交纳捐款，他那个臬司印信……

康亲王　　他就甭想要了！

勒　　春　　是！他衙门里那些个装模样、做摆饰的要饭花子……

康亲王　　统统给我赶出去！我叫他真的假不了，假的真不了！

　　　　　（唱）辨真假试良莠再出奇招。

勒　　春　　遵命！

　　　　　〔勒春窃笑。

　　　　　〔收光。景转臬司衙门。

　　　　　〔于成龙闷然独坐。

于成龙　　（唱）入闽以来百事绕，

　　　　　　　　错杂纷繁费辛劳。

　　　　　　　　冤案重审音信杳，

　　　　　　　　宦海处处有暗礁。

　　　　　　　　十八年走遍了天涯海角；

　　　　　　　　十八年历尽那风雨波涛；

　　　　　　　　十八年离乡背井舍妻别子形影相吊……

247

十八年尝够了酸甜苦辣，受够了冷讥热嘲，
　　　看够了弱肉强食，听够了争闹喧嚣。
　　　常生退隐归田意，
　　　何苦摧眉又折腰？
　　　怎奈是啊……生就的秉性我也难改了，
　　　丢不下、抛不开、割不断、抹不掉那天地良心、人情世道、
　　　公理信誓缕缕条条！
　　〔翠妹送汤药上。
翠　　妹　老爷，汤药熬好了，您快趁热喝了吧。
于成龙　放在桌上吧。
翠　　妹　老爷，邓师爷在前厅等着您呢！
于成龙　请他来吧。
翠　　妹　是。(指药碗)老爷，这药……
于成龙　哦，我这就喝。(端碗)
　　〔翠妹下。
于成龙　唉，药哇！只怕是身病好治，心病难医啊！
　　〔邓雨轩捧文案匆匆上，见于成龙在喝药，便伫立一旁等候。
邓雨轩　于大人。
于成龙　雨轩来了，快坐快坐！
邓雨轩　大人，三千死囚的文案，俱都准备齐全。可康亲王至今不下达重审令，咱们该怎么办呢？
于成龙　(重重叹了口气)唉！他按兵不动，咱们就什么也办不成！等……等吧！
邓雨轩　(点头)昨儿个勒春进衙传达亲王口谕，要大人捐银八千。大人您……
于成龙　(恼火地)军粮之事，不是早就了结了吗？出尔反尔，岂是君子之风！要银子没有，要我这臬司印信，我双手奉上！
邓雨轩　那……衙中收留的那些老人孩子呢？

——京剧《廉吏于成龙》 >>>>>

于成龙　他们招谁惹谁啦？非要把他们赶出去，沿街乞讨去吗？

邓雨轩　刚才在前厅遇到阿福，见他双眼垂泪，说是害怕连累大人，打算带几个孩子，离开此地。

于成龙　孤苦伶仃的，他们能上哪儿去呀？

邓雨轩　是啊。可勒春的话，叫人实在……

于成龙　你说吧，说吧。

邓雨轩　他说："衙门就是衙门，不是贫民窟、收容所、垃圾堆、乞丐窝……"

于成龙　（勃然）浑他爷的球！（猛将身边木椅踢翻）

〔山牛持信急上。

山　牛　老爷！有位山西客商，送来家书一封！

于成龙　（一下没反应过来）谁的家书？

山　牛　是老爷您的家书哇！

于成龙　放在桌上，回头再看！

山　牛　老爷您快看看吧，听送信的人说，夫人她病啦！病得还挺厉害的！

邓雨轩　雨轩告辞啦。

于成龙　不送不送。

〔邓雨轩下。于成龙忙接信拆阅。

〔起音乐。四周光暗，若梦若幻。

于成龙　（读信）"君在沧海角，妾守黄土窑。离别十八载，相去万里遥。唯盼君康健，平安度暮朝。莫以妾为念，鱼雁慰寂寥。"

〔舞台一角隐隐现出邢氏的身影。

邢　氏　（唱）三十三个荞麦九十九个棱，
　　　　　　　心窝窝里想着一个人。

〔音乐声中，夫妻深情对视。

邢　氏　（唱）十八年两鬓如银霜雪染，
　　　　　　　十八年只身颠簸多忧烦。

　　　　　　儿女们晨占鹊喜盼相见，

　　　　　　为妻夕卜灯花祷平安。

　　　　　　遥隔千里远，

　　　　　　日夜常挂牵。

　　　　　　身子可康健？

　　　　　　做官难不难？

于成龙　（唱）我的贤夫人哪！

　　　　　　你独自劬劳养儿女，

　　　　　　你代夫尽孝奉椿萱。

　　　　　　你身染疾病口不言，苦痛自承担，怕我心悬念，

　　　　　　于成龙欠你一百年！

邢　氏　（唱）我与你情相系共经患难，

　　　　　　青山盟白头誓铭记心间。

　　　　　　虽然是病缠身无悔无怨，

　　　　　　只要你雁书两行常报平安。

　　　　　　待等你告老还乡那一日，

　　　　　　我定会引儿牵孙迎你到村边。

　　　　　　旧时情景再重现，

　　　　　　窑洞外，小河畔，剪酸枣，浇菜园，夫唱妇随，重操犁锄，

　　　　　　共享天年。

　　　　　〔邢氏渐渐隐去。

　　　　　〔山牛、翠妹、翠妹娘、阿福和二孩童聚集厅堂，气氛凝重。

山　牛　老爷，老爷……

于成龙　（惊醒）哦，是山牛啊。

山　牛　老爷。

于成龙　前儿个让你典当的那几件衣服，还有叫你到有司支取我入闽以来的俸银，都办好了吗？

山　牛　都办好了，总共二十七两三钱五。

———京剧《廉吏于成龙》 〉〉〉〉〉

于成龙　好，拿来。
山　牛　您从来不管账。
于成龙　今儿个我要亲自过过手。
山　牛　稀罕！（取出银子放在托盘上，递与于成龙）
于成龙　（数银子）不错。你们给我听着！
〔淡淡的音乐，含着温馨、柔情和几分哀愁。
于成龙　翠妹，你是个好姑娘，生在贫家，靠卖艺为生，至今未聘婆家。老爷于心不忍，这五两银子，给你置办嫁妆，愿你早订终身。请收下吧。
翠　妹　这……
山　牛　（帮于成龙劝说）收下吧，收下吧。
翠妹娘　还不谢过老爷？
翠　妹　谢老爷。（跪接）
于成龙　山牛！
山　牛　老爷。
于成龙　你跟我从山西老家出来，走南闯北的，有十七八年了，未得一日空闲，耽误了你成家立业，老爷心里过意不去。这五两银子，拿到街上，置办一份像样的彩礼，就算你迎娶翠妹的聘礼，你不反对吧？
山　牛　（又惊又喜）啊？！老爷……您这是……
于成龙　什么这个那个的，你们俩一个有情，一个有意，我早看在眼里啦！
阿　福　（对山牛、翠妹）赶快拜谢老爷呀！
山　牛
翠　妹　（欣喜万分，纳头便拜）谢老爷！
〔于成龙把银子交到山牛手里。阿福、翠妹娘敞怀大笑。
于成龙　二位老人家，我有一言，不知当讲不当讲？
阿　福
翠妹娘　老爷有话，尽管吩咐。

于成龙　好！

　　　　（唱）人生一世草一秋，
　　　　　　孑身苦熬何时休？
　　　　　　你无妻，你无夫，
　　　　　　你孤单，你清苦，
　　　　　　若往一处凑一凑，
　　　　　　也免得小辈常担忧。
　　　　〔阿福、翠妹娘难为情。

于成龙　（唱）若不愿权当我没张口，
　　　　　　若愿意就轻轻点点头。
　　　　〔阿福、翠妹娘点头、表示同意。

于成龙　（唱）这十两安家银定要收受，
　　　　　　愿二老相依相伴度春秋。

阿　福
翠妹娘　（跪拜）多谢老爷！

于成龙　孩子们哪！

孩童们　爷爷！

于成龙　你们到臬司衙门可不少日子了。大多数孩子都找到了自个儿的父母亲人，就剩下你们这几个浙江的孩子，直到现在还无亲可投。爷爷这儿有五两银子，请阿福老爹给你们找上一条便船，把你们送回浙江老家，寻找自个儿的父母亲人，好不好哇？

二孩童　不好，不好。我们舍不得爷爷……

于成龙　爷爷也舍不得你们。可是久居在此，终非长久之计。就连爷爷我，也要离开此地。

福、娘　（疑惑）什么？老爷要走？

于成龙　（颔首）我决意向康王爷递交辞呈，告老还乡。

山、妹、福、娘　（惊讶）啊?！为什么？

于成龙　（平静地）不为什么，不为什么。这里能让我做的事情不多了，

———京剧《廉吏于成龙》 〉〉〉〉〉

所以呀……就想家了呗！山牛！剩下的这些钱，拿到街上给我多买点儿烧饼，再买两篓萝卜一篓咸菜，老爷好在回家路上自个儿开伙！

山　牛　老爷，那三千死囚……

〔于成龙震颤，激愤，无言，无奈，离去。

山、妹、福、娘　（泪水夺眶而出）老爷——

孩童们　爷爷！

〔收光。

第四章

〔内喊：康王爷到——

〔康亲王、勒春气势汹汹来到臬司衙门。邓雨轩匆匆出迎。

邓雨轩　刑名师爷邓雨轩叩见王爷。

康亲王　于成龙呢？

邓雨轩　于大人不知王爷驾临，到海边送回乡的孩子们上船去了。

康亲王　打发几个小叫花子，用得着他亲自出马吗？

勒　春　这位于大人真会收揽人心哪！

康亲王　（恼火地）这个犟头倔脑的于老西儿！我原本想以收回按察使大印来逼他交纳捐款，揭穿他人前一套、人后一套的假面，也收一收他那狂傲不羁、自以为是的脾性，没想到他干脆递交辞呈不干了，他这不是要挟本王、蓄意抗上吗？

邓雨轩　回王爷的话，于大人为人忠厚，断不敢与王爷抵牾。告老还乡，实在是为了回家探望患病的夫人。

康亲王　不对！探望夫人，可以告假省亲么，用得着递交辞呈吗？

勒　春　我看他是舍不得银子，又下不了台，只好溜之乎也，找个辙躲开！

康亲王　他当这儿是酒肆茶坊，想去就去，想来就来？哼！这儿的事儿，还得本王做主,哪容他随意安排!

邓雨轩　那王爷的意思是……

康亲王　今儿非要他当着本王的面,说个明白!

邓雨轩　请王爷厅堂用茶。

康亲王　(一转念)不!打道后衙。我要亲眼看看于老西儿喝的什么酒,吃的什么菜,睡的什么卧榻,住的什么宅!

邓雨轩　(犹豫)恐怕不便吧?

康亲王　(粗暴地)再敢啰嗦,我摘你的脑袋!

邓雨轩　是。王爷请!

〔景转后衙,于成龙的卧室。

〔面对眼前异常俭朴的陈设,康亲王、勒春怔住了。

康亲王　(愣了半晌)……这就是于成龙的……卧房?

勒　春　(对邓雨轩)你没带错路吧?

邓雨轩　没错没错,这正是于大人的卧房。王爷请坐。

康亲王　(打量四周,颇为震惊)嘎?!

（唱）眼前景况非料想,
　　　空空荡荡一间房。
　　　一桌二椅一张榻,
　　　冠戴一套靴一双。
　　　一条薄絮叠床上,
　　　墙角一口大水缸。(揭盖察看)
　　　缸内无米又无肉,
　　　咸菜萝卜,还有那清清的盐水汤。(从案头书籍中发现于成龙手书字幅)
　　　"两袖清风朝天去,
　　　免得闾阎问短长。"
　　　这就是于成龙全部家当,
　　　实叫人又惊又疑费猜详。

———京剧《廉吏于成龙》 >>>>>

〔勒春前后查看，发现床下竹箱，正想对康亲王说，于成龙匆匆而上。邓雨轩退下。

于成龙　不知王爷驾到，于成龙失礼啦！（跪安）
康亲王　于成龙，你好大的胆子！竟敢要挟本王，蓄意抗上！
于成龙　王爷的话，下官不明白。
康亲王　人说你性子倔，原来还很会装蒜哪。（脸色一变，从袖中抽出一页辞呈）这是什么？
于成龙　这是下官的告老辞呈。
康亲王　（劈头盖脑，厉声厉色）你，你难道不知，目下战事连连，四海未宁，内乱方治，百废待兴，身为人臣，理当协力报国，岂能因家事而辞王事，不顾大局抽身而去？你怎么对得起大清朝廷？怎么对得起万千黎民？又怎么对得起皇上的恩典和宠信？
于成龙　（愣了片刻）……有这么严重？
康亲王　敢情！
于成龙　真那么碍眼？
勒　春　（冷笑）哼哼哼……
于成龙　（沉重地）看来，今儿个王爷是无事不登三宝殿，专找我于成龙兴师问罪来了！
康亲王　不错！
于成龙　好……好！既然王爷数落于成龙那么多的罪状……我这心里头也有万语千言！山牛快来！
〔山牛上。
山　牛　老爷。
于成龙　赶紧打上一坛子好酒，再给我挑上两盆儿鲜嫩爽口嘎嘣脆的萝卜，端到这儿来！
山　牛　您要这干吗？
于成龙　今儿个我要还康王爷一笔人情债！
山　牛　可是……这个……这个……（捻指示意无钱）

255

于成龙　快去！快去！（回身入座）

〔山牛无奈，急下。

康亲王　于成龙，你这是捣的什么鬼？

于成龙　下官不敢捣鬼，只不过想起了王爷平素的习惯。

康亲王　（一时摸不着头脑）习惯？什么习惯？

于成龙　边谈公事，边饮美酒。下官没钱准备佳肴，只好来个萝卜当菜，与王爷小酌对饮！

康亲王　怎么着，又要跟本王比酒？

于成龙　不敢，不敢，略表敬忱。

康亲王　（有些色厉内荏）怕你不成？

〔山牛捧水瓮，翠妹端萝卜上。

翠　妹　萝卜到！

山　牛　水……酒到！

于成龙　山牛，你怎么结巴磕子了？上酒吧！

〔山牛忐忑斟水。

于成龙　（唱）倾瓦瓮斟满了美酒一碗！

康亲王　（唱）须提防于老西儿诡计多端。

于成龙　王爷亲临臬司，下官不胜荣幸，特备薄酒祈请王爷赏脸。

康亲王　咱们一起干！

于成龙　一起干！

〔于成龙、康亲王端碗一起饮，二人"咦"地一声，惊愕对视。

康亲王　（似笑非笑、似愠非愠地）我说于大人，这是老汾酒哇，还是竹叶青啊？

于成龙　这个……（一时语塞，急转身将山牛拉至一旁，低声追问）这是怎么回事儿？

〔康亲王暗听二人低语。

山　牛　老规矩，后山的泉水。

康亲王　（讥讽地）好酒，好酒喔！

———京剧《廉吏于成龙》 >>>>>

　　　　　（唱）这美酒，世少有，

　　　　　　　　太白下凡也垂涎。

勒　春　这么好的酒？于大人，得花不少银子吧？

康亲王　山牛，赶紧斟"酒"，请勒春大人尝尝！

山　牛　（犹豫）是……（倒酒，递给勒春）大人请！

勒　春　好！我尝尝……（忙着举碗要喝）

康亲王　慢着。

　　　　　（唱）品琼浆须从容细呷慢咽，

勒　春　（唱）难道说酒碗中另有机玄？

　　　　　我尝尝！（举碗饮一口，即吐出）这是什么东西？

山　牛　这是后山的泉水。实不相瞒，每当老爷无钱买酒，小人便以泉水当酒，一来给老爷解馋，二来清心明目，也好不误老爷的公事。

康亲王　（恍然）于大人，这也是你平素的习惯？

于成龙　王爷明鉴。

勒　春　（脸色一沉）于大人！康王爷大驾亲临，您竟然以泉水相待。要知道，王爷乃皇室宗亲、当今御弟，称得上半个君主。你难道不怕有失君臣之礼？不怕欺君犯上之嫌？

于成龙　您说康王爷是半个君主，下官以半酒款待，岂不恰到好处？

勒　春　半酒？

于成龙　勒春大人。

　　　　　（唱）"酒"字分两半，

　　　　　　　　"酉"、"水"不相干。

　　　　　　　以水代美酒，

　　　　　　　"半酒"奉驾前。

康亲王　哈哈！"半酒"之论，妙哉，妙哉！

于成龙　勒春大人火气太旺，吃个萝卜败败火。王爷，这萝卜可是好东西，您尝尝？

康亲王　尝尝就尝尝。（拿起一个萝卜，对勒春）勒春，你也尝尝！

勒　　春　　哎！尝尝。（无奈地拿起萝卜）

〔康亲王、勒春同咬萝卜，脸呈苦相，勉强下咽。

于成龙　味道如何？

康亲王　唔……别具风味。（转对勒春）你说呢？

勒　　春　　唔……（言不由衷）味道好极了！

于成龙　既然好极了，就请多用几个。

康亲王　（连连摆手）呃，够了，够了。

〔康亲王归位。

勒　　春　　（悻悻地）王爷，酒也喝了，萝卜也吃了，您老人家问的事儿，他还没回话呢。

康亲王　于成龙！

（唱）休要再七弯八绕回避躲闪，

　　　　因何故要弃职辞官快快直言！

于成龙　（唱）成龙离乡十八年，

　　　　桑梓萦怀心不安。

　　　　顷闻老妻重病患，

　　　　求亲王，求亲王即刻放我回家园。

康亲王　这是真话？

于成龙　句句是真。

康亲王　可有虚假？

于成龙　并无虚假。

康亲王　只怕未必！

于成龙　天地良心！

勒　　春　　（一阵冷笑）哼哼哼……良心？别在孔夫子庙前充圣人啦！好像这宦海之中，就您于成龙最诚实、最正派，除您以外，全都是些口是心非的小人。可遗憾的是，我追随王爷多年，见过无数您这样的官员，还真没碰到过几个不偷油的耗子、不沾腥的猫儿。您哪，别装啦！

———— 京剧《廉吏于成龙》

于成龙　勒春大人，你到底想说什么呀？

勒　春　我说什么，您心里明白。康王爷统率群僚，坐镇东南。岂能容得当面一套、背后一套的两面派，阳奉阴违、惺惺作态的伪君子？

山　牛　勒春大人，您说的是谁？

勒　春　还能是谁？（狠狠地朝于成龙瞪了一眼）

山　牛　有什么凭据？

勒　春　凭据？有哇，有的是！

山　牛　在哪儿呢？

勒　春　就在你这里！（指山牛）

山　牛　我？！

勒　春　山牛，我问你几件事，你能如实回答吗？

山　牛　我山牛活这么大，从来不说假话。您问吧。

勒　春　好。我问你：前儿个傍晚，你是不是到当铺去过？

山　牛　唔，去过。

勒　春　你是不是典当了几件破旧衣服？

山　牛　是啊。

勒　春　那是你自个儿的东西，还是奉命行事啊？

山　牛　那是我家老爷的，是老爷叫我去典当的。

勒　春　好！于大人，是您让他去的？

于成龙　是我让他去的，怎么了？

勒　春　除了几件衣服之外，还有什么拿去典当了？

于成龙　没有别的了。

勒　春　真的没有？

于成龙　我骗你干吗？

勒　春　（冷笑）那可没准儿。请看！（亮出玉钏）这只玉钏，不也是您让他典当的吗？

于成龙　没有这个东西。

勒　春　没有？（向山牛）山牛！你也敢说没有吗？

山　牛　是……是我拿去典当的。

于成龙　山牛，这是哪儿来的呀？

山　牛　是……是别人送的。

于成龙　啊？！

勒　春　哈哈！

山　牛　（慌忙解释）可老爷自己并不知道！是我一个人收下，一个人典当，一个人拿回来的当银……

于成龙　（勃然变色）山牛！你……你竟敢收受他人的财物？你……你好大的胆子！（怒打山牛耳光）

勒　春　于大人，自个儿丢了面子，可别迁怒于下属呀。

于成龙　（对山牛盛怒不息）你……

翠　妹　老爷！（仆然跪地）您别怪山牛，要怪就怪我和我娘吧！

康亲王　这是怎么回事？

翠　妹　王爷、大人、老爷，请听我说……

山　牛　听我说！

翠　妹　听我说！

康亲王　说！

翠　妹　（唱）千言万语说不尽，
　　　　　　　件件桩桩感人心。

山　牛　（唱）老爷平生多节俭，
　　　　　　　从不乱花半分银。

翠　妹　（唱）为济穷困救人命，
　　　　　　　倾囊相助不惜金。

山　牛　（唱）散尽私蓄赠俸银，
　　　　　　　典衣度日自甘贫。

翠　妹　（唱）我娘闻知大不忍，
　　　　　　　祖传玉钏报恩情。

山　牛　（唱）换来银钱买粮米，

　　　　　衙中布施受苦人。

山　牛　（同唱）纵然是有千错，有万错，千错万错是我错，
翠　妹

　　　　　切莫要冤屈了善良的老人！（心酸哭泣）

于成龙　（泪如泉涌，上前抱住山牛）山牛！

山　牛　老爷。

康亲王　（亦颇感动）你们……都快起来吧！

勒　春　（拍手）真是一场精彩不过的好戏呀！

康亲王　勒春，别太过分了。

勒　春　启王爷：过分不过分，但看假共真。伪装若剥去，是假难成真！于成龙！你们主仆三个，又唱又哭，活像真的一样。可是，瞒得了一枚玉钏的来历，瞒不了大批财宝的由来！老实告诉你，打从你刚到福州的第一天起，我就发觉，你压根儿就不是那号两袖空空的清官廉吏。你随身带来的财物珍宝，就有整整一箱！还想否认？那就打开卧床底下暗藏的这个竹箱，让我当场查验！

山　牛　那是我们老爷的……（刚要说明，被于成龙挡住）

于成龙　我于成龙一不贪赃，二不枉法，你凭什么要查验！

勒　春　你不让查验，分明心里有鬼！

于成龙　你……

勒　春　给我闪开！

　　　　〔话音未落，勒春一个箭步窜到床前，从床底拉出竹箱，猛掀箱盖。众人目光所指，只见箱内放着一个个布包。勒春猛力一抖，各色布包掉落在地。各种不同色彩的泥土，出现在人们眼前。

勒　春　泥土？！（张口结舌，呆若木鸡）

康亲王　（诧异）泥土？！

于成龙　（手捧泥土，深情诉就）是泥土……但不是一般的泥土，虽说它兑不到半分银子，换不来半件衣物，可它却是我于老西儿最宝贵的财富哇！它，来自我为官十八年所到之处，取自百姓脚下、山

村小路、广原通途。这是广西罗城的山泥，饱含着土著同胞的心意；这是四川合州的黑土，寄寓着巴蜀父老的情愫；这是湖北黄州的红土，渗透着荆鄂赤子的热血；这是武昌江畔的流沙，记载着世代平民的甘苦……让这些滋养过我的泥土哇，永远伴随着我，为的是：永远记住那里的山水，记住那里的百姓，记住那里的友情，记住那里的悲欢，心怀坦然地走完人生之路！

（唱）人生路多坎坷祸福不定，

　　　有苦涩有酸楚也有欢欣。

　　　脚踏着厚实的泥土，心平如镜；

　　　牵念着善良的赤子，怀揣真情。

　　　深知那欲如水，不遏则灭顶；

　　　贪如火，不厉禁，势成燎原，

　　　祸国殃民，终留恶名，苦果必自吞。

　　　常言说——

　　　无病休嫌瘦，奉公莫怨贫；

　　　知足无烦恼，布衣乐终身。

　　　非吾之有莫伸手，

　　　非分之财不进门。

　　　这是我于成龙一生箴训，

　　　不负朝廷，不亏黎民，对得起天地良心！

〔康亲王心头震撼。勒春无地自容。

康亲王　（唱）一番话雷霆震响，

　　　　　一颗心晶莹闪光，

　　　　　一抹泪深情万丈，

　　　　　一捧土百世遗芳。

　　　　　君子品性坦荡荡，

　　　　　廉吏风操正堂堂。

　　　　　大清国遇良才福祉天降，

从今后尊为师共振朝纲。

〔康亲王深深施礼。于成龙急忙扶住。

康亲王　于大人，请原谅我明理太迟，险误大事。（郑重地）今日，就请于公全权审明通海一案，务教八闽福地冤狱绝迹，万民安居！

于成龙　我替福建百姓谢谢王爷了！

康亲王　（指勒春）勒春啊勒春，你呀……

勒　春　我有眼无珠哇！

于成龙　老朽幼时在安国寺读书，曾得古训，几十年来未敢轻忘。

勒　春　大人赐教。

于成龙　"人人治人，国虽治而必乱；人人治己，国虽乱而必治！"

康亲王　金玉良言，当刻骨铭心哪！

勒　春　于大人——（匍匐在地）

〔于成龙扶起勒春，康亲王紧握于成龙手，相视亮相。

〔切光。

〔宣旨声：奉天承运，皇帝诏曰：于成龙廉洁奉公，守真爱民，治平一方，功垂青史。今擢升直隶巡抚，赏一品顶戴。准其回乡探亲一月，期满即赴保定上任。钦此。

〔天地寥廓，一片苍莽。山路悠远，空灵渺茫。

〔翠妹引挑着竹箱的山牛上。

翠　妹　山牛哥！

山　牛　哎——（转身对于成龙）老爷——

〔于成龙缓缓走来。于成龙依然穿着刚来福建时穿的褂袄，吸着旱烟……

〔画外音：于大人——于爷爷——众人的呼喊回荡于天地间。

〔于成龙回身，含笑远望……

〔剧终。

精品剧目·京剧与藏戏

文成公主

编剧 吴 江 小次旦多吉

人物

文成公主　　　　　老阿爸

禄东赞　　　　　　大太监

李世民　　　　　　众妃子

松赞干布　　　　　小王子

乳　娘　　　　　　内　侍

承　乾　　　　　　马球手

李道宗　　　　　　侍　女

老阿妈　　　　　　众吐蕃民

第一场

〔合唱：雪山环绕的灵峰圣水，
　　　　如诗似画的苍穹土地，
　　　　南赡部州的屋脊，
　　　　居住着食肉赭面人的后裔。
　　　　红日多少次落下又升起，
　　　　冰雪消融了千万回。
　　　　一部藏在柱间的史籍，
　　　　记录了吐蕃儿女走向文明的足迹。（重复）
〔一队吐蕃宫廷卫士引导松赞干布和禄东赞走向欢送的场面。
〔吐蕃赞普松赞干布手挽着大相禄东赞深情地叮嘱。

松赞干布　（唱）静土纯情一片梵天，
　　　　　　　　雄鹰好逑七彩梦幻。
　　　〔松赞干布将一个装信的函匣庄重地递给禄东赞，手指着长安的方向，寄托着无限深情。
　　　〔合唱：智慧的吉祥鸟传书递简，
　　　　　　　雪山翘首望长安。
松赞干布　这信上写出了我对大唐公主的一腔真情，请大相务必将它呈与公主！
禄东赞　赞普放心，禄东赞此去不能成功，就不回转逻些！
　　　（说熊）蓝天底，雄鹰健；
　　　　　　　红日近，雪莲艳。

香巴拉是婆娑世界的桃花源,

尊贵的赞普,吐蕃的高山;

万里风尘迷不了鸿雁的双眼,

禄东赞一定不辱使命,

把大唐的凤凰迎娶回雪山。

松赞干布 （唱）雄鹰插上文明的彩羽,

比翼翩跹飞跃千年。

〔吐蕃臣民载歌载舞,以吐蕃礼仪手捧哈达,敬献青稞酒为远行的求婚使者送行。松赞干布为禄东赞献上哈达,行隆重的碰头礼。禄东赞叩首向松赞干布辞行。

〔吐蕃王国的牦牛队驮着沉重的聘礼向远方走去。

〔合唱：群山翘首盼,

何日彩云归？

凤凰飞逻些,

雪域霞满天！

〔松赞干布与吐蕃臣民目送远去的求亲队伍,寄托着无限期望。

〔画外音：公元六三九年,大唐贞观十四年,吐蕃七世赞普松赞干布遣大相禄东赞为求婚使臣,赴长安求嫁大唐公主。

第二场

〔大太监内念：陛下有旨,太子承乾代朕恭送列国使臣回国呀！

〔承乾内念：列位恕不远送。

〔长安皇城通向御花园的路上,皇太子承乾由内侍陪同着兴高采烈地走来。

承　乾 （唱）贞观皇帝承天运,

扫灭狼烟定乾坤。

一统大唐开混沌,

　　　　　　列国纷纷来和亲。

　　　　　　父皇一言来约定，

　　　　　　"丝线穿珠"考使臣。

　　　　　　九曲珍珠穿得进，

　　　　　　就送公主去成婚。

大太监　　那他们谁穿进去了？

承　乾　　（唱）天竺人只穿得眼花头晕；

　　　　　　突厥人只累得周身大汗似雨淋；

　　　　　　回纥的使臣有本领，丝线咬断了几十根。

　　　　　　这也是天意怜红粉，

　　　　　　不让我大唐公主做昭君。

大太监　　如此说来，这列国求亲使臣就没有一个人能用丝线穿过那九曲珍珠吗？

承　乾　　要不怎么说我的父皇这主意高呢！就拿"丝线穿珠"这么一考，那些列国的求婚使者都纷纷打道回国了！哈哈！

　　　　　〔内高呼：穿上了，穿上了！

承　乾　　什么给穿上了？

　　　　　〔江夏王李道宗上。

大太监　　不会是"丝线穿珠"穿上了吧？

承　乾　　不可能！

大太监　　是啊！

李道宗　　走啊！

　　　　　　（唱）这真是山外还有岭，

　　　　　　未料想雪域出智星。

承　乾　　叔王，是哪国的使臣给穿上的？

李道宗　　吐蕃大相禄东赞！

承　乾　　哦，是那吐蕃大相禄东赞哪？

李道宗　　正是。

承　乾　他是怎么给穿上的？

李道宗　那禄东赞见列国求婚使臣无有一人成功，便面带微笑走上殿来。只见他用丝线束在蝼蚁身上，然后将蜂蜜涂在珍珠孔边，想那蝼蚁最喜甜蜜之物，因此闻蜜而钻，就穿过了九曲珍珠！

承　乾　嘿！你说这个禄东赞他是怎么给琢磨的？

李道宗　吐蕃大相智慧超群，无人可比。

承　乾　难道父皇就答应与吐蕃和亲不成吗？

李道宗　陛下命老臣去至后宫御花园再行安排。

承　乾　叔王，这回我家父皇他是怎么个安排法？

李道宗　少时你自然明白。（说毕急走入后宫）

承　乾　他还给我来个保密。我料那禄东赞是过不了这一关！

〔内架子：陛下传谕吐蕃大相御花园觐见哪！

〔禄东赞由内侍引上。

禄东赞　（唱）乘风驭气越关山，
　　　　　　　神佛护佑入潼关。
　　　　　　　百鸟争巧我独喑，
　　　　　　　开口一鸣惊长安。

承　乾　大相请。

〔二幕拉开，御花园内，假山绿树，亭台石几。

李世民　（引子）九天阊阖开宫殿，万国衣冠拜冕旒。

承　乾　大相请。

〔承乾引禄东赞叩见太宗。

李世民　平身！列国之臣俱都无力"丝线穿珠"，唯有大相才智超群，过得此关。孤还要考你一考，大相可愿再试一回？

禄东赞　外虽然愚钝，为我家赞普求嫁大唐公主，情愿斗胆一试。

李世民　御弟可曾安排停当？

李道宗　俱已停当。

李世民　大相啊，

（唱）清官难把家事断，
　　　　二妃争子叫朕为难。
　　　　还望大相睁慧眼，
　　　　为皇儿辨亲娘解朕疑团。

禄东赞　遵旨！

〔禄东赞走向亭子前，与一位妃子行礼，妃子笑容可掬地还礼并从头上取下一支凤钗送与禄东赞。禄东赞又向另一位妃子行礼，那妃子只是点首示礼，禄东赞将那支凤钗出示，示意妃子可送礼否。妃子轻蔑一笑，拂袖侍立一旁。禄东赞佯怒拔武士佩剑，众人大怖。禄东赞用剑在亭前地上画两条直线后将剑送还。众人长吁一口气放下心来。然后禄东赞将蒙住双眼的小王子扶于两条线中，又揖请两位妃子靠近。禄东赞将小王子的手分别递与二位妃子。

二妃子　参见陛下。

李世民　听他安排。

二妃子　是。

承　乾　大相，您有何高见啊！哦，我明白了，大相是要拿枪在地上画两条线对不对？

禄东赞　请二位娘娘用尽全力去拉。哪个将王子拉过自己一边，她就是王子的生身之母！

承　乾　大相是说谁要是把王子拉过了线，谁就是小王子的亲生之母，二位娘娘可要用力地拉呀！

〔随着音乐声起一位妃子自信地拉着王子的手，另一位妃子见状急用力去拉，二人各不相让。小王子被拉疼痛，哭泣起来。其中一位妃子闻哭声急忙松手，另一位妃子则趁机将小王子拉到自己身边。松手的妃子见状哭泣。

承　乾　哈哈哈……！（向拉着小王子的妃子作揖）请娘娘恕罪，小王子不是娘娘亲生！

娘　娘　何以见得？

禄东赞　常言道，儿是娘的心头肉。闻儿啼哭，亲娘定然心疼，如何舍得再去用力？何况亲自亲，疏自疏，何必破费——

　　　　〔将凤钗送还，解开小王子蒙眼黑布，小王子扑向亲母。众人笑，二妃带小王子下。

小王子　娘！

承　乾　启禀父皇，大相言道，儿是娘的心头肉，闻儿啼哭，亲娘是定然心疼，如何舍得再去用力？所以小王子不是这位娘娘的亲生。这是他说的。

李世民　（唱）好一个足智多谋禄东赞，

　　　　　　　辨真假欲擒故纵解疑团。

　　　　　　　怀正气富贵不贪禀公断，

　　　　　　　方显得那吐蕃君明臣贤。

禄东赞　叩请陛下赐婚，下嫁公主与吐蕃和亲！

李世民　朕岂能失信于你。闻得吐蕃之人善击马球，朕也喜此道。明日就与大相游戏一回。若是吐蕃获胜，朕非但要将公主送往吐蕃，还要陪送无价的妆奁！

禄东赞　君无戏言——

李世民　一诺千金！

禄东赞　如此就请陛下将我家赞普的亲笔书信转呈公主，外臣告辞了！

李道宗　歇息去吧！

李世民　御弟，将挑选已毕的宗室李姓之女带进宫来！

李道宗　遵旨！（下）

承　乾　父皇，适才您说要与吐蕃使臣比赛马球，可吓了儿臣一大跳。

李世民　却是为何？

承　乾　想那马球乃吐蕃人的游戏，咱们跟他们玩儿，那不赔等着把我大唐公主送到吐蕃去吗？

李世民　此事朕自有安排，不必多言，你且回宫去吧！

———京剧与藏戏《文成公主》 〉〉〉〉〉

〔李道宗引四宗室女进入御花园，太宗一看，皱起眉头。宗室女愁眉苦眼，神形猥琐。承乾跟在太宗身后，不停地学着宗室女的丑态。太宗与道宗对视，叹息。

承　乾　儿臣告退。

李道宗　启奏陛下，宗室之女，无有一人愿往吐蕃和亲。

李世民　怎么？宗室李姓之女就无一人愿去和亲么？

李道宗　陛下！

　　　　（唱）金枝玉叶李姓女，

　　　　　　　总数三百六十七。

　　　　　　　闻听和亲吐蕃去，

　　　　　　　家家嚎啕个个啼。

　　　　　　　抗旨拒诏百余位，

　　　　　　　无奈这进宫人她们称有疾。

　　　　　　　宁可为尼不姓李，

　　　　　　　至死不愿嫁逻些。

李世民　（唱）纨绔膏粱终日醉，

　　　　　　　何曾把唐祚忧毫厘？

　　　　　　　和亲吐蕃为社稷，

　　　　　　　难觅达理一文姬。

　　　　　　　朕为江山心操碎，

　　　　　　　只落得独擎大厦不胜悲。

　　　　〔内侍上。

内　侍　启奏陛下，文成公主命乳娘前来有要事启禀！

李世民　传！

乳　娘　参见陛下！

李世民　你且奏来！

乳　娘　陛下呀！

　　　　（唱）连日来大明宫把和亲的事论，

陛下你定然是烦透心。

公主命我把驾请，

并非对弈与谈经。

李世民　文成请孤为了何事？

乳　娘　陛下！

（唱）新得来几样珍贵的器皿，

陛下看罢你定开心。

一非是字画却水美山峻，

二非是金银却价连城；

三非是宝剑能安周鼎，

四非是美女却定乾坤。

陛下若是不肯信，

来来来把公主的寝宫进，

一霎时轻风吹散满天云。

李世民　好，摆驾文成宫。

内　侍　摆驾文成宫啊！

〔切光。

第三场

〔二幕前乳娘吩咐众宫女将"三彩陶马"、药罐药杵、经书医典等物安放齐整。众宫女忙碌地穿梭行走在文成公主的寝宫内外。

乳　娘　公主，公主！按照公主吩咐，已然布置停当。陛下与江夏王即刻就到，公主你快快出来接驾呀！

〔文成公主内架子：乳娘！你先领宫娥代文成前去接驾。

乳　娘　公主不去接驾，只怕陛下怪罪！

〔文成公主内架子：乳娘放心，父皇纵有满天乌云，一见文成，便会风和日丽，心中欢喜！你就快快接驾去吧。

乳　娘　这如何使得?

〔后台架子:陛下驾到!

〔李世民在李道宗陪同下进宫,乳娘率众宫娥跪迎。

乳　娘　快快接驾呀!老奴代公主恭迎陛下。

李世民　文成往哪里去了?

乳　娘　这……

李世民　快快引朕前去。

〔二幕启,文成公主的寝宫内,在明显的位置上摆放着一台织机,桌案上医书经卷一叠叠,药罐药杵和还没上釉的三彩陶马摆放在宫中的各个角落。

李世民　(进宫后环视宫内)文成在哪里?文成在哪里?

〔边自语踱步,正与两面掌扇相遇。掌扇开,文成公主站在太宗面前。

文成公主　文成来了。

　　　　(唱)神佛前暗许下远行心愿,

　　　　　　嫁吐蕃息干戈我愿辞长安。

　　　　　　众姐妹闻和亲谈虎色变,

　　　　　　我只怕父皇他执意阻拦。

　　　　儿臣参见大唐贞观皇帝陛下!

李世民　皇儿平身。

文成公主　扎西得勒!

李世民　好个顽皮的皇儿!啊,儿啊,请父皇到此为了何事?

文成公主　启奏父皇,听说吐蕃求嫁大唐公主,宗室李姓之女并无一人愿往,可是真的么?

李世民　想大唐乃李家天下,身为李家的儿女理应心忧社稷,为大唐建功立业,谁知……唉,令人烦恼!

文成公主　父皇不必气,文成愿往吐蕃和亲!

李世民　哦,我儿愿去和亲么?

文成公主　正是！

李世民　还是文成皇儿最体朕躬，只是……叫我怎能割舍。

文成公主　啊，父皇，文成已在神佛面前发誓愿……

李世民　皇儿，此事容朕三思。

文成公主　父皇！

李世民　不必多言。御弟，摆驾回宫！

文成公主　父皇！父皇你听我说啊！

　　　　　（唱）长跪在父皇膝前泪点点，
　　　　　　　　平心论儿岂愿骨肉分天各一边。
　　　　　　　　父皇你鞍马上半世征战，
　　　　　　　　为大唐宵衣旰食白发早添。
　　　　　　　　敬父皇爱父皇忧父康健，
　　　　　　　　和亲事愿替父把重担分担。
　　　　　　　　父皇有气吞山河的英雄胆，
　　　　　　　　儿胸中热血与父一般。
　　　　　　　　唐蕃一家结亲眷，
　　　　　　　　汉家文明远播传。
　　　　　　　　丝绸送去把健马换，
　　　　　　　　四宇晴空熄烽烟。
　　　　　　　　愿效父皇把奇功建，
　　　　　　　　做一个青史名标的女婵娟。

李世民　（唱）听文成一番话心头一颤，
　　　　　　　皇儿啊，
　　　　　　　和亲事非儿戏不可笑谈。

李道宗　（唱）那吐蕃距长安万里路远，
　　　　　　　全不似渭水畔灞桥边，
　　　　　　　细柳营潼关前游玩一番去去就还。

文成公主　叔王！

　　　　　　（唱）文成我非儿戏言谎语诞。
　　　　　　　　　和亲事关系着大唐江山。
李世民　　（唱）你不怕雪域高路遥鸿断，
文成公主　（唱）雪域高香巴拉神佛结缘。
李道宗　　（唱）此一去只怕是白首难返。
文成公主　（唱）乘长风九万里白发红颜。
李世民　　（唱）食生冷少五味三餐怎咽？
文成公主　（唱）雪山上千百年未断炊烟。
李道宗　　（唱）雪不融风长卷四时不暖。
文成公主　（唱）文成我怎不能耐得霜寒？
李道宗　　（唱）你舍得辞故土骨肉离散？
李世民　　（唱）你舍得年迈的父皇两鬓斑斑？
　　　　　　　　　儿远行父孤寂对弈无伴。
　　　　　　　　　烦闷时谁在膝前论诗谈禅？
　　　　　　　　　掌上珠心头肉怎不挂念，
　　　　　　　　　叫父皇从此后寝食难安。
文成公主　父皇！
　　　　　（唱）猛志在胸催解缆，
　　　　　　　　远行女儿待扬帆。
　　　　　　　　织机佛卷与医典，
　　　　　　　　已然等候辞长安。
　　　　　　　　何惧前途路遥远，
　　　　　　　　何惧那大野风霜寒。
　　　　　　　　风流人物数贞观，
　　　　　　　　儿要做大唐女张骞。
李世民　　好哇！
　　　　　（唱）知我情解我忧识我肝胆，
　　　　　　　　你母后在天也欢颜。

热泪盈眶把皇儿唤，

这才是孤的骨血李家的女儿胜儿男。

啊，皇儿，你执意要去，也罢，明日父皇要与大相竞技马球，皇儿你就女扮男装，改称武德王子，啊，皇儿你代父皇出阵如何？

文成公主　儿臣正好一显身手！

李世民　明日若是吐蕃使臣得胜，就命那禄东赞在三百后宫佳丽之中辨认皇儿。这是吐蕃赞普亲笔书信，儿拿去看来。

文成公主　多谢父皇。

李世民　这和亲之事就看天缘了。

〔李世民、李道宗走出寝宫。

文成公主　送父皇。

李世民　免。

文成公主　天缘？天缘！（捧松赞干布书信细读，情绪越看越激动）

文成公主　（读信）雄鹰十载飞万里，

雪域千山归统一……（重复）

〔松赞干布的幻影出现。

松赞干布　（唱）风雪漫天，

满目荆棘，

虎豹横行，

妖魔作祟。

（念）我要学观世音造福雪域，

救苦救难普度众生富我庶黎？

大唐文明光耀海内。

贞观春风扫阴霾万里天霁。

诗书礼法驱逐人心头鬼魅，

丝绸三彩胜过那百万铁骑。

我期望做一轮雪山明月，

映出那大唐的红日光辉。

雄鹰披上风骚的彩羽，

如同登上文明的须弥。

你正是我梦中那般秀美，

你就是吐蕃王心中的爱妃。

松赞干布要学贞观皇帝，

公主来做一个吐蕃的母仪。

（唱）松赞干布盼望你，

文成公主　（唱）文成的心儿已飞去，

松赞干布　（唱）大野苍穹等候你，

文成公主　（唱）心驰神往情已归，

松赞干布　（唱）等候你来比翼飞，

文成公主　（唱）等候我去比翼飞，

松赞干布
文成公主　（同唱）做一对益利众生的慈悲菩提。

〔松赞干布幻影淡淡逝去。

乳　娘　公主！

文成公主　（唱）隔万里他怎会识我心曲？

乳　娘　那赞普信中讲些什么？

文成公主　（唱）恰好似与文成心志相随。

乳　娘　这就是缘分哪！

文成公主　（唱）请乳娘去馆驿把信儿传递，

　　　　　　　蜂蝶簇那才是牡丹花蕾。

乳　娘　蜂蝶如何簇拥公主？

文成公主　（唱）今夜百花香波浴，

　　　　　　　明朝花檀熏罗衣，

　　　　　　　三百佳丽脂粉味，

　　　　　　　蜂蝶自将真芳随！

乳　娘　老奴明白了，我的吐蕃王妃呀！哈哈哈……

〔文成公主羞涩地笑。切光。

第四场

〔大明宫前的广场上已经布置好了临时的马球赛场。承乾太子一身打马球的装束，他将身边近侍叫到身旁——

承　乾　少时你若见我皇室球队赢了球，你就带头高呼万岁，若是吐蕃使臣队赢了球……

承　乾　俯耳上来！

大太监　那可不成！要是万岁知道了那可不得了！

承　乾　你们都给我听好了，今儿个马球比赛非比寻常，咱们要是输了球，不仅有伤我大唐的国威，而且还要输掉父皇的掌上明珠，我的御妹文成公主！父皇若是怪罪，有我担待！按我说的办！

〔李道宗内白：陛下驾到！

〔唐太宗在李道宗和内侍的陪伴下健步走来。

承　乾　太子承乾参见父皇！

李世民　（唱）儿平日议政时瞌睡打盹，
　　　　　　　说游戏顿生出百倍精神。

承　乾　瞧您说的，这马球虽是游戏，可也关系着我大唐的一统江山，您说对不对？

李世民　（唱）朕今日睁大眼要看你本领。

承　乾　稍时儿臣出马，定然是旗开得胜，马到功成。让那些吐蕃使臣见识见识贞观天子的马球手啊！

李世民　（唱）赛场上全靠你这大唐的储君。

承　乾　什么，全靠我？老爷子，您是马球高手，您不上场那哪成啊！

李世民　（唱）休惧怕还有那武德儿为你助阵。

承　乾　武德？武德是谁呀？您要是给我找个坐马扎儿的替补臭球来充数，那可不成！

李世民　（唱）是你那女扮男装的御妹文成。

承　乾　怎么着，武德就是我的文成御妹呀？那行了，文成从小鞍马骑射无一不精。今儿个，有我帮着她，赢那些吐蕃使臣那不跟白玩儿似的吗？

李世民　儿休要得意，若是输了拿你问罪！

承　乾　没错，老爷子，您就赌好儿吧！

〔承乾下场，禄东赞着马球衣上场跪在太宗面前。

禄东赞　边鄙之臣请陛下罢了今日这场赛事。

李世民　却是为何？

禄东赞　臣等若是输了，不能迎娶公主回去，赞普定要将臣等杀死。若是侥幸取胜，有损大唐的声威，还是难免一死。求陛下开恩，还是罢了这场赛事的好！

李世民　大相多虑了。马球乃是游戏，何必认真哪。大相你只管赛来！

禄东赞　叩谢天恩！

李世民　快快上马去吧！

大太监　陛下有旨，马球比赛现在开始啊。

文成公主　（唱）大明宫前跨战马。

〔禄东赞下场。内侍摇令旗，双方球队分两侧策马冲入场内。文成公主女扮男装身着马球衣，手提马球拍英姿勃发和禄东赞最后压阵，见面后互相施礼。

文成公主　扎西得勒！

禄东赞　扎西得勒！

大太监　马球比赛，三局两胜，开球！

〔禄东赞一愣，文成乘势开球。禄东赞率众侍从挥马球拍迎上。双方争抢，你拼我夺，甚是激烈。

禄东赞　（念）不是战场却厮杀。

承　乾　好球！

马球手　万岁！

文成公主　（唱）尚武游戏蕴风雅,

承　乾　（唱）横冲直撞震住他。

〔马球上下翻飞,众人喝彩声震耳欲聋。禄东赞巧妙穿插,文成公主攻守潇洒。禄东赞用赞赏的目光注视着年轻英俊的武德王子,不想被文成截去马球,不失时机地挥拍将球击进球门。场上立即响起"万岁"的欢呼之声。承乾得意洋洋。

大太监　使者扳平!

承　乾　（念）你们这帮子臭球,平时我是怎么教你们的!

大太监　决胜局开始啦!

〔禄东赞急召众侍从小议对策。

〔第二局又开始。禄东赞用技巧突破防守,带球冲向球门,被文成拦阻下传与承乾。承乾攻门却马失前蹄跌下鞍来。禄东赞以猝不及防之势挥拍击球,球入门中。太宗和文成齐呼"好球!"太子承乾爬起身来跑向周围的侍从大发雷霆。唐太宗高喊:承乾,快快上马再战!

〔第三局开始。吐蕃使臣队越打越勇,文成竭力拼抢,又得球冲向球门,正待挥拍击球,承乾高喊助威。文成公主却将球传与门前的禄东赞,禄东赞一愣,挥拍击球,球入门中。

大太监　使者队获胜啊!

承　乾　不算,不算!我说文——文——闻闻你那球是怎么打的!整个一个乌龙球!贞观天子的马球队你也敢赢?不想活了吧?

〔众唐球员横拍示武。

禄东赞　（跪在地上叩首）罪臣万死!

〔文成公主上前搀扶起禄东赞。

文成公主　大相不必害怕。方才我父皇说过,马球乃是游戏,何必认真。啊,父皇,君无戏言哪!（示意李世民,太宗会意）

李世民　承乾退下!

文成公主　启奏父王,今日马球赛事就该认定是吐蕃使臣取胜了。

———京剧与藏戏《文成公主》 >>>>>

李世民　正是他们获胜了。

文成公主　父皇就该按照约定，让他在三百后宫佳丽之中辨选公主——哦，御妹！

承　乾　不成不成，启奏父皇，儿臣愿与他们再赛三百回合，也决不能让我的文——

李世民　承乾还不住口！

承　乾　是！瞧我这张嘴！（承乾溜下）

李世民　大相，既然吐蕃使臣获胜，就按照约定在三百后宫佳丽之中辨选公主！摆驾回宫。（说毕下场）

文成公主　送父皇！

李世民　免！

禄东赞　武德王子！

〔双手抱住文成的双臂激动万分，文成公主不自觉地欲抽回手躲避又觉不妥，然后落落大方地看着对方。

禄东赞　（唱）多谢你武德王子主持公道，
　　　　　　　多谢你为和亲架设金桥。
　　　　　　　你是大唐的骄傲，
　　　　　　　文明的范标，
　　　　　　　道德的化身，
　　　　　　　华夏的自豪；
　　　　　　　雪山大野的好兄弟，
　　　　　　　唐蕃两家的吉祥鸟。
　　　　　　　休怪我边鄙之人不礼貌，
　　　　　　　让我把你这菩提的容颜
　　　　　　　再仔细地瞧上一瞧。
　　　　　　　雪山上要为你修寺建庙，
　　　　　　　让吐蕃的山山岭岭铭记你
　　　　　　　武德王子一代天骄。

283

文成公主　大相！

　　　　（唱）自在人心存公道，

　　　　　　　游戏反目两无聊。

　　　　　　　御苑群芳识多少？

　　　　大相可知——

　　　　　　　蜂拥蝶簇花最娇。

〔禄东赞不经意地发现了蜂蝶在文成头顶飞舞，触动了敏感的神经，立即放开了紧抱文成的双臂，睁大了双眼注视着面前这位英俊的王子。

禄东赞　公主，公主。

李道宗　大相，后宫三百佳丽等你前去辨认。

禄东赞　（猛地回身对李道宗）外臣不必去了！

李道宗　却是为何？

禄东赞　大唐公主乃是至尊绿度母菩萨的化身。她不在那三百后宫佳丽之内！

李道宗　她在哪里？

禄东赞　武德王子就是公主殿下，哈哈哈……

〔在场的所有人都惊呆了。文成公主脸上露出了端庄羞赧的笑容。

第五场

承　乾　尔等俱是太子宫中千挑万选的近卫侍从。此番护送公主远行，必须尽心竭力，以效忠诚！马背之上所驮资重，虽然只是些陶瓷、谷种、丝绸、佛经，却是十分贵重，价值连城，乃是父皇陛下陪送公主的妆奁，赠与吐蕃的礼品，关系着和亲成败，大唐一统！一路之上，纵有千难万险，尔等也要舍死忘生。成功之日，人人俱有封赏。若有差池半点，众位千万不可辱没我父皇的英名啊！

内　侍　是。

承　乾　准备去吧！

〔承乾捧旨立于大明宫殿前宣读。

承　乾　圣旨下。奉天承运，大唐贞观皇帝陛下诏告天下：吐蕃赞普松赞干布，仰慕我大唐盛世，文明武威，遣使来到长安，恳请唐蕃和亲，求嫁文成公主。朕念吐蕃心诚意坚，志在大唐吐蕃结世代之谊，播华夏文明，造化黎元，朕愿结连理，下嫁爱女文成公主十日后赴吐蕃和亲，敬请广宁寺镇国之宝释迦牟尼十二岁等身佛祖像护佑公主入蕃，江夏王李道宗、皇太子承乾持节以为大唐国使，护送公主前往。京都城内二品以下侯爵官员，士农工商，黎民百姓十日之后午时之前随朕前往长安城外灞桥亭边，折柳恭送文成公主前去和亲！钦此！

〔切光。

〔唐太宗李世民遥望远去的送亲队伍，内心感慨万端。

李世民　（唱）尘埃卷车马远偷拭泪眼，
　　　　　　　长亭外古道边叮咛话语未说完。
　　　　　　　望不尽路途遥山高水远，
　　　　　　　这颗心已随儿远渡关山。
　　　　　　　路坷坎朝发暮宿休催车辇，
　　　　　　　儿莫忘寒添衣日饱三餐。
　　　　　　　远行人留下了绵绵思念，
　　　　　　　只盼望空中雁飞来平安。

〔在音乐声中和亲的队伍簇拥着文成公主的仪仗车辇缓缓前行。文成公主走下车辇捧起一捧家乡土，深情地凝视，乳娘递过手绢包起土来。切光。

〔画外音：公元六百四十年，大唐贞观十四年，文成公主离开长安，登上了赴吐蕃和亲的行程。

第六场

〔在通向吐蕃的雪山路上,唐蕃兵士步履艰难拨雪探路。释迦牟尼雕像由一组兵士抬着,乳娘和妇女们相扶着在雪中行走。文成公主乘坐的仪仗车辇在风雪中前行。李道宗、承乾太子和禄东赞策马走在这一队由汉藏人组成的队伍中。一阵风雪将仪仗车辇的车顶掀掉,兵士们急忙修整。

〔文成公主内唱:冷彤云合四野难辨昼夜,(上)

文成公主 (接唱)缓柳絮急玉屑,

千山摇晃梨花肆虐,

漫空粉蝶闭星月。

冻粉扑面凝眉睫,

血如凝周身寒彻生死不觉。

回首望望不见唐廓汉阙,

一年来车万里风餐露歇。

雪岭上鸟飞绝百兽踪灭,

只有这牛铃声相随相偕。

抬望眼何时见逻些明月?

一步一步,

一步步攀登上须弥的云阶。

承 乾 妹妹,日月山上,风雪漫天,车顶已被巨风掀掉,难以乘坐,还是换马而行吧!

文成公主 如此就依皇兄!

承 乾 马童,带马!

〔漫天的飞雪洋洋洒洒拍打着行人的面颊,呼啸的寒风裹着冰雪刮得人立不住脚。马夫用力拉着缰绳,文成公主披一身白雪,坐于马上和风雪搏斗。侍女们揪着马尾在风雪中行走。远处的队伍冒雪行进，公主的仪仗车辇被兵士拉拽着，空车辇摇摆着挪动。

〔突然乳娘摔倒在风雪中。文成公主急忙下马，跑到乳娘面前。她要将乳娘扶上自己的坐骑。禄东赞、李道宗急忙劝阻文成公主。

文成公主　乳娘，乳娘。

承　乾　乳娘！

文成公主　乳娘，你为文成受苦了，文成从小是你用奶水将我哺育成人。我原本不想让你与我同行，你执意不肯。你怕我，山高路远——

　　　　　（唱）无人照应，

　　　　　　你疼爱文成如亲生。

　　　　　　乘车行为我唱乡歌解闷，

　　　　　　宿营帐搂我眠遮挡寒侵。

　　　　　　求乳娘就让我牵马坠镫，

　　　　　　尽一尽女儿心，

　　　　　　报答你如娘亲，

　　　　　　养育深恩疼爱之情！

〔乳娘急用双手抱住文成公主。

乳　娘　公主！使不得，使不得！

　　　　　（唱）紧抱着贤公主老泪滚滚，

　　　　　　你不该不顾金枝玉叶身。

　　　　　　你不该全不想万里和亲肩负大任，

　　　　　　一根红线紧系着：

　　　　　　吐蕃的黎民，

　　　　　　大唐的百姓，

　　　　　　雪域的兴盛，

　　　　　　朗朗乾坤，

　　　　　　陛下爱女的一片心！（乳娘说着又晕倒过去）

李道宗　传令宿营，请太医前来调治。
侍　女　是。
　　　　〔漫山的篝火点燃。仪仗车辇前也堆起了一大堆火。李道宗和禄东赞看着重病的乳娘和疲劳的文成公主，叹息不止。将她们送进仪仗车辇内。
李道宗　唉！
承　乾　承乾早就料到会有今日之境遇。我等自从辞别长安，至今已走了一年有余，可和亲的行程才刚刚过半。一路之上，漫漫风沙，是茫茫大雪，若是再往前行，甭说是和亲难成，就是公主与我等的性命也是难以保全！依我之见，待等风住雪停之后，和亲人马前队改为后队，回转长安，奏请父皇，收回成命！
李道宗　万万不可！此番和亲，乃是安定天下、富强大唐的千古方略。何况公主已然行至中途，岂肯中道而返？道宗作为持节送亲大唐国使，有何面目回转长安，有何面目去见陛下？
禄东赞　太子殿下，不能啊不能！
　　（唱）禄东赞跪在雪山上，
　　　　　洒泪哀求太子郎，
　　　　　和亲事关系着吐蕃的兴旺，
　　　　　万不能功败垂成徒劳一场。
　　　　　吐蕃的臣民翘首盼望，
　　　　　赞普他已把婚庆准备妥当。
　　　　　等盼着大唐的公主从天降，
　　　　　逻些的僧俗男女已经是人人盛装。
　　　　　我仿佛看到了吉祥鸟在歌唱，
　　　　　我仿佛嗅到了青稞醇酿的芳香。
　　　　　彩霞飞这雪域就要变样，
　　　　　吐蕃人沐浴文明将富强。
　　　　　禄东赞拼一死葬身雪山上，

　　　　　也要在青史中

　　　　　　写下这唐蕃和亲的千古华章。

承　乾　你们这些只顾功名利禄，只贪青史虚名之辈！总想着和亲事成，你讨得万岁夸奖，你呢？博得赞普恩宠，加官晋爵。博得个千古奇功，是万载留名！可我承乾与文成是一母同胞，同根亲情；看着她苍白的面容，承乾心头如刀剜地疼痛；父皇若见她，霜雪盖满乌云顶，夜宿雪原寒风中，也定会痛哭失声！文成还只是个十八岁的花蕾，你们就忍心让她葬身此处，雪履冰封，遥望长安，魂魄飘零？你们还有没有人性？还有没有人之常情啊？

李道宗　太子。

承　乾　有道是，将在外不受君命。今儿个我承乾就替御妹做这个主。除非是吐蕃赞普在日出之前亲自接迎文成公主！如若不然，我承乾豁出去不当这个太子，也要护送御妹与我的和亲人马平平安安地回转长安城！

〔言毕下场，道宗和禄东赞相对无言也无奈下场。

李道宗
禄东赞　太子！使不得！太子！

文成公主　（望着三人离去的背影，心潮起伏）

　　　（唱）雪住风停明月冷高悬不语，

　　　　　群山素裹篝火闪闪寒气逼，

　　　　　喘吁吁四野转头痛欲裂，

　　　　　心促气短艰步履。

　　　　　日月山前留下多少唐家子弟未到逻些。

　　　　　皇兄他手足亲情深深滚烫的话语，

　　　　　暖得我似沐春风融冰心化春雨点点泪滴。

　　　　　老皇叔耿耿忠心不忍离去，

　　　　　吐蕃使臣进退维谷百感交集。

　　　　　父皇啊，该如何，你指点爱女？

　　　　　　如今我是进是退？何是何非？
　　　　〔音乐声起，文成公主仿佛看到太宗向她走来，松赞干布向她走来，松赞干布为她拂去肩上的雪屑，父皇用双手焐着爱女被风雪吹得肿痛的面颊。

李世民　（唱）你若是父皇的女儿不弹泪。
松赞干布　（唱）你看那雪山上铺满哈达迎王妃。
李世民　（唱）忆往昔戎马岁月热血还沸。
松赞干布　（唱）牛铃响喜讯传递，
　　　　　　吐蕃的山山岭岭冰雪融化，
　　　　　　大野春回。
李世民　（唱）青史中写上了千古第一女，
文成公主　（唱）千古第一女？
松赞干布　（唱）公主你在世世代代吐蕃人的心头，
　　　　　　树起一座丰碑。
文成公主　（唱）一座丰碑？
李世民　（唱）风雪难挫青锋锐，
文成公主　（唱）青锋淬火放奇辉，
松赞干布　（唱）绝顶风光无限美，
文成公主　（唱）脚下群山小，
　　　　　　俯耳听惊雷。
三　人　（同唱）绝顶风光无限美，
　　　　　　脚下群山小
　　　　　　俯耳听惊雷！
　　　　〔唐太宗和松赞干布的幻象渐渐逝去，文成公主突然发现有吐蕃男女百姓十数人围在她身边。

老阿妈　公主——
众吐蕃民　公主——
文成公主　你们深夜前来，所为何事？

老阿妈　这山上雪猛风寒，公主请喝一口酥油茶暖暖身子吧！

文成公主　多谢阿妈。

一吐蕃女　这是我们上山前为你煮好的。

二吐蕃男　我们轮换着焐在怀里，到现在还热着呢！

一吐蕃女　您就喝了吧！

一吐蕃男　您就喝了吧！

众吐蕃民　您就喝了吧！

文成公主　我喝，我喝。

　　　　　多谢你们！

　　　　〔吐蕃众民表现高兴之情。

老阿妈　是我们要感谢公主，你为吐蕃送来了五谷之种。

一吐蕃男　又教会了我们植桑养蚕，种麻织布……

一吐蕃女　是公主用大唐的神针灵药救了我阿妈的命。

老阿爸　公主，真是菩萨显灵啊！

众吐蕃民　真是菩萨显灵啊！

文成公主　文成自当尽心竭力。

老阿妈　（唱）你就是转世的菩萨度母，

　　　　　　　救苦难度众生一路造福。

老阿爸　听说公主明日就要返回长安去了？这是真的吗？

众吐蕃民　这是真的吗？

文成公主　这……

老阿妈　公主啊，我们离不开您啊！

众吐蕃民　我们离不开您啊！

一吐蕃男　公主，留下来吧！

众吐蕃民　公主！留下来吧！公主！留下来吧！留下来吧！

老阿妈　公主，留下来吧！

文成公主　阿妈——

禄东赞　苍天有灵，苍天有灵，赞普迎接公主来了。

〔四周火炬通明,众人高呼:赞普到了,赞普到了!文成脸上露出圣洁的笑容。文成与众百姓在灯光变幻中退下。

尾　声

〔洪亮的藏长号、藏唢呐响起,在激动人心的乐曲声中松赞干布在众臣的簇拥下从雪山上走来,雪山上喷射出七彩霞光。

松赞干布　(唱)红日升,霞光灿;
　　　　　　香巴拉就在眼前。

〔松赞干布在灯光变幻中隐下。吐蕃男女牧民在合唱中载歌载舞,表现了吐蕃牧民迎接文成公主的场面。承乾和大唐兵士也策马起舞在欢乐的牧民队伍中。

〔合唱:雪峰、青山、碧水、蓝天,
　　　　风儿暖,鸟蹁跹,
　　　　格桑花儿艳,
　　　　铺成一条彩练;
　　　　歌舞的彩练,
　　　　吉祥的彩练,
　　　　把香巴拉装点。
　　　　手捧哈达的神仙
　　　　早已等候在白云间!

〔在歌声中吐蕃十六名姑娘翩翩起舞。

〔合唱:(婚礼歌)
　　　　大唐五谷播一粒,
　　　　生出香甜万家炊。
　　　　丝帛棉麻情万缕,
　　　　织成五彩绵绣衣。
　　　　华夏瓷陶三彩美,

　　　　汉唐文明放奇辉。
　　　　礼乐诗书降鬼魅，
　　　　针石百草把苦痛驱。
　〔在歌舞中身着婚礼盛装的松赞干布和文成公主在承乾、李道宗与禄东赞的陪同下登场。
　〔众吐蕃侍女高呼"扎西得勒"向松赞干布、文成公主和贵宾敬献"扎西且慢"和青稞酒。唐蕃双方相互敬献礼品和哈达。

松赞干布　（唱）深谢父皇贞观皇帝，
文成公主　（唱）妆奁情深送边陲。
　　〔大合唱：凤凰吐蕃歌一曲，
　　　　　　　四海文明天下归一！
　〔彩霞满天，大婚庆典，身着节日盛装的吐蕃男女纷纷起舞。
　〔画外音：公元六百四十一年，大唐贞观十五年，文成公主到达逻西，与吐蕃七世赞普松赞干布实现了这次历史性的和亲。
　〔雪域高原一片圣洁，湛蓝的天空托出一轮喷薄欲出的红日。
　〔剧终。

精品提名剧目·京剧

骆驼祥子

(根据老舍先生同名小说改编)

编剧　钟文农

人物

祥　子　　　　　　　　　高　妈

虎　妞　　　　　　　　　老　马

刘四爷　　　　　　　　　墩　子

曹先生　　　　　　　　　麻秆（喜子）

孙侦探（孙排长）　　　　雇　主

小福子　　　　　　　　　丑女人

二　强

——京剧《骆驼祥子》 〉〉〉〉〉

〔一九二五年间，北平西城某街市。

〔一派京味叫卖声："豆腐，豆腐，老豆腐！""菜包子哩卖！""喝——豆汁啰！""芝麻——烧饼！"……

〔独唱中幕启。（独唱）

　　四方四正京都古城，

　　军阀混战民不聊生，

　　百家百姓三六九等，

　　人力车夫活在底层。

〔舞台一侧伸出半个带补丁的烂布棚，一条长凳。

〔叫卖声中，二强、墩子、麻秆一拥而上。虽是早春天气，却穿得很单，一律套着号坎，不停擦汗。

墩　子　（唱）终日奔波血汗淌，

麻　秆　（唱）风霜雨雪四季忙，

二　强　（唱）腰酸腿疼折两膀，

三　人　（齐唱）车夫生涯苦断肠。

墩　子　二强叔！麻秆兄弟！歇歇腿儿吧！（向内）掌柜的，来一壶茶叶末！

二　强　（向内）来一碗豆汁儿！一趟西大街差点儿没把大肠跑断，才他妈十五个铜子儿！

麻　秆　拉洋车这行当，真他妈不是人干的！七十二行数它窝囊！

墩　子　那得看谁干，瞧人家祥子，铁扇面儿的胸，直硬的背，宽阔的肩膀结实的腿，出"号"的大脚健步如飞！

二　强　祥子是头等车夫少壮派，咱们哪，已然是黄瓜敲鼓——半截儿没啦，唉，快成老弱派喽！

麻　秆　　墩子哥，拉洋车还有派？

墩　子　　麻秆儿兄弟，你刚拉上车，这你就不懂了！

　　　　　（数板）北平洋车有三派，

　　　　　　　　　少壮老弱加洋派。

　　　　　　　　　少壮派，人车漂亮跑得快，

　　　　　　　　　买卖多，招钱财。

　　　　　　　　　老弱派，人穷车破走不快，

　　　　　　　　　十个铜子儿算是甜买卖。

　　　　　　　　　洋派专门拉老外，

　　　　　　　　　哈啰！古得英儿铃！

　　　　　　　　　你说好马骑就好马骑，

　　　　　　　　　OK！扑里斯！

　　　　　〔墩子连说带动作，逗得二强、麻秆及幕内小贩们哈哈直乐。

墩　子　　瞧！少壮派来啦！

　　　　　〔众车夫隐去。

　　　　　〔一束追光引祥子健步拉车跑上。他身穿阴丹士林布裤褂，白布号坎，裤脚用细带子系住，头剃得精亮，浑身显得结实挺脱。

　　　　　〔祥子拉新车跑了一圈，停下，擦汗，瞧车直乐。

祥　子　　嘿嘿！车呀车，总算把你买来了！

　　　　　（念）新买车一辆，整一百大洋，

　　　　　　　　弓子那么软，车厢那么亮，

　　　　　　　　垫子那么白，喇叭那么响，

　　　　　（唱）人清爽，车漂亮，车漂亮，心欢畅，

　　　　　　　　两脚生风走四方，走四方！

　　　　　〔众车夫上，围着新车转悠，啧啧赞叹，羡慕。

二　强　　好车！弓子软，铜活地道。

墩　子　　钢条也结实。

二　强　　祥子，瞧你这身汗，像刚从水盆里捞出来的。拉上自己的新车就

———京剧《骆驼祥子》 〉〉〉〉〉

不要命啦?

祥　子　（老实巴交地一笑）二强叔，拉上新车不快跑，对不起车也对不起自己。

墩　子　敢情！我要是有一辆自己的车，我他妈累死也值！

祥　子　（擦车，在漆板上照来照去，按几下喇叭）等我挣了钱，要买一辆比这更好的车。什么都是假的，车是真的！

〔内喊：洋车，上前门！大个子拉过来！

麻　秆　祥子，座儿叫你呢！

祥　子　（朝内）对不起，您哪，我有座儿了！

二　强　祥子，你这是……

祥　子　二强叔，你家孩子多，拉家带口的，您去吧。

二　强　（感激地）哎哎。

〔二强欲下，迎面碰上提香烟的小福子。

小福子　爹，给您窝头，刚出锅，您趁热吃吧。

二　强　（顺手揣在怀里）要拉座儿，回头再吃。（下）

小福子　（朝二强背影）爹，悠着点儿跑！小心崴了脚！

〔二强内应：知道啦！

小福子　（摇头叹息）唉！（大声叫卖）香烟香烟！老刀牌儿哈德门黄狮子！

祥　子　福妹子！

小福子　祥子哥！

祥　子　今儿个生意还行吗？

〔小福子摇摇头。

祥　子　（想了想）来两包黄狮子。

小福子　你从不抽烟，买它干吗？

祥　子　今儿个是我的双寿，买两包请客。

小福子　双寿？今儿是你的生日？

祥　子　不，今儿买了新车，就算我和车的生日吧。

　　　　　（唱）自幼儿失父母贫穷孤单，
　　　　　　　　从不知生日是何年。
　　　　　　　　三年来节衣缩食汗滴成河苦把钱攒，
　　　　　　　　买回新车苦变甜。
　　　　　　　　出车之日算我寿诞，
　　　　　　　　人车双寿在今天。
小福子　（唱）祝愿祥哥时运转，
　　　　　　　　万事如意福寿添，
　　　　　　　　今日得遂平生愿，
　　　　　　　　福妹送你两包烟。
祥　子　（推谢）那哪儿成！你家人口多，生活不易。（给钱）拿着吧。
小福子　要不了这么多。
祥　子　拿着吧，再跑一趟就挣出来了。
小福子　（含情脉脉）祥子哥，你真好。我走了。
　　　　　香烟香烟！黄狮子哈德门老刀牌儿！（叫卖着下）
祥　子　（目送小福子身影）好姑娘！
　　　　　（唱）福妹善良又勤俭，
　　　　　　　　生活重担压在肩。
　　　　　　　　衣单体弱任劳怨，
　　　　　　　　沿街叫卖令人怜。
　　　　（转身向内）掌柜的！来一壶茶叶末儿，十个菜包子。
墩　子　我说祥子，你还喝一个铜子儿的茶叶末啊！
祥　子　一个车夫想剩下俩钱，不这么自苦哪儿成呢！
墩　子　（摇头）你呀！
祥　子　我就认这个理儿，什么都是假的，车是真的。
　　　　〔老马瑟缩地上。他鬓发皆白，衣不蔽体，白发蓬乱。
老　马　（唱）空腹只盼饱和暖，
　　　　　　　　破衣难挡风雨寒。

〔老马摇晃着倒下，众人急上前搀扶。

墩　子　老爷子！您怎么啦？（贴着老马脖项听了听）还好，不是痰。

麻　秆　（端来一碗豆腐）怕是饿的吧！老爷子，来，喝碗老豆腐！

老　马　（喝完老豆腐，用手抹抹嘴）劳各位驾，不碍事，我这是又冷又饿，拉了一趟车，累得发晕，不碍事。

墩　子　唉，作孽呀！到头发惨白的年岁，早晚是一个跟头摔死在大街上。

〔祥子用手巾托住十个菜包子，心情沉重地送到老马面前。

祥　子　大叔，吃吧！（走到一边蹲下，低头不语）

老　马　到底是穷哥们哪！（他站起来要走）

墩　子　大叔，吃呀！

老　马　我给小孙子送去，他在那边儿看车，也饿着哪，才十一岁，就帮我推车，儿子叫抓兵的拉走了，媳妇改嫁，咱爷儿俩就靠一辆破车苦混，没法子……

墩　子　瞧见了吧？麻秆，这就是老弱派的下场！

〔墩子、麻秆搀老马下。

祥　子　（紧走几步，望着老马走去的方向，呆立不动）唉——！
　　　　（唱）爷和孙饥寒交迫无依无靠，
　　　　　　　人衰迈车破旧苦撑苦熬，
　　　　　　　为逃脱苦命运多拉快跑，
　　　　　　　趁年轻积攒钱任怨任劳。

〔内喊：有上清华园的吗？清华园，两块大洋！

〔墩子跑上。

墩　子　祥子，听见了吗？拉清华园，两块大洋！

祥　子　墩子，你听错了吧？拉清华园顶多三毛钱，干吗两块？

墩　子　嗨，你还不知道啊！
　　　　（唱）城外四乡闹兵灾，
　　　　　　　长辛店混战已打开，

| | 拉民夫常在西直门外， |
| | 出城遇险划不来。（跑下） |

祥　子　（唱）受苦人一身无挂，
　　　　　　　哪怕四乡闹兵灾，
　　　　　　　有客不拉闲等待，
　　　　　　　怎能挣得铜钱来？
　　　　　　　两块大洋，我拉！（拉车跑下）
　　　　〔灯光转弱。

　　　　〔一阵零乱的枪声，孙排长内喊：抓住他！孙排长带三个兵押拉空车的祥子上。祥子挣扎、抵抗，乱兵用枪托、皮带抽打祥子。

孙排长　（踢车轮）这是辆新车，不赖，正好拉枪弹粮食。
祥　子　不！我求你，长官！这是我三年血汗挣来的呀！
孙排长　少他妈的啰嗦！连人带车给我拉到兵营去！
祥　子　（被枪逼得绝望地哭喊）我的车！我的新车！
　　　　（唱）人车遭劫痛裂肝胆，
　　　　　　　满腔悲愤何处伸冤？
　　　　〔呐喊：凭什么欺侮我？凭什么？
　　　　〔切光。
　　　　〔各种小贩的叫卖声。
　　　　〔"人和车厂"的招牌高高竖起。
　　　　〔舞台正中有一几两椅，刘四爷与虎妞对坐，几上摆着杯盘碗筷，像是刚吃罢饭。刘四爷阔嘴大鼻，身板高大结实，剃平头不留胡子。虎妞有一对显眼的大虎牙。

刘四爷　（一仰脖喝完满杯）好酒！好酒啊！哈哈！
　　　　（唱）父女们连手开车厂，
虎　妞　（唱）丰衣足食度时光，
刘四爷　（唱）人和地利家业旺，

―――京剧《骆驼祥子》 〉〉〉〉〉

虎　妞　（唱）财源茂盛达三江。

刘四爷　虎妞，明儿是你姑妈的生日，我得去祝寿，三天之后回来。厂子交给你，那些个臭拉车的，滑得跟泥鳅似的，交车份儿的时候，你可得多留点神！

虎　妞　爹，您放心，凭他是谁，少一个镚子儿也饶不了他，叫他尝尝姑奶奶的厉害！

刘四爷　这就对了！（欲走又回）咳，祥子好些日子没见，干什么去了？

虎　妞　没准儿拉包月去了吧？他的铺盖还在这儿哪，也不过来瞧瞧，死没良心的！

刘四爷　这小子，买上新车就不见面儿了，多咱丢了事由，还得来求我刘四爷。

虎　妞　那是啊。可话说回来，祥子干活真是把好手，又勤快，又麻利，甭说别的，他在这儿，院里门外老是扫得干干净净的。

刘四爷　你少夸他！

虎　妞　本来嘛！

刘四爷　帮我收拾收拾寿礼，墩子在门口等我，我这就走。

虎　妞　知道啦！

〔父女进屋。

〔祥子垂头丧气上。他穿一身又脏又破的黄军服，裤脚卷起，一高一低，军服领子和扣子已扯掉，两只袖子结在胸前，活像逃兵。

祥　子　（念）人车被抢遭劫难，

　　　　　　九死一生逃回还，

　　　　　　三年血汗毁一旦，

　　　　　　咬碎牙根和血咽。

〔抱头蹲下。

〔虎妞拎着包袱随刘四爷出。

虎　妞　您见到姑妈，替我带个好儿，就说我要看厂子，不能去给她老人家拜寿。

刘四爷　嗯。

虎　妞　客多酒多，还不得挨个儿敬您，您可别喝多喽。

刘四爷　知道。

〔虎妞出门，差点被祥子绊倒。

虎　妞　哟！是哪个臭要饭的！

〔祥子磨磨蹭蹭站起身。

刘四爷　这不是祥子吗？

虎　妞　（见祥子的狼狈样，笑弯了腰）瞧这德性劲儿，就跟逃兵似的。

刘四爷　好小子，你让狼叼了去啦？死不了又找四爷来了不是？

〔祥子哼一声，什么也没说。

虎　妞　爹，您走您的，犯不着跟他啰嗦。

〔刘四爷绕着祥子打量一圈，摇摇头下。

虎　妞　傻站着干什么？进屋去呀！

〔祥子跟着虎妞进屋。

虎　妞　这些个日子不见面儿，你干什么去了？

祥　子　（一声长叹）唉——

虎　妞　你的新车呢？

祥　子　（触到痛处，脸色骤变）车？——我的车！我的新车！

　　　　（唱）提起车痛得我碎肝裂胆，

　　　　　　两块钱失新车悔恨难言。

　　　　　　为买车三年来我自苦自贱，

　　　　　　喝茶末啃窝头省吃省穿。

　　　　　　为买车多拉座儿腰腿跑断，

　　　　　　风里来雨里去不敢偷闲。

　　　　　　为买车滴滴汗珠摔八瓣，

　　　　　　一文钱恨不能掰成两半边。

　　　　　　为买车苦攒钱日夜盘算，

——京剧《骆驼祥子》

苦一天攒一天整整苦攒一千天。

只说是买新车时运好转，

又谁知兵荒马乱大祸临头，

人车遭劫在西山。

可叹我枉费了三年血汗，

都怨我命不济空劳一番。（泣不成声）

虎　妞　（同情地）祥子，你哭啦？

（唱）祥子把丢车事细讲一遍，

虎妞我又疼又怜又心酸。

早有心与祥子结成姻眷，

只怕是我老爹嫌他贫寒。

他有难我正好雪中送炭，

今日里休错过大好机缘。

祥子，别难过，车已然丢了，哭也白搭。人和车厂有的是好车，你随便挑！

祥　子　不，租的车再好，也是别人的。我还得买上自己的车，再苦再累我也不怕。

虎　妞　（撇撇嘴）哼，受累的命！

祥　子　自己有了车，睁开眼就有饭吃，甭愁车份儿。

虎　妞　窝头脑袋！

祥　子　什么都是假的，车是真的，不拉自己的车，白活！

虎　妞　得，不想跟你闲磕牙。吃过饭了吗？

祥　子　喝了两碗老豆腐。

虎　妞　老豆腐能顶饭吃？过来，坐着歇会儿，我给你弄好吃的。

祥　子　虎姑娘，我这儿有三十五块钱，请四爷先替我拿着。

虎　妞　三十五块？哪儿来的？

〔二强、墩子、麻秆上，发现二人对话，放轻脚步偷听。

祥　子　我从兵营逃出来的时候，拉走三匹没人管的骆驼，半路上卖了三十五块钱。

虎　妞　傻大个！三匹骆驼才卖三十五块？要是拉进城卖给汤锅子，少说也值六十块！

祥　子　唉！我跟骆驼都是逃出来的，卖给汤锅子挨刀吃肉，那多缺德！

虎　妞　（用指头轻点祥子的额角，疼爱地）你呀，真是个傻骆驼！

墩　子　（学虎妞，点麻秆额角）你呀，真是个傻骆驼！

虎　妞　（脸一沉）滚一边去！德性！（收拾杯盘，命令地）祥子，你等会儿，我这就来。（端盘子进屋）

墩　子　你这小子，又发邪财，又交桃花运，可真是福大命大造化大呀。

麻　秆　祥子，说说你怎么发的财？

二　强　你到底拉回来多少骆驼？十三匹还是三十四？

墩　子　快说呀，祥子，你怎么发的财？

祥　子　（急了）发财！我他妈的新车哪儿去了？不就是三匹骆驼吗？

　　　　〔大伙不响了。

二　强　可也是，骆驼……祥子……

墩　子　（指着祥子）嘻嘻，骆驼祥子！骆驼祥子！好名儿！

麻　秆　好名儿！骆驼祥子，嘻嘻，真逗！

祥　子　（怒目瞪视二人，气哼哼地）嗯……（抱头蹲下）

二　强　（和事地）好了好了，墩子，麻秆，拉一天车够累的了，你俩早点歇着吧，我也该出去喝两盅了。

　　　　〔墩子，麻秆伸懒腰打哈欠下，二强出。

　　　　〔灯转暗。

　　　　〔稍停，一束追光引小福子惊怕不安地上。

小福子　（擦泪）唉！

　　　　（唱）福妹子孤苦伶仃命如纸薄，

　　　　　　　生长在车行人家苦挣苦熬。

　　　　　　　爹酗酒娘病弱弟妹幼小，

　　　　　　　十六岁早把那生活重担挑。

——京剧《骆驼祥子》

　　　　我只求天天得温饱，

　　　　我只盼弟妹早长高，

　　　　我只望终身有依靠，

　　　　我只愿全家灾祸消。

　　　　不料想穷人穷命穷日子也过不好，

　　　　高利贷逼爹卖我厄运难逃。

　　　　我像那风吹雨打一根草，

　　　　战兢兢晃悠悠东飘西摇。

　　　　呼天天渺渺，

　　　　叫地地悄悄。

　　　　满腹辛酸无处诉无处告，

　　　　到头来逼我走上险恶路一条。

　〔灯复明，小福子发现蹲在暗处的祥子。

小福子　祥子哥，你这是……

祥　子　福妹子，我在西山遇上乱兵，车——也丢了。

小福子　（为之痛惜）苦了三年，丢在一天，唉！（转又安慰）只要人平安就好，车还能挣回来，祥子哥，你别太难过，伤了身子骨，啊？

祥　子　（深受感动）唉。福妹子，你，你真好……

小福子　（羞涩）这世上只有你——说我好。

祥　子　我说的是真心话，福妹子！

　　　　（唱）她貌美心善人勤快，

小福子　（唱）他忠厚能干好胸怀，

　　　　　　　嫁汉要嫁这样的汉，

祥　子　娶妻要娶福妹进门来。

小福子　（无望地）唉！——祥子哥，看见我爹了吗？

祥　子　他刚出去，说是要喝两盅儿。

小福子　都说酒能解愁，让他喝去吧。

祥　子　解愁？

小福子　我家人口多,妈有病,接不上茬儿的时候,只好借高利贷,我爹还不上钱,无奈……

祥　子　怎么?

小福子　无奈把我给——卖了!

祥　子　(大惊失色)啊?卖卖卖,卖给谁了?

小福子　卖给兵营里——一个连长了。

祥　子　(急切地)你你,你愿意?

小福子　(一个劲儿摇头)人家逼债,没法子。(擦泪)

祥　子　(懊丧地)唉!

　　　　(唱)我失新车她被卖,

小福子　(唱)同病相怜同遭灾,

祥　子　(唱)人穷命苦难相爱,

小福子　(唱)深情一片心底埋。

小福子　(哽咽)祥子哥,我走了,你多保重。

祥　子　(默默点头)福妹子,你也要多当心哪!

　　　　〔小福子恋恋不舍地下。祥子欲送。

　　　　〔虎妞出。一把拉回祥子。她浓妆艳抹,容光焕发,上穿浅绿绸衣,下穿黑缎裤,端着盘子,盘里有半只烧鸡和一些熏肝酱肚。

虎　妞　你瞧,今儿个老爷子犒劳我,我吃过了,你也尝尝。(拉祥子)来,坐这儿,(斟满酒盅)吃肉,喝酒,别老跟霜打了似的。

祥　子　我不会喝酒。

虎　妞　(佯怒)好心好意,不领情是怎么着?不喝就滚!

　　　　〔祥子转身要走。

虎　妞　回来!傻骆驼!辣不死你!我还能喝四两呢,不信你瞧。(一气喝完一盅,哈出一口气,举起另一盅)你喝,要不我揪着耳朵灌你。

祥　子　(心事重重接过酒盅)唉!

虎　妞　(突然温柔地)我知道,你丢了车心里憋屈,别担心,我会帮你的。俗话说，一醉解千愁，喝罢！

祥　子　一醉解千愁，好，喝！（一仰脖喝干，伸长脖子挺直了胸，显得十分可笑）

虎　妞　（大笑）哈哈！瞧你，傻骆驼！

祥　子　（赶紧伸头向外面看了看）小点声儿。

虎　妞　放心，没人。老头子去南苑给姑妈做寿去了，三天之后回来。那些臭拉车的早就睡死啦。（一边说一边给祥子倒满酒盅，脸对脸笑眯眯地）再喝一盅！

祥　子　（望着虎妞，心神不定）虎姑娘！

　　　　（唱）虎姑娘好意我领受，

虎　妞　（唱）见祥子归来喜心头。

祥　子　（唱）往日她布衫性情执拗，

　　　　　　　却为何浓装艳抹显露风流？

虎　妞　（唱）姑娘我年过三十难寻配偶，

　　　　　　　傻骆驼正是我梦寐所求。

祥　子　（唱）她那里殷勤来劝酒，

虎　妞　（唱）他那里面带几分羞。

祥　子　（唱）虎姑娘心思猜不透，

虎　妞　（唱）等鱼儿落网中再把绳收。

祥　子　（唱）我还须小心来防守，

虎　妞　（唱）我必须大胆用计谋。

　　　　　　　似这样好男人我怎肯放手，

　　　　　　　趁时机借酒兴诱他上钩。

　　　　祥子，喝呀！（连灌祥子三盅）

祥　子　（醉眼蒙眬，渐渐失控）虎姑娘，你……

虎　妞　（娇媚地）祥子，我真心疼你，日夜想你，我的傻骆驼，我的好人儿，来吧！

〔虎妞搀着摇摇晃晃的祥子进里屋。

〔室内灯灭。

〔女声独唱：

　　一个是，有心生米巧做熟饭，

　　一个是，无心攀花误入桃园。

〔灯明。各种小贩热闹的叫卖声，二强、墩子、麻秆匆匆过场。

〔祥子懊丧地上。

祥　子　（唱）昨夜酒醉失检点，

　　　　　　　悔恨羞愧也枉然，

　　　　　　　毁尽清白丢尽脸，

　　　　　　　怎好立身人世间。

〔把帽檐儿压低，头也不抬往前走，迎面撞上曹先生。

曹先生　哟，这不是祥子吗？

祥　子　是我，曹先生。

曹先生　祥子，我正要去找你，还上我家拉包月吧，我现在用的人太懒，老不擦车，你愿意来吗？

祥　子　（精神一振）太愿意了，先生，几儿上工呢？

曹先生　明儿吧，行吗？

祥　子　行行，先生，我送您回去吧。

曹先生　敢情好，我就喜欢坐你的车，又快又稳又舒服，走吧！

〔祥子高高兴兴地随曹先生下。

〔曹先生家小院，台右有一道乳白色镂花门墙，两个小石凳，几色盆花。

〔高妈提壶浇花。

高　妈　（唱）曹先生仁厚又和善，

　　　　　　　太太温良待人宽，

　　　　　　　似这样好东家实难寻见——

〔祥子手、脸带伤，拿着一截断裂的车把上，曹先生托着右手同上。

———京剧《骆驼祥子》

祥　子　（唱）车毁人伤心不安。
高　妈　（大惊）这是怎么啦？
祥　子　高妈！快！快给先生取药！
曹先生　别管我，祥子，先看看你自己的伤。
　　　　〔曹先生进，高妈跟进。
　　　　〔祥子一屁股坐在石凳上，取毛巾擦汗，擦下来的是血，他这才觉出疼痛，撩起衣裤一看，右肘、双膝皮破血流，他呆呆地望着断裂的车把，沉重叹息。
祥　子　唉！
　　　　〔曹先生拿药，高妈端盆出，祥子赶快站起。
曹先生　祥子，摔得不轻吧？
高　妈　快来洗洗，先生等着给你上药哪！
祥　子　（呆立不动，半晌，低声地）先生，我对不起您，这个月的工钱，您留着收拾车吧，车把断了，右边的灯碎了块玻璃，您——您另找人吧。
曹先生　来，祥子，先洗洗，上点药再说。
祥　子　（仍然不动）不用了，一会儿就好，一个拉包月的车夫，摔了主人碰了车，没脸再……（难过得说不下去）
曹先生　祥子，不用说什么辞工的话，这不是你的错，修路放石堆该挂个记号。算了吧，快来洗洗，上点药。
　　　　〔祥子洗去血污，曹先生给他抹药，高妈端脸盆、药水进内。
祥　子　（表达不尽内心感激之情）先生，只有您拿我们拉车的当人看，您真够得上大贤大德的孔圣人。
曹先生　祥子，我怎能比孔圣人，我只不过是一个普通而平凡的文人罢了。
　　　　（唱）我平生最信仰人道主义，
　　　　　　　传知识求真理矢志不移，
　　　　　　　崇艺术爱文学是我乐趣，

性平和心坦荡言行如一。

我自知并无有惊人才力，

做一个教书匠最为相宜。

劳动者皆是那苦难兄弟，

平等相待不相欺。

我的家好似那沙漠绿洲小天地，

清水食物常备齐，

行人有难到这里，

我叫他免饥渴，消疲惫，温暖舒适暂休息。

祥　子　（唱）先生一番肺腑语，

祥子终身受教益。

我好比沙漠迷途无路可去，

遇先生收留无比感激。

从今后小心侍候莫大意，

回报先生解我危急。

曹先生　祥子，这钱你拿着，明儿去修车，你也累了，休息去吧。

祥　子　是，先生。

〔曹先生进内，祥子欲走，高妈出。

高　妈　（喜笑颜开）祥子，太太过生日给的赏钱，一人一块大洋，给！

祥　子　（老实巴交地）我摔了先生碰了车，不要。

高　妈　（一乐）别死心眼儿了，拿着！（塞进祥子上衣口袋）我说祥子，不是我攀大，你呀，还是小兄弟哪！

（唱）我多年在外谋生活，

这样的主子并不多。

我劝你安安稳稳把日子过，

烟不抽，酒不喝，不贪女色，不赌博。

有钱别往兜里搁，

放出一个变两个，

———京剧《骆驼祥子》 〉〉〉〉〉

　　　　　　一块小钱变一窝。
　　　　　　但等三年并两载，
　　　　　　准保你买一辆崭崭新，亮锃锃，
　　　　　　黄铜喇叭玻璃灯精光闪亮的上等车！

祥　子　（听得入了迷，乐呵呵地）嘿嘿，嘿嘿！

高　妈　你别乐，我是为你好。

　　　　〔祥子腼腆地摇头。

高　妈　不放心？（想了想）这么着吧，到银行立个存折，怎么样？

祥　子　存折我见过，巴掌大一小块纸片，白花花的现大洋交进去，凭人家三画两画，那钱就变成虫子似的几个字，太悬乎。

高　妈　（扑哧笑了）你呀，真是榆木脑袋不开窍，我看出来了，你是轻易不撒手钱，对不对？

祥　子　（不好意思）嘿嘿！什么都是假的，钱是真的，有钱就有车。

高　妈　你真行，小胡同赶猪——直来直去，也好！（下）

　　　　〔祥子从后腰带上取下一个闷葫芦罐，又从贴身背心口袋取出几块大洋，一块一块塞进闷葫芦罐，再把刚拿到的一块赏钱也塞进去，然后摇摇钱罐，听听钱响，乐了。

祥　子　（自言自语兴奋地）吃吧，伙计！多多地吃，快快地吃吧！多咱你吃饱了我的车就行了！我一定得买一辆更好的车！

　　　　〔祥子拉车、爱车、擦车的虚拟"车舞"。
　　　　〔虎妞上场。

虎　妞　（念）祥子三月无音信，
　　　　　　　曹公馆内来找寻。
　　　　（打门）有喘气儿的吗？出来一个！

高　妈　（跑出）谁呀？高声大嗓的瞎嚷嚷。（开门见怒容满面的虎妞，吓了一跳）哟，你找谁呀？

虎　妞　（敌意地打量高妈，没好气地）劳驾叫祥子出来！

高　妈　（进门对祥子）门口有个女人找你。（低声）像个大黑塔，怪吓人的!

祥　子　（知道是谁，忽地站起，却又脚步缓慢地往外走）唉！要坏！

高　妈　咦？这是怎么回事儿？（摇摇头进内）

〔祥子迈出大门，不敢正眼瞧虎妞。

虎　妞　（立眉竖眼，一脸霸道，见祥子出来，撇了撇嘴，一丝冷笑。最后，吐一口长气，总算把一肚子火压下去，半恼半笑，打了句哈哈）你可倒好，肉包子打狗，一去不回啊！

祥　子　（声音小而有力）别嚷！

虎　妞　（恶狠狠地）哼！我才不怕哪！怨不得躲着我呢，敢情这儿有个小老妈儿啊！我早知道你不是玩意儿，别看傻大黑粗的，其实不傻装傻！

祥　子　（朝门里望望）别嚷嚷！这边儿来！（边说边走）

虎　妞　上哪儿我也是这么大嗓儿！（边说边跟上去）

祥　子　（抱拳一蹲）你来干吗？

虎　妞　我？哼，事儿可多了！（她左手叉腰，低头看他一眼，突然温和地）祥子，我真有事儿，要紧事儿！

祥　子　（抬头看她，也温和了些）什么事儿？

虎　妞　（往前凑了凑，轻声）我有啦！

祥　子　（一时蒙住）有什么啦？

虎　妞　这个！（指指微凸的肚子）你拿主意吧。

祥　子　（倏地站起，愣头愣脑地）啊？！

〔女声独唱：

　　　　黑沉沉，满天乌云掩残月，
　　　　忽喇喇，盖地狂风卷枯叶，
　　　　晃悠悠，宛如迷途落荒野，
　　　　战兢兢，恰似赤身遭霜雪。

〔祥子浑身发抖，连嘴唇也在哆嗦。

虎　妞　祥子，你在发抖？（她自己也打了个寒战）怎么，没主意了？

——京剧《骆驼祥子》 >>>>>

〔祥子僵立不动。

虎　妞　咳,谁叫我看上你了呢?这么着吧,赶到二十七,是老爷子七十大寿,你来一趟!

祥　子　我忙。

虎　妞　(嗓门又高起来)我就知道你小子吃硬不吃软,跟你说好的算白搭!告诉你,可没工夫跟你白费唾沫,说翻了,我堵着你的大门骂三天三夜!

祥　子　(躲开一步)别嚷嚷行不?

虎　妞　怕嚷嚷啊,当初别贪便宜呀!也不瞧瞧我是谁,跟我犯牛脖子,没你的好儿,告诉你!

祥　子　(无可奈何)那你慢慢说,我听着。

虎　妞　这不结啦,甭找不自在!(一笑,露出俩虎牙)不屈心,我是真疼你,想给你出个好主意。(手搭祥子肩上)

祥　子　(身子一拧甩开)说你的!

虎　妞　(扳他过来,脸对脸地)你好好听着!

　　　　(唱)我与你三生有缘分,
　　　　　　看上你这拉车人。
　　　　　　若提亲我爹八成不答应,
　　　　　　他拴车,你拉车,他怎肯往下来做亲。
　　　　　　倒不如借拜寿趁他高兴,
　　　　　　先认干爹后露风声。
　　　　　　等他知道我身怀有孕,
　　　　　　他必审问我一声不吭。
　　　　　　他刨根挖底再审问,
　　　　　　我就说是死人乔二种的根。
　　　　　　若要老脸不伤损,
　　　　　　顺水推舟就好事成。

祥　子　(恨得咬牙切齿)嗯……

〔虎妞下。孙侦探上。

孙侦探　你不记得我，我可记得你。（一边说一边朝里探头探脑）

祥　子　有事吗？我忙。

孙侦探　自然有事！我问你，姓曹的在家吗？

祥　子　不在。

孙侦探　哼！（进内搜寻）

〔祥子担心地将钱罐朝里挪好，孙侦探出。

孙侦探　黑灯瞎火的，这一家人上哪儿去了？

祥　子　我睡得早，不知道。

孙侦探　不知道？（转圈打量祥子）

　　　　（唱）看祥子光阴真不赖，
　　　　　　　大宅门里当美差。

祥　子　（唱）狗侦探心肠毒又歹，
　　　　　　　不知怀揣啥鬼胎？

孙侦探　（唱）他油光满面好穿戴，
　　　　　　　腰包必定有钱财。

祥　子　（唱）他贼眉鼠眼一脸坏，
　　　　　　　夜猫子进宅祸事来。

孙侦探　（唱）我略施小计捞外快，

祥　子　（唱）我只怕今天又要遭灾。

孙侦探　干脆对你说了吧，曹某是乱党，抓住要挨枪，劝你早打算，免得遭祸殃。

祥　子　好，我走。

孙侦探　（冷笑）哼哼，就这么走吗？

祥　子　那——

孙侦探　（拍祥子胸脯）伙计，你太傻了！我孙侦探是干什么的，随便能放你走？

祥　子　怎么着吧？

——京剧《骆驼祥子》 〉〉〉〉〉

孙侦探　别装傻，你多少总有点儿私财，拿出来买命！

祥　子　（软瘫在石凳上）得——得多少？

孙侦探　有多少拿多少！

祥　子　我等着下大狱得了！

孙侦探　这可是你说的，可别后悔！（掏出手枪）瞧这个！我马上可以拿你，一进狱门，别说钱，连你这身衣裳也得扒下来！说不定哪天晚上，拉你出去垫背吃枪子儿！

祥　子　（哭音）我招谁惹谁了？干吗老挤对我？

孙侦探　这你还不明白？我不图点什么，难道叫我一家子喝西北风儿啊？拿钱呢，你走你的，不拿，别怨我无情，这么便宜买条命还不干，我可就没法儿了。你有多少钱？

祥　子　（一蹦立起，双手攥拳，准备拼命）妈的！

孙侦探　想动手？先告诉你，外边还有一大帮呢，把你杀了像抹个臭虫！（脸一沉，凶相毕露，用枪顶住祥子）快点拿钱！

　　　　〔祥子不动，孙侦探进内搜寻，复出。

孙侦探　妈的！钱藏在哪儿？不说，我抄了这个家！

　　　　〔孙侦探踢翻所有花盆，发现钱罐。祥子护钱罐，二人撕扯扭打，孙侦探用枪威逼祥子，抢到钱罐。

孙侦探　（摇了摇钱罐）有多少？我瞧瞧！（使劲往石凳上一磕，钱罐碎裂，银元、钞票撒了一地）

祥　子　（悲呼）天哪！

　　　　（唱）钱罐破碎我的心肝碎，
　　　　　　　几年血汗顿成灰，
　　　　　　　两次遇上催命鬼，
　　　　　　　豁出性命拼一回！

　　　　（呐喊）还我的钱！还我的车！

　　　　〔祥子冲过去与孙侦探厮打，孙侦探朝上打响一枪。

　　　　〔切光。稍停，远处传来凄凉的叫卖声。

〔灯复明。舞台正中悬挂大红烫金"寿"字,下设一张大红绣帔太师椅。

〔刘四爷头剃得精亮,喜笑颜开与虎妞上。他一手抱水烟袋,一手提算盘。

刘四爷　（唱）人逢喜事精神爽,

　　　　　　　七十庆九摆风光,

　　　　　　　大排酒宴在人和厂,

　　　　　　　添福添寿春满堂。

虎　妞　爹!

　　　　（唱）摆风光,春满堂,

　　　　　　　里里外外要排场。

　　　　　　　大门旁门挂彩帐,

　　　　　　　暖棚搭在院中央,

　　　　　　　大红烫金"寿"字亮,

　　　　　　　五彩汽灯放霞光,

　　　　　　　四块红毡铺地上,

　　　　　　　八个大座摆厅房,

　　　　　　　留声机唱来麻将牌响,

　　　　　　　鞭炮声声闹吉祥。

　　　　　　　宴席订好厨师棒,

　　　　　　　请帖发出二百张,

　　　　　　　诸事安排已妥当,

　　　　　　　恭贺寿星福如东海,寿比南山,

　　　　　　　福寿永绵长!

刘四爷　（乐得开怀大笑）哈哈哈哈!我的好闺女,真有你的!爹没有白疼你。

〔刘四爷坐太师椅上,虎妞递上烟袋。父女二人打算盘算账。

———京剧《骆驼祥子》 〉〉〉〉〉

〔雪花飘洒。

〔祥子拎着小铺盖卷，垂头丧气上。

祥　子　（自言自语）想我祥子，本也是头顶着天，脚踩着地的一条硬汉，讲体面，好义气，老实，要强，钉着坑儿拉车，拼着命攒钱，为的是挣一辆自己的车，可怎么祸事偏偏落在我头上？买车，丢车；攒钱，丢钱。在北平城混了四年多，现如今只落得一床铺盖五块钱！（把小铺盖卷一扔，坐下）这么大一座北平城，哪里是我祥子投奔之处、立足之地？——往后怎么办？做小买卖？不会；伺候人？不会；洗衣做饭看孩子？也不会，我只不过是一个傻大黑粗的拉车人！（站起，茫然四顾，寒风吹来，一阵瑟缩）

（唱）早春二月寒风冽，

　　　冰凉世界漫天雪。

　　　奔波京城日与夜，

　　　枉自抛洒汗与血。

　　　如今无家又无业，

　　　条条道路都堵绝——

〔拎起小铺盖卷，走进人和车厂。

虎　妞　（眼睛一亮，满脸堆笑）哟，你回来啦！

祥　子　（低沉地）我想租辆车。

虎　妞　（一努嘴）跟老爷子说去。

刘四爷　祥子，你这小子还活着呢！又是好几个月没来了，买上新车了吗？

祥　子　（伤心地摇头）四爷，给我一辆车拉吧。

刘四爷　哼，事儿又吹了？要不，你还不来呢。（想了想）这么着吧，二十七是我的生日，七十庆九，百年长寿，我要搭个棚请客，你先别急着拉车，帮我几天忙儿。

虎　妞　（赶紧帮腔）那敢情好！还是祥子靠得住，不像他们吊儿郎当瞎起哄。

刘四爷　该干什么就干，甭等我说。

祥　子　是，刘四爷！

虎　妞　是不是？还是祥子，别人都差点劲儿！

刘四爷　干活去吧！（大摇大摆下）

〔祥子欲下，被虎妞拉住。

虎　妞　等等，给你两块钱，去请一堂寿桃，八个寿桃要插上八仙儿，点上红嘴儿，图个吉利，讨老爷子喜欢。

祥　子　（只好由她摆布）咳。

〔二人下。

〔唢呐吹奏的喜庆音乐中，夹着吆七喝八的猜拳声、喧闹声和笑声。

〔二强、墩子、麻秆穿不合体长衫，醉醺醺上。

二　强　（唱）四爷做寿要体面，

墩　子　人力车夫穿长衫，

麻　秆　吃完寿面叫滚蛋，

三　人　（齐）送礼误活白赔钱！

〔祥子也穿长衫上。

麻　秆　祥子，骆驼，你这差事美呀，足——足吃一天，等候老——老爷小姐。

墩　子　赶明儿你甭拉车了，当——跟包儿去！

麻　秆　不——不不！人家要当——厂主啦！

祥　子　（红着脸，低声）我哪能当厂主？

二　强　怎么——不能？眼看就呜儿里啦，呜儿里啦了！（做吹唢呐状）

墩　子　祥子，别看你不吭不哈的，你才是——哑巴吃饺子，心中有数呢！

麻　秆　是不是？祥子（指着祥子的脸）你说，你说呀，傻骆驼！

祥　子　（被激怒）有种出去说！谁敢？

（唱）怒气不息身发抖，

　　　　冷嘲热讽恼又羞,

　　　　从今不把侮辱受,

　　　　不出恶气不罢休!

　　〔一把揪住麻秆领口,几乎将他提起来,众人全吓愣了。

墩　子　得!祥子,这不是逗你玩儿嘛!

二　强　祥子,我们不闹了,放了他吧!

　　〔刘四爷上。

刘四爷　(大喝一声)放了他!(向众车夫)你们听着!别瞧谁老实就欺侮谁,招急了我把你们都赶出去!滚!

　　〔祥子及车夫们快快地下。

刘四爷　哼!拉车的没一个好杂碎!

　　〔虎妞抱账本上。刘四爷坐椅上吸水烟袋。

虎　妞　(一边捶腰一边报账)爹,账结好了,进了二十五条寿幛,三堂寿桃寿面,一坛寿酒,两对寿烛,还有二十来块钱礼金。

刘四爷　怎么才二十来块?别打马虎眼儿!

虎　妞　(眼一瞪)谁打马虎眼儿了?人头不少,可那些车夫多数是一毛钱或四十个铜子儿。钉是钉,铆是铆,账本在这儿,不信,您自己查。

刘四爷　(火了,烟袋重重一蹾)妈的!吃我三个海碗带火锅的筵席,才他妈四十铜子儿一毛钱的人情!这简直是拿我当冤大头!早知这样,就该吃大烩菜!我刘四可真是聪明一世,糊涂一时,叫一群王八羔子猴崽子白吃一口!

虎　妞　爹!

　　　(唱)这一帮穷鬼不像样,

　　　　祥子的寿礼最排场,

　　　　八仙端坐寿桃上,

　　　　富贵长寿又吉祥。

刘四爷　(唱)臭车夫何需你夸奖,

想要嫁他算空忙。

你爹我年老眼睛亮，

早看出你俩有文章。

虎　妞　（唱）有文章就有文章，

女大当嫁本平常，

青春年华谁不想，

难道叫我守空房？

刘四爷　（唱）刘四在西城有名望，

人和车厂冠车行，

身为厂主人尊仰，

岂肯招车夫做婿郎！

虎　妞　（唱）你开车厂谁相帮？

姑娘操劳日夜忙，

祥子人品我早看上，

非他不嫁你早作主张！

〔祥子扫地上。

刘四爷　呸！你简直的是要气死我！把我气死，你好去倒贴那个臭拉车的，没门儿！

祥　子　（提起扫帚直逼刘四爷）说谁呢？

〔众车夫上场看热闹。

刘四爷　（狂笑）哈哈！你小子要造反吗？说谁？说你哪！四爷我给你面子赏你脸，你敢在太岁头上动土！我刘四闯荡一生，打过群架，跪过铁练，自小便是放屁崩坑的主儿，你也不打听打听，上这儿找便宜来啦！

〔众车夫议论纷纷为祥子不平。

虎　妞　这是怎么个碴儿？老爷子，这可是您存心找病，谁也怨不着！

刘四爷　你给我闭嘴！今儿是有他没我，有我没他！不能叫个臭拉车的闹得我人财两空！

———京剧《骆驼祥子》 〉〉〉〉〉

祥　子　（忍无可忍）刘四！你欺人太甚！

　　　　（唱）我也是堂堂男子汉，

　　　　　　　怎肯受辱在人前，

　　　　　　　恨不得痛打你这老混蛋——

　　　　〔举扫帚逼近刘四爷。

刘四爷　你敢！

虎　妞　祥子！

　　　　（唱）——暂息怒火慢商谈。（夺下扫帚扔在一边）

刘四爷　滚！一辈子别让我瞧见你，快滚！

祥　子　我早就呆腻味了，哼！（掉头就走）

虎　妞　（一摆手）等等！祥子，咱俩是一条绳拴俩蚂蚱，谁也跑不了。（对刘四爷）干脆说了吧，我已经有了，祥子的，他上哪儿，我也上哪儿！

刘四爷　（气得发抖）你！——你你你真有脸说，我这老脸都替你臊得慌！（打自己一个嘴巴）呸！好不要脸！

　　　　〔祥子一跺脚下。

虎　妞　（毫不示弱）我不要脸？我这才是头一回，你什么屎没拉过？男大当婚女大当嫁，你六十九了，白活！当着大伙，就着这个喜棚，你再办一通儿事得了！

刘四爷　（一副光棍嘴脸）告诉你，我放把火烧了也不给你用！

虎　妞　（也不含糊）我也告诉你，姑奶奶还是非坐花花轿不出这个门儿。

　　　　〔切光。

　　　　〔远处传来小贩慢悠悠的叫卖声。

祥　子　（唱）时运不济多磨难，

　　　　　　　阴差阳错颠倒颠，

　　　　　　　刘家亲事非情愿，

　　　　　　　生米熟饭苦难言。

〔祥子心情沉重上,他一身新衣却毫无喜色。

〔正中一个大红"喜"字。一桌两椅。

〔小福子抽烟卷上,她穿花旗袍,烫发,脸色疲惫憔悴。

小福子　祥子哥!

祥　子　(眼睛一亮,欣喜地)福妹子,是你!

小福子　虎妞姐呢?

祥　子　她逛天桥去了。

小福子　你怎么不陪她?

祥　子　我不乐意逛就自己先走了。

小福子　啊。

祥　子　福妹子,你——过得好吧?

小福子　(摇摇头,凄苦地)祥子哥!

(唱)我爹无奈将我卖,

　　　卖与军官当奴才。

　　　白日里担水劈柴做饭带买菜,

　　　到夜晚铺床叠被洗脚又提鞋。

　　　伺候不周稍懈怠,

　　　非打就骂实难挨。

　　　队伍开拔去关外,

　　　军官将我赶出来。

祥　子　(无限同情)福妹子,真苦了你啦!

(唱)小福妹本是我心中所爱,

　　　钱财所逼两分开。

　　　可怜她一朵鲜花遭伤害,

　　　风吹雨打粪土埋。

　　　可叹我无舵的船儿由人摆,

　　　逆水顶风船头歪。

　　　自身命运难更改,

　　　　　　　　无力助她免祸消灾。

　　　　　〔二人低头无言。

　　　　　〔虎妞急匆匆上。她穿红着绿，头插绒花。

虎　妞　（念）逛天桥祥子溜掉，

　　　　　　　急匆匆回家来瞧。

　　　　　〔进门，见状一愣，立即沉下脸。

虎　妞　（故意慢吞吞地）我说呢，冷不丁地溜了，敢情在这儿私会呀！

祥　子　（急得结结巴巴地）福妹是——她来——

小福子　虎妞姐，我不是找祥子哥，我是——

虎　妞　（一摆手）甭说了！哥哥妹妹的，我听着恶心！

小福子　（更急了）虎妞姐，我是来找你的，真的！

虎　妞　（冷笑）哼哼，找我？

小福子　真的，是为车的事，我爹想卖那辆新车，问你们要不要？给六十块就行。

祥　子　（被吸引）什么？二强叔要卖车？六十块？

虎　妞　（堵他）不关你的事！（对小福子，嘲讽地）你们家的车，不是卖了你才买的吗，怎么又要卖？

小福子　（无地自容）这……

虎　妞　（步步紧逼）你听着，就你们家那辆黑白两色的寡妇车，我嫌晦气，不要！你到别处卖吧！

小福子　（听出话中带刺，哽咽地）你，你……（看了祥子一眼，转身跑了）

虎　妞　哼！吊膀子也不看地方！臭婊子！

祥　子　骂谁呢？

虎　妞　骂她！怎么，你心疼啦！

祥　子　你……

虎　妞　甭说了，反正我对得起你，我跟爹闹翻了，嫁给你，别不知好歹！

祥　子　好歹我要拉自己的车!

虎　妞　受累的命!在家闲着,少不了你的吃喝!

祥　子　我不乐意闲着!

虎　妞　不爱闲着,做个小买卖去!

祥　子　我不会!赚不来钱,我会拉车,我爱拉车!

虎　妞　就是不准你拉车!不准你一身臭汗上我的炕!

祥　子　(真火了)拉车!拉自己的车!谁拦着我,我就走!永世不回来!

虎　妞　(拉长声调)哟——

　　　　(唱)他那里怒气冲冲翻了脸,
　　　　　　虎妞我心中盘算绕个弯。
　　　　　　他本是刚强一硬汉,
　　　　　　硬汉说话撑破天。
　　　　　　我爱他嫁他称心如愿,
　　　　　　又何必为小事与他闹翻。
　　　　　　只要他欢欢喜喜心舒坦,
　　　　　　夫妻们和和美美光阴似蜜甜。

　　　　(换一副笑脸)得得得!你爱拉车,我随你,行了吧?那就给小福子六十块,把车拉回来。

祥　子　(冲她真心一笑)嘿嘿!

虎　妞　嚄!这还是头一回见你乐!不过,你得答应我,不准拉包月,只拉散座儿,天天得回家。

祥　子　行!

虎　妞　(瞅着祥子突然发笑)哈哈!

祥　子　乐什么?

虎　妞　(边笑边说)告诉你,我真有了!(指肚子)

祥　子　(大惊)啊?你到曹家找我那天,你不是说有……

虎　妞　要不这么冤你一下,你怎么会死心塌地娶我呢?我在裤腰上塞了个小枕头,你这个傻骆驼!哈哈!(笑弯了腰)

————京剧《骆驼祥子》 >>>>>

祥　子　（气得砸自己的头）唉，唉！（忽然一把揪住虎妞）那，这一回呢？

虎　妞　（止住笑，一脸柔情）这一回是真的有了，祥子，我给你生个胖儿子，好好跟你过。

祥　子　（松手，一股暖流涌上心头）胖儿子！这么说，我真的要当爸爸了！

虎　妞　傻骆驼！有了家，有了媳妇，再有个胖儿子，你还有什么不称心的？

祥　子　（朦胧中感到一丝喜悦）家，媳妇，儿子……

　　　　（唱）听她一番暖心话，

　　　　　　祥子总算有个家。

虎　妞　（唱）但等十月怀胎罢，

　　　　　　给你养个胖娃娃。

祥　子　（唱）娃娃周岁会说话，

虎　妞　（唱）管你叫爹——

祥　子　（唱）管你叫妈。

虎　妞　（唱）日月流转娃长大，

　　　　　　千万不要把车拉。

祥　子　（唱）送他念书学文化，

　　　　　　做一个堂堂正正清清白白的好儿郎——

祥　子
虎　妞　（合唱）人人都把他夸！

　　　　〔切光。

　　　　〔凄凉的叫卖声。
　　　　〔幕后传来虎妞的呻吟声、叫喊声：哎哟！我的妈呀！——菩萨呀！——救救我吧！哎哟！
　　　　〔小福子焦急地张望。

小福子　（唱）虎妞难产已三天，

　　　　　喊娘呼天实可怜，
　　　　　　祥哥深夜上医院——
　　　　〔祥子大步跑上。
祥　子　（接唱）求救无门转回还。
小福子　（急切地）祥子哥，医生来了吗？
祥　子　（气喘吁吁）医生来一趟——要十块，接生二十块，这——送医院先交———百块！
小福子　（惊）啊？这么多啊！
祥　子　（绝望地）天哪！我哪有这么多钱哪！
小福子　（褪下一对银镯）我只剩一对银镯子，快拿去换钱！
祥　子　不不！我把车卖掉！
小福子　车不好出手，来不及了！
　　　　〔突然传来虎妞一声惨叫。
祥　子　（狂喊）虎妞！（狂奔下）
小福子　（同时喊）虎妞姐！（跑下）
　　　　〔灯转暗。
　　　　〔独唱：一叶孤舟逢恶浪，
　　　　　　　一枝残花遭寒霜，
　　　　　　　一场噩梦三灾降，
　　　　　　　一番生死两渺茫。
　　　　〔灯转明，室内空无一物，地上有个小铺盖卷。
　　　　〔祥子跪悼亡妻。
　　　　〔祥子拄着地慢慢立起，环视四壁，凄然泪下。
祥　子　人——死了，车——又卖了——没了，什么都没了！
　　　　〔远处鸡啼。
祥　子　（唱）残夜尽亡人去天色将亮，
　　　　　　　诉无声哭无泪独自彷徨。
　　　　　　　眼前是一无所有凉锅冷炕，

———京剧《骆驼祥子》

  顷刻间生与死相隔阴阳。
  几年来拼性命奔波闯荡，
  买车丢车，丢车买车，三起三落历尽沧桑。
  只说是自食其力不争不抢，
  挣一碗粗茶淡饭安度时光。
  不料想逼上绝路断了指望，
  只落得一贫如洗家破人亡。
  恨世道恶霸无赖气粗腰壮，
  刘四爷孙侦探趾高气扬。
  这年月有什么公道可讲，
  善良人老实规矩并无下场。
  一辆车一个家俱成幻想，
  穷车夫求活命路在何方？

〔小福子拿包袱出。

小福子 东西都归置好了，这是虎姐姐的衣服。（将包袱递给祥子）

〔祥子接过包袱，又哭。

小福子 祥子哥，人去不能再生，你别太伤心，哭坏了身子骨可怎么好，还得料理后事呢。

祥 子 虎妞跟她爹闹翻，舍了家丢了财产，嫁给我这个穷拉车的。现如今又带着个没出世的孩子——走了，这都是我害了她！我害了她啊！（痛哭）

小福子 祥子哥，别哭了，眼下不管多难，也得咬紧牙关挺下去。

祥 子 （擦泪）唉！这是她的衣服，没穿几天，你留着穿吧。

〔小福子默默接过衣服，祥子拎起铺盖卷。

小福子 怎么，你要搬走？

祥 子 （狠了狠心）嗯，搬走。

小福子 那你……（背转身擦眼泪）

祥 子 我心里乱得慌。（走了几步又回头）福妹子，等着吧，等我混好了，我来，一定来看你。

〔祥子拎着铺盖卷头也不回地走了。

小福子 （追到门口）祥子哥，我等着你！

（唱）想说的话儿难出口，

　　　　千言万语在心头。

　　　　爱慕祥哥时已久，

　　　　无奈他已娶虎妞。

　　　　如今祥哥新丧偶，

　　　　孤身怎度春与秋。

　　　　有心与他长相守，

　　　　话到嘴边又觉羞。

　　　　天保佑苦命儿重聚首，

　　　　我和他共患难风雨同舟。

〔切光。

〔各种小贩此起彼伏的叫卖声。

〔灯复明。祥子叼着烟卷，歪着小帽，裤腿一高一低，捋着衣袖，慢悠悠上。

祥　子 （吐出一口烟）呼——

（唱）抽烟喝酒随大流，

　　　　打架骂仗耍刺儿头，

　　　　抢座争价脸皮厚，

　　　　马王爷见我也发愁！

〔墩子、麻秆擦汗上。

麻　秆 祥子，哥们儿！好几天不见你出车了！

墩　子 往日你可是天天不歇的呀！

祥　子 （懒洋洋地）往日勤劳卖力只求一包茶叶末儿俩窝头，可从没得过公道，临完连个老婆也保不住！今儿个才明白自己的血汗不能白流，少出一滴算一滴。

麻　秆　可不，如今这世道拉洋车的到哪儿去讨公道？都叫张大帅、吴大帅这帮狗娘养的把咱们害苦了！

墩　子　多会儿老天兜着底儿翻个个儿，咱穷哥们儿就有指望了。

祥　子　现如今我算看透了，什么他妈的善有善报，恶有恶报，没那门子事儿！这年月穷人的命不如一条狗，想有什么蹦儿，比他妈登天还难！哼！什么都是假的，窝头是真的！

〔西服革履的雇主上场。

雇　主　八大人胡同，大个子，拉过来！

〔祥子一动不动。

麻　秆　祥子，座儿叫你呢！

祥　子　（强横地）四十铜子儿，少一个不去！

雇　主　（一想）好！就四十铜子儿！

祥　子　只拉到胡同口儿，进胡同里得另加钱！

雇　主　有你这号拉车的吗？谁去？

祥　子　谁去都得加钱。

雇　主　哼！臭拉车的！（拂袖而去，被祥子一把拉住胳膊）

祥　子　（愠怒）你凭什么骂人？

雇　主　（急得大喊大叫）嗨！放开！瞧你那大黑手！我这身洋服值六十多块呢！

祥　子　你一身洋服就六十多块，可你舍不得给穷哥们儿加几个铜子儿，你也太抠门儿缺德了！

〔雇主的细胳膊让祥子攥得生疼，好不容易挣脱出来，边掸衣袖，边骂骂咧咧下场。

〔众车夫大笑。

墩　子　哈哈！洋先生的洋服叫祥子盖了一个大黑手印儿！

祥　子　（开怀大笑）哈哈哈！

〔灯转弱。众车夫隐去。

〔孙侦探醉醺醺上。

孙侦探　（哼大鼓调）小佳人儿——爱的是——少一少年郎……洋车！西四——牌楼！

〔祥子内应：三十铜子儿！少一个不去！

孙侦探　姥姥的！瞎——瞎了眼啦！也不看——看看我——是谁！老子坐车从——从不给钱！

〔祥子带着醉意上。

〔孙侦探一边呕吐，一边骂：要钱——老子——崩了你！祥子听出孙的声音，摩拳擦掌。

祥　子　（唱）冤家路窄遇孙某，

　　　　　　　仇人见面眼更红，

　　　　　　　举拳痛打这恶狗，

　　　　　　　冤报冤来仇报仇！

〔祥子一把拎起孙侦探左右两个嘴巴，然后一顿"醉打"。

孙侦探　（大喊大叫）我是孙侦探，你敢——打我？

祥　子　老子打的就是你！

〔祥子将孙侦探一顿痛打之后，飞起一脚将孙侦探踢下去。

祥　子　痛快！痛快呀！哈哈！

〔刘四爷上。他穿戴阔气，趾高气扬。

刘四爷　拉车的！送我上毛家湾！

〔祥子听声音很熟，上前打量，认出刘四爷。

刘四爷　（也认出对方）祥子！是你！

祥　子　（恶狠狠地）是我！

刘四爷　我的闺女呢？虎妞——她好吗？

祥　子　（轰地一下目瞪口呆，半晌）死了！

刘四爷　（哭腔）什么？

祥　子　（凄凉地）难产没钱治！死了！埋了！

刘四爷　落在他妈的你手里，还有个不死的！

——京剧《骆驼祥子》

祥　子　（直逼刘四爷）我穷！我想救她我没钱，可你万贯家财，你干什么去了？（大声）你为什么不救她？为什么？

刘四爷　（退缩）我——我——我问你，她埋在哪儿？

祥　子　不告诉你，你不配！

刘四爷　你个缺德带坑人的臭王八蛋！

祥　子　（攥紧双拳）再骂，揍你个老不死的！滚！（连推带搡将刘四爷搡走）
〔曹先生上。祥子误以为是刘四爷，反身举拳。

曹先生　（安详地）祥子！

祥　子　（又惊又喜）曹先生，是您哪！我还以为……

曹先生　（温和地笑）你这个循规蹈矩的人，怎么也动起拳头来了？

祥　子　先生，不怕您笑话，这年头人太软只能受欺压。

曹先生　噢？你也悟出这个理儿了？

祥　子　都是逼出来的。一个拉车的，想要一辆车，一个老婆，一口饭……难哪！唉，什么都是假的，窝头是真的！

曹先生　这两年你过得挺艰难吧？我还让高妈去找过你呢！

祥　子　（黯然）老婆死了，车又卖了，家，也完了！

曹先生　（同情地）噢——祥子，别灰心，世道不会老这样，你还年轻，振作起来往前奔吧。

祥　子　（点头）嗯，先生说的是。

曹先生　那年我到上海避了避风，现在回来还住老地方。你要是愿意，还上我家拉包月，好吗？

祥　子　太好啦！可我——我有……

曹先生　有什么？说吧。

祥　子　我有个相好的，叫小福子。我俩本想成个家，可住没住的，吃没吃的，就拖下来了。

曹先生　（想了想）这么着吧，反正你在我家一人占一间房，可以将就你俩住。不知道她会不会洗洗涮涮什么的？

祥　子　会会！她什么都会，可勤俭啦！

曹先生　那就好。我太太不久要生小孩，高妈一个人忙不过来，那就让她帮高妈做些事。她呢，白吃我的饭，我可也就不给她工钱，你看怎么样？

祥　子　（天真地笑了）那敢情好！先生，您的大恩大德我一辈子也忘不了！（"扑通"跪倒）

曹先生　这是干什么？起来！起来！（挽起祥子）

〔灯暗。

〔悠远的驼铃声。

〔一束追光照住老马拄木棍缓缓上，他更加衰老，更加褴褛，脖上挂一个破元宝筐子，装些烧饼油条。

老　马　（虚弱苍老的声音）烧饼——油条——

〔祥子穿戴整齐，满脸喜色上。

祥　子　（唱）风和日暖天晴美，

　　　　　　驼铃欢唱白鸽飞，

　　　　　　插翅奔向小福妹，

　　　　　　生死相依永相随。

老　马　烧饼——油条——

祥　子　（近前）老爷子，还认得我吗？我是祥子。

老　马　认得，认得，你还给我的小孙子买过包子呢！

祥　子　您的小孙子呢？长大了吧？

老　马　（唏嘘）他——死了。生了病，没钱抓药，死在我——怀里。

　　　　（像孩子般呜呜地哭起来）

祥　子　（心酸不已，掏出一块大洋，塞在老车夫手中）老爷子，拿着。

老　马　（看手心）一块大洋，祥子，不能！这是你的血汗钱呀！

祥　子　拿着吧，天冷了添件衣裳。

老　马　咳。（颤悠悠揣进怀里）祥子，你知道不？二强又把闺女卖了！

祥　子　（晴天霹雳）什么！二强又把小福子卖了？卖哪儿了？

——京剧《骆驼祥子》

老　马　唉，这回更惨，卖到白房子当窑姐儿了，快去救救她吧！

祥　子　（一声呐喊）福妹子！（狂奔圆场）

老　马　（凄惨的声调）烧饼——油条——

〔老马下场。

祥　子　（唱）晴天霹雳惊好梦，

万把尖刀刺我胸，

心急如焚往前奔，

誓救福妹出火坑！

〔半堵斑剥破败的灰墙，墙上有个挂红帘的窗洞。

〔祥子走近灰墙，敲窗，窗帘拉开，一个涂脂抹粉、头发蓬乱的丑女人探头出来，祥子吓得后退好几步。

丑女人　（浪声荡气）进来呀！傻乖乖。

祥　子　（急切地）我是来找人的。

丑女人　不找我，找谁？

祥　子　找一个叫小福子的年轻女人。

丑女人　（摇摇头）小福子？不知道。你说说，她长得什么样儿吧？

祥　子　她长得挺好看。瘦瘦的，有一口小白牙……

丑女人　（猛然想起）噢，有这么个女人，年轻轻的，一口小白牙，细皮嫩肉的，大伙管她叫"小嫩肉"。

祥　子　（急不可耐）对，是她！快告诉我，她在哪间屋？

丑女人　她？早完了！吊死在那边树林里了！

祥　子　（痛不欲生）福妹子！我来晚了！我来晚了！（悲呼）你答应等我的！福妹子！你为什么不等我？不等我……

〔祥子晃晃悠悠走着，眼泪一串串地往下落。

〔一束追光射出一段树杈，上面挂着一个白绸绳套。树下躺着穿一身白的小福子。

祥　子　（哀号）福妹子！（双膝跪地，蹉步向前，搂抱小福子捶胸拍地，嚎啕大哭）

〔凄凉的音乐，祥子取下树上白绸结，怀抱胸前。

祥　子　（哽咽地）福妹子！

（唱）千呼万唤小福妹，

　　　　手捧白绫心伤悲，

　　　　来迟一步终身悔，

　　　　如今知我更有谁？

〔突然，白雾霭霭，身穿一色白的小福子与身穿一身红的虎妞从雾霭中走来。

祥　子　小福妹！虎妞！

〔小福子与虎妞双双起舞。

祥　子　福妹子！

（唱）可怜你受尽欺凌成冤鬼，

小福子　小花怎禁狂风吹。

祥　子　虎妞！

（唱）可敬你愿嫁车夫舍富贵，

虎　妞　（唱）身后只留土一堆。

祥　子　（唱）可叹我情已断家已毁，

　　　　　　心如死水万念灰。

〔小福子与虎妞双舞下场。

〔一束光照着手捧白绫的祥子。

祥　子　死了，都死了！——（惨笑）什么都是假的——死——是真的……

〔定格。

〔女声独唱：四方四正京都古城，

　　　　　　军阀混战民不聊生。

　　　　　　百家百姓三六九等，

　　　　　　人力车夫活在底层。

〔独唱中幕徐徐闭。

〔剧终。

精品提名剧目·京剧

杜十娘

编剧 邹忆青 戴英禄

人物

杜十娘　　　　　　　众公子
李　甲　　　　　　　李　父
孙　富　　　　　　　众姐妹
老　鸨　　　　　　　女　甲
门　房　　　　　　　女　乙
大管家　　　　　　　公仆人
春　桃　　　　　　　白发女

——京剧《杜十娘》 〉〉〉〉〉

第一场　泪血烟花院

〔明代。京都丽春院。

〔秋。华丽厅堂，悬灯结彩。

〔伴唱：灯红酒绿温柔乡，

　　　　浅斟低唱伴忧伤。

　　　　丽襦芳裙憔悴损，

　　　　风尘玉立杜十娘。

老　鸨　（唱）京都丽春院，

　　　　　　声名天下传。

　　　　　　华灯光闪闪，

　　　　　　香飘不夜天。

　　　　　　有了杜十娘，

　　　　　　四季是春天。

　　　　　　靠着杜十娘，

　　　　　　给我挣大钱。

〔门房上。

门　房　（传呼）丽春院里庆生辰，四位贵客喜临门。接客喽！

〔音乐中四女子各捧礼盒，引导四华服公子上。

甲　　　（念）名满京城杜十娘，

乙　　　（念）琴棋书画样样强。

丙　　　（念）三番五次未曾见，

丁　　　（念）只盼今日愿能偿。

四公子　拜见妈妈！

老　鸨　别客气。拜见我是假，要见十娘是真。

　甲　　闻说今乃十娘生日，特来恭贺。备有薄礼送上，聊表倾慕之意。

　乙　　但求能见十娘一面。

　丙
　丁　　十娘生日，定要当面致贺。

老　鸨　那就要看您生日礼物有多重啦！

门　房　淮扬客商孙富孙大官人到访！

　　　　〔孙富上。

孙　富　（唱）翻云覆雨通天手，

　　　　　　　腰缠万贯上青楼。

　　　　　　　千金买笑寻常事，

　　　　　　　休说商贾不风流。

老　鸨　哟，孙大官人，您要点哪位姑娘呀！

孙　富　（接唱）都说是杜十娘京城独秀，

　　　　　　　　我孙富要看她是春还是秋。

老　鸨　（满面堆笑）淮扬客商，富甲天下。买卖做得够份儿。

孙　富　妈妈老在行，见识广，佩服。

老　鸨　这几位官人来了几次都没见着我们十娘，今天正巧是十娘的生日，这是您的运气。

孙　富　生日，也是你的财气呀。

　　　　〔二人会意一笑。

　　　　〔女子上茶。

门　房　国子监监生李甲李公子到。

　　　　〔李甲上。

　　　　〔门房暗下。

李　甲　（唱）奉父命赴秋闱离乡背井，

　　　　　　　满京城尽传播十娘艳名。

——京剧《杜十娘》

头一遭寻花问柳心难静——

老　　鸨　这位相公，头一回见面，要点哪一位姑娘啊？

李　　甲　妈妈！

　　　　　（接唱）我这里略备银两求见佳人。

孙　　富　这不是布政司李大老爷的贵公子吗？

李　　甲　啊，孙兄——

老　　鸨　你们认识？

孙　　富　江南人氏，大同乡。

老　　鸨　（连忙堆笑）嘿，也是个官宦人家少爷公子，请上坐！

孙　　富　你算来着啦！今天可正好是十娘的生日。

　　　　　〔大管家暗上。

李　　甲　怎么，今天是十娘的芳辰？

老　　鸨　过生日就是过生日，又叫什么芳辰！

大管家　　好，这多文雅！

老　　鸨　哟，这不是大——

大管家　　大才子，一派儒雅。

孙　　富　唯有您人老春心在……

大管家　　您见笑，别忘了"烟花巷里无老少"，哈哈哈。

老　　鸨　（对众）今儿个可真是高朋满座，列位，十娘今天有病，不能和大家见面。

孙　　富　有病，不就是要钱吗？好吧，我出一百两就听她一段病中吟唱吧！

大管家　　（故意地）一百两就想听病中吟唱？少了点吧？

孙　　富　那你出？

　　　　　〔大管家、孙富对峙。

大管家　　我！哈哈哈！我出二百两！

孙　　富　你……（气）我出二百五！

大管家　　哈哈哈，好，那我就让给你二百五了！

孙　富　什么二百五，二百六今天连老带小都归我请啦，哈哈哈！

老　鸨　（急忙堆笑）大家坐着坐着，（对内）十娘，我的好女儿，调琴弦清嗓子，准备伺候各位客官。

　　　　〔琴韵悠悠。

　　　　〔杜十娘唱：飒飒秋风入绣帘，

　　　　　　　　　　秋风怎解我忧烦。

　　　　　　　　　　销红损翠丽春院，

　　　　　　　　　　粉袖难遮泪潸潸。

　　　　　　　　　　愁思万缕理还乱，

　　　　　　　　　　送往迎来逝华年。

大管家　够味儿，够味儿。

孙　富　值得，值得。

李　甲　（猛然站起）咦！既是生日，为何歌声如此凄凉？

孙　富　凄凉，这里的道行，你哪儿知道啊。

老　鸨　我说各位曲也听啦，我们十娘今天身体有病，恐怕就不能和大家见面啦。

大管家　寿礼不到，寿星老儿怎么出来呀！

李　甲　妈妈，我这里些许银两，略表寸心。

老　鸨　（笑）真是寸心，你们瞧就这点，我都难为情，我是收还是不收哪？

　　　　〔李甲羞愧。

众公子　妈妈我等有厚礼奉送。

老　鸨　好好，收下收下。

　　　　〔四女子展示礼物。

孙　富　（不甘示弱）我加上二百五十两，（众惊讶）为了十娘生日，我要狂醉一回。

老　鸨　哎哟，你看您才是略表寸心啦，谢谢！

　　　　〔欲接，孙富按住。

——京剧《杜十娘》

孙　富　狂醉之后我就不走啦。

老　鸨　你要在这儿过夜？这……

大管家　五百两住一宿？（对老鸨）你还不快收下！

老　鸨　收下？

大管家　收下！

老　鸨　好，我收下。（接过银票）

孙　富　（得意地）诸位，我可就独占花魁啦。（大摇大摆欲入内）

大管家　（不紧不慢地）来呀，把杜十娘给我带走！

〔众仆人上。

孙　富　什么？大爷我花的钱，你要把她带走？

众公子　是啊！

大管家　怎么样啊？

孙　富　老家伙，我先让你滚！

大管家　来人！（众仆人上前拦）

孙　富　（怯生生地）你是什么人？

老　鸨　（拉孙富）孙大官人，他是京都府尹的大管家。

孙　富　哦，哦。（讨好地）管家大人，孙富不知，失礼了。（掏出银票）一点儿小意思，您看今儿……

〔大管家接过银票，一挥手。

孙　富　我孙富得不到杜十娘决不罢休！（急下）

大管家　来，将杜十娘带走！

老　鸨　管家老爷，十娘身体不爽，改日过府前去告罪。

大管家　花开看个艳劲儿，花萎看个蔫劲儿，我们老爷还就喜欢这病美人！

老　鸨　大管家，我这儿还有这么多客人怎么打发呀……

大管家　（打断，厉声地）少废话！要是不去，今天就关了丽春院，把你们通通送到边塞，去侍候那里的军爷们。

〔众女惊跪。

老　鸨　哎呀管家大人！您干吗发这么大的火呀！您的心思我还不清楚吗。（递银票）

大管家　今天收的寿礼可够多的！

老　鸨　我孝敬您也多啊。

大管家　算你识时务。各位，我要带着杜十娘去到府尹官邸陪宴，人我可带走啦，你们要是舍不得那点寿礼，就在这儿耗着！

众公子　我等告辞，我等告辞。

老　鸨　您好走。各位，请改日再来吧。

李　甲　（颇有感慨）想不到天子脚下，竟然这样无有王法！

〔众下，大管家拦住李甲。

大管家　等等，你说什么来着？

李　甲　我是说十娘身子不爽，管家大人何必再为难于她。

大管家　哼！哪儿冒出来你这个怜香惜玉的护花人！

李　甲　我不过是替十娘说了一句话呀！

大管家　这儿是你多嘴的地方吗，给我打！

〔打李甲一记耳光，众仆人一拥而上，压住李甲。

杜十娘　大管家。（从内出来）

大管家　十娘。

杜十娘　哪个惹得您老人家如此动怒？

大管家　我在教训一个不知天高地厚的书生。

杜十娘　书生空议论，能掀浪几重，您老人家值得吗。

大管家　十娘开了口，我当然要给个面儿啦，放了他！

〔仆人释放李甲。

杜十娘　府尹大人让你接我，你在这丽春院耽误得太久了吧。

大管家　工夫是不小啦，不过都是为等十娘你呀。

杜十娘　是等我，还是等我妈妈给你……

大管家　不不，当然是等你。来呀，门口备轿，请十娘速速上轿。

老　鸨　管家，我要亲自送十娘过府，春桃快快备乘小轿，管家一会

——京剧《杜十娘》 >>>>>

儿见。

〔管家领仆人下。老鸨、春桃分下。

杜十娘　公子留步，公子仗义执言，令十娘深深敬重，在此谢过！

李　甲　你一年四季，赔笑做歌，连过生日都不能歇息一天吗？

杜十娘　（伤感）公子有所不知，十娘的生日，却与常人不同……

李　甲　（不解）有何不同？

杜十娘　常人的生日，是降生人世的喜日；十娘的生日，却是埋葬我青春年华的忌日……

李　甲　此话怎讲？

杜十娘　今天，是我几年前落入这丽春院的日子。从此，老鸨就不许再提起我真正的生日！

李　甲　（闻所未闻）啊！生日，忌日，泯灭人性之日呀！

　　　　（唱）闻言顿觉心如捣，

　　　　　　　可怜丽质受煎熬。

　　　　　　　我好想啊！

　　　　　　　我好想助落花，我好想排污淖，

　　　　　　　我好想风尘弱女脱笼牢。

　　　　　　　说不清千言万语心头萦绕，

　　　　　　　只恨我一介书生无力扶摇。

杜十娘　（唱）一句话儿多中肯，

　　　　　　　字字声声动我心。

　　　　　　　沦落风尘遭屈辱，

　　　　　　　唯有他将我当作人。

　　　　　　　清冽甘泉润肺腑，

　　　　　　　强劲罡风扫乌云。

　　　　　　　怎忍看仗义学子临险境，

　　　　　　　我只得强忍悲酸去府门。

〔春桃扶老鸨上。门房急上。大管家领仆人复上。

大管家　怎么还不走啊！

老　鸨　你怎么还在这儿！女儿，快走啊！（拉十娘欲下）

杜十娘　（举步又停）公子，前程珍重，我们后会有期！

李　甲　后会有期！

〔转身而去。老鸨与春桃随下。

〔灯暗。

老　鸨　（念）【扑灯蛾】

李甲进了院，

十娘迷了心。

死活不接客，

闹着要赎身。

我将计就计假应允，

高抬身价银，三天限时辰。

挤对穷小子

叫他从此不敢再进门。

（叫）春桃！

〔春桃上。

春　桃　妈妈！

老　鸨　你十娘姐姐呢？

春　桃　她不吃不喝，在楼上等着哪。

老　鸨　等着吧，等着吧，一个外地的穷书生，三天能凑齐一千两银子，哼哼，做梦去吧。

春　桃　李公子是宦门子弟，万一要是凑齐了呢？

老　鸨　凑齐了也不成，我不过顺口一说，也没留下字据，哈哈……

春　桃　（暗惊）她想赖账。十娘姐姐可是说了，李公子要是不能把她赎出去，她也就不活着啦。

老　鸨　想走不能，想死也不容易。我限期三天，今儿个是第几天啦？

春　　桃　今儿个是最后一天啦。

老　　鸨　你去劝劝那杜十娘，三天限期已到，李甲要是来不了，她就得下楼接客，她要是敢不下楼，我可带着人，带着家伙去请她。（下）

春　　桃　天都这般时候了，我得赶紧去找李公子！

〔切光。暗转。

〔十娘斜倚卧榻，期盼李甲到来。

杜十娘　（唱）一年年冠盖簪缨迎来送走，
　　　　　　　一场场噩梦苦魇无尽无休。
　　　　　　　盼只盼脱风尘洗尽凌辱，
　　　　　　　盼只盼脱风尘冲出牢囚。
　　　　　　　羡市井平民家夫唱妇随扶老携幼，
　　　　　　　但愿得十娘我得遇知己偕老白头。
　　　　　　　遇李甲似觉得遇见佳偶，
　　　　　　　托终身好似我魂梦所求。
　　　　　　　相许诺赎弱女筹金奔走，
　　　　　　　时限到却未见转回青楼。
　　　　　　　夜色中翘首望泪湿衫袖，
　　　　　　　又是喜又是愁又是担忧。

〔春桃、李甲上。

春　　桃　姐姐，李公子来啦。您看公子都累瘦了。

杜十娘　公子，三天不见，你好像得了一场大病。

李　　甲　十娘，我……

杜十娘　哦，李公子筹措银两怎么样了？

李　　甲　唉……

〔春桃向十娘摇手。

杜十娘　公子不要着急，有什么为难之事，说出来我们商议。

李　　甲　十娘！

　　　　（唱）三天来饱尝尽世态冷暖，

闭门羹阴阳脸实在难堪。

唯有那柳监生侠肝义胆，

慕十娘献一半甘愿成全。

只可叹已到了三日时限，

看起来与十娘今世无缘。

杜十娘　公子难为你了，有这一半，我也就放心了。

春　桃　什么，放心了？还差一半哪，甭说赎金不够，就是够了还要提防老鸨变卦呀！

李　甲　这便如何是好啊？

杜十娘　老鸨反复无常，我早已料到。

李　甲　只是这一半赎金，我实在是无计可想啊！

杜十娘　公子艰难筹措，足见情真意坚。我沦落多年也有些私房积蓄，可以补齐一半。春桃妹妹，现藏在床褥里面，你帮我快快取来，以防鸨儿变卦。

春　桃　（激动地）姐姐，您这是自赎自身！公子，我姐姐把心都掏给您啦！

李　甲　（激动地）十娘，你对我恩情似海，我今生今世忘不了你对我的恩情。

〔李甲跪，在音乐中二人相拥。春桃拭泪下。

杜十娘　李郎离开这丽春院，我们就要回转江南。（宽心一笑）

李　甲　回转江南，十娘，你这一笑，如同看到了我们江南家乡碧水之中出污泥而不染的莲花。

杜十娘　江南……（吟诵）

江南好，风景旧曾谙，

李　甲　日出江花红胜火，

杜十娘　春来江水绿如蓝，

李　甲
杜十娘　能不忆江南？

————京剧《杜十娘》〉〉〉〉〉

杜十娘　（唱）霎时间忽觉得心潮激荡，
　　　　　　　　平生里乍见这真诚的目光。
李　甲　（唱）霎时间只觉得情涌热浪，
　　　　　　　　乍见这似皎月晶莹目光。
　　　　　　　　目光中饱含着……
李　甲　（唱）目光中饱含着……
李　甲
杜十娘　（唱）柔情爱意，
　　　　　　　　像暖风吹拂着月夜荷塘。
杜十娘　（唱）十娘我今日里喜从天降，
　　　　　　　　千百度寻来了如意情郎。
　　　　　　　　但愿能与公子……
李　甲　（唱）但愿能与十娘……
李　甲
杜十娘　（唱）相依相傍，
杜十娘　（唱）做一个常人妻，
李　甲　（唱）做一对好夫妻，
李　甲
杜十娘　（唱）恩爱绵长。
　　　　〔春桃拿来银子。老鸨上。
老　鸨　哟，这是唱的哪一出啊？
杜十娘　妈妈，我们在等你呀。
老　鸨　等我？
杜十娘　李公子已将赎金备齐，请你查收。
　　　　〔李甲递银，老鸨惊呆。
老　鸨　（突转惊呆为笑脸）哎哟，那一天我跟你说笑话，你怎么当真啦！
李　甲　三天前是你亲口定价，亲口限期，怎么你今日又要反悔！
老　鸨　三天前我说什么来着，谁的见证，你有文书字据吗？
　　　　〔李甲、春桃惊呆。

老　鸨　一无见证，二无字据，就想来我这儿强买强卖，来呀，把这小子给我轰出去，把杜十娘给我关起来。

〔二仆冲向杜十娘。杜十娘突然拿出一把剪刀。

杜十娘　再若逼迫，我就死在你的面前！

〔全场惊讶，李甲呼叫十娘。

春　桃　妈妈，人是留不住啦，您可别落个人财两空啊！

老　鸨　我的好孩子，你怎么动起真家伙？别想不开，来，把剪子给妈妈。（欲上前）

杜十娘　你不要靠近，你说你到底放不放我出去？

春　桃　妈妈，留人留不住心，拿到银子才是实的。

老　鸨　既然你这么无情，我放，我放！

杜十娘　我已写好文书字据，请妈妈画押。

〔拿出两张文书，春桃递给老鸨。

老　鸨　死丫头，你算把我琢磨透啦！

李　甲　请妈妈画押。

〔老鸨画押。

老　鸨　今儿个我算栽了！走吧，走吧，给我滚。

〔杜十娘激动地捧着文书。

李　甲　十娘！

杜十娘　李郎！

老　鸨　文书也立啦，手印也打啦，你该怎么来着……

杜十娘　妈妈，十娘拜别了。

老　鸨　回来！头上的金钗玉簪，身上的绫罗绸缎都给我留下！

李　甲　妈妈你……

春　桃　妈妈你……

〔老鸨撒气，打春桃。

杜十娘　我来问你，你这头上戴的身上穿的都是从哪里来的？你这门庭如火金银成垛，哪一样不是我与姐妹的青春所换？这深深庭院秀丽楼阁哪一样不渗透了我十娘的屈辱?你也是个女人,可你哪有一点女人的心肠!(摘钗环,脱外衣,扔向老鸨)拿去!

〔老鸨捡衣物,领仆人下。春桃随下。

李　甲　十娘——(激动地脱外衣,为十娘披上)你为我受委屈了!

〔十娘泪流满面。

杜十娘　我得救了!

〔切光。

孙　富　气攻心,火上房,丽春院里我撞了墙。我这富商遇权贵,好像恶狗碰豺狼,亏我机巧溜得快,差点被咬伤。

(唱)在淮阳我欺行霸市无人挡,

在京都我见官低头好窝囊。

我此番进京有志向,

带名媛回故乡尽享风光。

更可气——

京城争传李甲赎出杜十娘,

堂堂名妓归了个酸秀才,

花开他院,腕肉割肠。

我孙富从来不认窝心账!

我腰间钱囊叮当响,

大道任横行,崎路能平蹚。

我心机动,细查访,暗跟踪,寻空当,

要和李甲争高强。

李甲呀,李甲,名花归谁,尚未定局,你等着瞧吧。

第二场　洞房花烛夜

〔伴唱:沦落风尘遇知己,

苦到尽头备觉甜。

　　　　　　　　红烛也会解人意，
　　　　　　　　点点喜泪润心田。
　　　　　〔柳公子寓所内。
柳公子　（唱）风尘女子有志向，
　　　　　　　　自出赎金为从良。
　　　　　　　　李贤弟求助我岂能推让，
　　　　　　　　成就这一双情侣理所应当。
　　　　　　　　亲自操持备佳酿，
　　　　　　　　收拾书房做洞房。
　　　　　〔乐曲中出现洞房场景。"喜"字生辉，喜烛闪亮。
　　　　　〔众姐妹簇拥十娘与李甲上。
杜十娘　十娘深谢恩人。
　　　　　〔杜十娘与李甲深深拜揖。
　　　　　〔众女出示礼品。
女　甲　十娘姐姐！
　　　　（唱）小荷包凝聚着姐妹血汗，
女　乙　（唱）表心意贺新婚花好月圆。
　　　　　〔众女赠礼物。
柳公子　来，喝酒！（举杯）
　　　　（唱）一杯酒祝你们身康体健，
　　　　　　　　愿你们乘轻舟路途平安。
　　　　　　　　愿十娘见公婆莫怕责怨，
　　　　　　　　愿贤弟父母前多为美言。
李　甲
杜十娘　我们谨记仁兄之言。
女　甲　（唱）二杯酒祝你们恩爱相伴，
女　乙　（唱）到来年生一个俊俏聪明的好儿男。
　　　　　〔众人欢笑。

杜十娘 （举杯，唱）

　　　　三杯酒祝姐妹早遂夙愿，

　　　　出火坑寻美眷苦尽甘甜。

〔众同饮。

〔春桃内声："十娘姐姐！"

〔众人注目。春桃与手提描金箱的白发女子上。

春　桃　十娘姐姐！老姐姐来了！

白发女　十娘，恭喜你啊！

杜十娘　（激动地）老姐姐，我在等你啊！

白发女　十娘！

　　　　（唱）亲眼见十娘卖进烟花院，

　　　　亲眼见十娘从小挨皮鞭。

　　　　我也是鞭子下经磨历难，

　　　　春来秋去身心交瘁两鬓斑。

　　　　被驱赶无分文长街讨饭，

　　　　谢十娘偷赠银钱我这才嫁了个孤身老汉度残年。

　　　　梳妆箱今日里物归原主，

　　　　伴随你一路顺风到江南。

杜十娘　（郑重接过）老姐姐！

　　　　（唱）你就是烟花院一本血泪账，

　　　　记载着姐妹们无尽的悲伤。

　　　　深谢你重情义前来探望，

　　　　此一别再难相见诉衷肠。

春　桃　十娘姐姐，我给你偷出这把琵琶，以后再难见面了。

杜十娘　（接唱）小春桃深情厚意永难忘，

　　　　但愿你有一天觅知音遇情郎也似我，

　　　　欢欢喜喜如上天堂。

柳公子　好了，姐妹们，天色已晚，该让新郎新娘安歇了！

众　女　（伤感地）我们也该去了。十娘，多保重！

李　甲　我替十娘相送。

〔李甲送众人下。

杜十娘　（泪眼伫望）姐妹们，保重啊！（环顾喜堂，拨亮喜烛）

　　　　（唱）芳草园秋色朗清风送爽，

　　　　　　　绿纱窗飘进来桂枝芳香。

　　　　　　　红酥手轻拨得堂前烛亮，

　　　　　　　辉映着花前月暖我洞房。

　　　　　　　喜气盈盈红绡帐，

　　　　　　　春色融融紫檀床。

　　　　　　　檐底蜻蜓离珠网，

　　　　　　　梁间双燕入梦乡……

　　　　〔音乐中李甲轻步走上，轻抚十娘肩。

杜十娘　李郎，今夕何夕，得与君相聚。我们这是真还是梦啊？

李　甲　十娘你看，红烛滴下点点喜泪，是在为我们祝福啊！十娘，夜已深了，我们安歇吧！

杜十娘　安歇……李郎你会嫌弃我吗？

李　甲　嫌弃？

杜十娘　我曾经是一个任人摆布的弱女子。

李　甲　十娘，不要再想往事。

杜十娘　往事有如噩梦，李郎，只有在遇到你以后，我才觉得人世间还有欢乐，李郎你可懂得我的心情！

李　甲　我懂。苍天在上，我李甲若是有负十娘，天地不容。

杜十娘　李郎！

李　甲　你来看，这是我赠与你的绣巾。

　　　　〔音乐中李甲轻步走上，轻抚十娘，为她披上绣巾。

　　　　〔二人深情相近。

　　　　〔起伴唱：

洞房夜心相映情涌热浪，

逢知己结良缘喜泪行行。

〔伴唱中灯渐暗。

第三场　晨钟惊梦

〔江上。

〔孙富内声："船家，开船喽！"

〔船家荡桨，孙富上。

孙　富　嘿嘿！

（唱）李甲艳福真不浅，

娶了名媛回江南。

虽然我几笔生意都是赚，

杜十娘未得手心却不甘。

轻而易举有盘算，

一封贺信定会起波澜。

船家，看看前面来的是什么船？

船　家　船舱上挂红灯，结彩绸，好像是新婚船。

孙　富　来得好，船上的人正在做着甜美春梦，咱们紧紧跟住这条船，慢慢靠近这条船，我要惊醒船上的做梦人。

〔二人行船下。

〔江风摇曳，钟声悠远。

〔起伴唱：

波粼粼瓜洲古渡口，

清悠悠钟声到船头。

浩渺渺圆月辉衫袖，

心痴痴意酣情正稠。

〔伴唱中船家荡桨。十娘、李甲相偎而上。

〔李甲奉上琵琶。十娘弹奏。

杜十娘　（唱）饮罢醇酒拨琴弦，
　　　　　　　弹唱一曲《忆江南》。
　　　　　　　"江南好，风景旧曾谙，
　　　　　　　日出江花红胜火，
　　　　　　　春来江水绿如蓝，
　　　　　　　能不忆江南？"
　　　　　　　一曲弦歌情无限，
　　　　　　　酒酣回首想连翩。
　　　　　　　儿时欢笑渔船上，
　　　　　　　歌罢绿水唱蓝天。
　　　　　　　良辰美景又重现，
　　　　　　　水色迷人山色鲜。
　　　　　　　江边更有双秋雁，
　　　　　　　月下相偎交颈眠。
　　　　　　　十娘得与君相伴，
　　　　　　　永做鸳鸯不羡仙。

〔伴唱声。

〔伴唱中，李甲拥十娘入船舱。下。

〔船家上。

船　家　（轻呼）李公子，李公子！

〔李甲上。

船　家　府上来人送信，让我转交公子。
李　甲　来人呢？
船　家　来人说：令尊老大人吩咐，只交书信不必见面。
李　甲　啊！

〔急拆信看，压光，后区朦胧显现李父形象。

李　父　奴才。

李　甲　爹爹。

李　父　跪下！

李　甲　爹爹。（跪）

李　父　（唱）小奴才，有辱斯文多放浪，

　　　　　　　沉迷花柳废萤窗。

　　　　　　　匿名信明贺暗讽蒙羞耻，

　　　　　　　激怒阃府气病萱堂。

　　　　　　　你今携妓回故里，

　　　　　　　家门不纳轻薄郎。

李　甲　（唱）老爹爹呀，暂息怒容儿细讲，

　　　　　　　儿并非花间浪子恣意轻狂。

　　　　　　　杜十娘身世虽微志向高尚，

　　　　　　　貌如玉、行端庄、善词赋、通宫商，

　　　　　　　柔情似水、品质贤良。

　　　　　　　爹爹呀，何不审视细察访，

　　　　　　　看一看蒙尘的珠玉闪辉光。（音乐中，哀求动作）

　　　　　　爹爹，你见一见十娘吧——

李　父　住口！

　　　　（唱）雕虫技无非是勾栏卖唱，

　　　　　　　烟花女虚假情何谈善良！

李　甲　（唱）那可怜的十娘啊！幼失父母无依傍，

　　　　　　　被拐卖到京都沦为娼。

　　　　　　　身如浮萍遭恶浪，

　　　　　　　经风雨、耐寒霜、不甘污浊、图自强。

　　　　　　　自赎自身儿心动，

　　　　　　　爹爹闻听可悲伤？（音乐中，哀求动作）

　　　　　　爹爹你可怜可怜十娘吧！

李　父　（唱）门不当户不对相距天壤，

低贱女攀宦门玷污华堂。

你思来想一想,

左为下贱女,右为老萱堂,退为花柳巷,进为状元郎。

李　甲　（唱）挣脱羁绊求自立,

抛却浮华求寻常。

十娘她立志做一个常人妇,

她情愿改姓名、着素装、修妇德、奉高堂,

相夫教子、维系书香,

还求爹爹接纳十娘。（音乐中,哀求动作）

李　父　呸!

（唱）你迷途难返难指望,

悖逆尊卑违纲常。

孰轻孰重当自量,

临渊收缰休彷徨。

忤逆不孝抗父命,

家族除名莫还乡!

李　甲　爹爹,（奔向幻影）爹爹——

〔孙富隐上。

孙　富　李公子,李公子。

李　甲　（从幻觉中清醒）哦,原来是孙仁兄。

孙　富　是啊,贤弟为何神情恍惚?不如到我船上一叙怎样?

李　甲　也好。

孙　富　李兄请!

〔李甲过船。

孙　富　看你满头虚汗,来,喝杯酒压压惊。

〔斟酒。二人饮酒。李甲不由叹息。

孙　富　贤弟满面愁容,是不是携带十娘家门难进哪?

李　甲　你是怎么知道的?

——京剧《杜十娘》

孙　富　这是人之常情嘛。

〔李甲饮酒，恍惚自语。

李　甲　"退为烟花巷，进为状元郎"……

孙　富　"退为烟花巷"，没钱能进烟花巷吗？应该是"退为乞丐帮"！

李　甲　乞丐帮？

孙　富　对，"进则入朝堂"。

〔李甲猛饮，孙富陪同。

李　甲　如今我进无门，退无路，孙兄，我是遇事则迷，求你指点迷津吧。

孙　富　（故作思考）只有一条道，回家。（半诵半念）
　　　　　为求回转家门，须要备足白银。
　　　　　佐证你在京城读书安分，打消花柳传闻。

李　甲　带银两回转家门，有理，有理。来，孙兄饮酒。

孙　富　若得双亲体谅，必须割舍十娘。

李　甲　不不不，一切可舍，唯独不舍十娘。

孙　富　生意场有收有放，官场上先屈后扬。先登金榜，再觅娇娘。

李　甲　若能步入朝房，

孙　富　何愁妻妾满堂。

〔李甲顿悟。

孙　富　（唱）托挚友收十娘半寄半让，
　　　　　得功名再筹划来日方长。

李　甲　只是这银子哪里去找，十娘哪里寄放啊？

孙　富　在下虽然经商，倒有古道热肠。赠你纹银一千五百两。

李　甲　你与我一千五百两？

孙　富　一千五百两！

李　甲　孙兄，我今生今世忘不了你的济困之恩。

〔李甲跪谢，孙富半扶。

孙　富　我替你收养十娘。

〔李甲似有所悟，突然变脸，怒指孙富。

李　甲　（唱）你你你甜言蜜语，蛇蝎心肠。

　　　　　　　机关算尽，你要夺我的十娘。

　　　　　　　失察轻信，险些上了尔的当……

〔抓住孙富举手欲打，搡开，回船，举足不落。

孙　富　走啊，走啊，要走，只能走进乞丐帮！

〔李甲欲倒，孙富扶。

李　甲　难道我就只有舍弃十娘这一条路了吗？

孙　富　有一舍必有一得，眼前舍长久得。

李　甲　只是我辜负了十娘对我的恩情。

孙　富　你把十娘赎出烟花院，又托付我这富豪家，你是她的恩人哪。

李　甲　我是她的恩人……

孙　富　如此，一言为定。

李　甲　一言为定，（二人会意笑，李甲由笑变哭）十娘——

〔十娘推窗望月。

杜十娘　（唱）轻推窗赏月光小舟荡漾，

　　　　　　　望夜空白云舞好似霓裳。

　　　　　　　我也像天边的白云一样，

　　　　　　　从此后悠悠岁月宁静安康。

　　　　　　　再没有罡风卷恶浪，

　　　　　　　再没有冰雪裹寒霜。

　　　　　　　随李郎孝敬二老贤德礼让，

　　　　　　　与李郎偕老白头地久天长。

〔李甲呆呆地出现。

杜十娘　李郎！李郎，江风袭人，你怎么才回来呀！

〔与李甲披衣。

李　甲　十娘（出示家信）请看。

杜十娘　（接看）"……若携妓回家，必将断绝父子之情。"李郎，十娘乃

　　　　　风尘女子，公婆嫌弃，也是常情，只要进得家门，我竭尽孝道，
　　　　　日久天长，公婆定会宽容十娘。

李　甲　宽容，我们根本进不得家门。

杜十娘　如若不然，你把我安置在庵观寺院，等郎君来年科考得中，再携
　　　　　十娘归去。

李　甲　十娘，你怎么还不明白呀！

杜十娘　那你……有何打算呢？

李　甲　我……

杜十娘　你……

李　甲　十娘，我们暂时分别吧！

杜十娘　（震惊，又不愿相信）李郎，你、你定是醉了！夜深霜重，来，披
　　　　　上这件衣衫吧！李郎，你定是吃醉了。

李　甲　不，我不曾醉……

杜十娘　你吃醉了。

李　甲　我不曾醉。十娘，你不要着急，慢慢听我说。严父家信，如同君
　　　　　王圣旨，我是怎敢不遵？只是，我离开簪缨之家，如同丧家之
　　　　　犬，功名难求，前程惨淡，即使你与我相伴，也是衣食无靠，举
　　　　　步维艰，岂不是误了你的终身。万般无奈我收下一千五百两纹
　　　　　银，将你托付邻船客商。为了你，也为了我，我是不得不忍痛割
　　　　　爱，断绝前情，只求十娘你，你体谅我吧！

杜十娘　（惊呆）你把我卖了？你把我卖了？（昏）

李　甲　十娘，你醒醒，你醒来呀！我对不起你，可是……你也替我想一
　　　　　想，我是个宦门子弟，怎能娶你这青楼……

杜十娘　青楼妓女？当初你山盟海誓之时，可曾想到过我是个青楼女子？
　　　　　可曾想到过你是个宦门子弟？

李　甲　十娘，你不要再逼我了，可我总是把你救出了火坑，不再受那卖
　　　　　身之苦。况且，那孙富家财豪富，也是个上好的归宿呀！

杜十娘　你救我出了火坑？你一千两纹银买了我，一千五百两纹银又卖了

　　　　　　我，李大公子，你对我的恩德不浅哪！
李　甲　十娘，你打我吧，你骂我吧，十娘，你就成全我吧！
杜十娘　李公子，倘若有万两纹银，我可能进得了你的家门？
李　甲　十娘，纵有万金，也改变不了你的身份哪。
杜十娘　（绝望地）哦，我明白了。好，我答应于你。
李　甲　啊，你答应了……你答应了。我的好十娘！
　　　　〔钟声震响，李甲惶恐退下。
　　　　〔江风陡起，江涛喧嚣。
杜十娘　（唱）江风吼江涛喧晨钟骤响，
　　　　　　一声声珠泪消，一阵阵摧肝肠，
　　　　　　忆往事如钢刀深深插进我胸膛。
　　　　　　可怜我自幼儿灾祸连连爹娘丧，
　　　　　　我的亲娘啊，我的亲爹亲娘！
　　　　　　被卖进烟花巷，皮鞭下骂声里遍体，我柔弱的小女子，
　　　　　　含悲忍泪，奉茶侍酒，晨昏劳累历暑经霜。
　　　　　　十三岁那一年鸨儿逼我入罗网，凄风苦雨连天降，
　　　　　　薄命的十娘啊，求死不能求生无望，苦难无边恨绵长。
　　　　　　我好比熬煎在十八层地狱内，
　　　　　　我好比荒原中弱草无依任枯黄。
　　　　　　我好比飘泊的小船儿遭恶浪，
　　　　　　我好比冬夜里孤鸟哀鸣盼春光。
　　　　　　遇李甲才觉得今生有望，
　　　　　　睡梦里都像是痛饮琼浆。
　　　　　　不料想夜泊瓜洲生异变，
　　　　　　不料想礼教森严权势显赫青楼女终难抗索命无常。
　　　　　　恨孙富人心险恶施伎俩，
　　　　　　恨李甲恋仕途意惶惶听谗言改主张，
　　　　　　顷刻之间竟变成一个薄情寡义、天良丧尽的负心郎，

十娘我好命苦一片真心已成梦想，

到如今只落得孤苦伶仃孑然一身如此凄凉。

尘世上谁是知己谁相傍？

天地间何处是我的归宿何处是我的家乡……

〔箫管声，钟声浑响。

〔灯暗。

第四场　怒沉百宝箱

孙　富　带着银子划着船，去迎接杜十娘。

（唱）我有钱，

钱能使鬼推磨杠，

钱能使我免祸殃。

钱能买来金玉屋，

钱能买来美娇娘。

钱能买来乌纱帽，

钱能买通四面八方。

到如今说动李甲靠银两，

我孙富买名花志得意满好风光。

〔音乐大作。两岸群众伴唱：啊……

瓜洲岸畔人声沸，

争相看船上佳人竟是谁。

京都名花落江北，

波摇浪卷任折摧。

〔天明。李甲回望群众汗颜。

〔孙富回望群众志得意满。

孙　富　贤弟，十娘可答应？

李　甲　她答应了。

孙　富　果不出我所料，青楼女子水性杨花。

李　甲　他已经梳妆，说是送旧迎新。

孙　富　哈哈哈！好一个送旧迎新。杜十娘名动京都，我孙富有财富还有艳福。

〔二船家搭银。

孙　富　来呀，两船连环锁紧，搭板子，铺红毡，快快有请十娘！

李　甲　啊，十娘！

〔十娘一身素白，怀抱妆箱缓步走上。

〔众伴唱：出来了！出来了！

依旧是钗裙明媚，

却难遮粉面伤悲。

孙　富　十娘，在京都我花银子见了十娘一面，如今在瓜洲花一千五百两再次相逢，你我真是有缘哪！

杜十娘　不是有缘，是你有钱。

孙　富　世上没有金钱买不到的东西。钱可敬神，神灵降福；钱可通官，官保平安；钱可沽名，名扬天下；钱可买色，色供心欢！

杜十娘　银子拿来了吗？

孙　富　拿来了。

〔二船家搭银。

杜十娘　你把银子送过来，你再把我送过去。（冷漠地）请打开我看。哎呀呀，这就是我的身价银子。李公子，有了它你就可以回你的官宦之家了！

李　甲　多谢十娘通情达理解我忧烦。（哭泣）

杜十娘　孙大官人，你花了它，我就任你摆布了。

孙　富　我能给你玉食锦衣，车来轿往，享受不尽哪！

杜十娘　孙大官人，你又何时卖我呢？

孙　富　何出此言！我对你真情一片啊！

杜十娘　真情一片，这话耳熟得很哪！李公子，曾几何时，你也这样说过吧？哦，已经忘却了！船夫大叔，两岸的父老姐妹，想我杜十娘幼失双亲，被卖入娼门，陪伴过碌碌王孙公子，留下了道道心灵创痕，饱尝了同龄姐妹难以忍受的欺凌。我也曾出逃，也曾寻死，可我求生无望求死不能。为此我暗中存下这只宝箱，这箱内有鸨儿想不到的珍奇，十娘指望靠着它跳出烟花院，进入百姓家，做个好妻子，做个好女人。我错了，我错了！宝箱换不来我平民的身份，换不来我女人的尊严。负心者，为了区区千金，抛却山盟海誓。富贵者，为了声色之乐，拆人姻缘，断人恩爱。我被他们今日买过来，明日卖过去，弱女如弃物，真情如草芥，苍天，你公道何在呀？

（唱）世态炎凉多奸诡，

　　　金钱竟把天良摧。

　　　一片痴情被撕毁，

　　　满腔怨愤化天雷。

　　　百宝箱装满了金玉珠翠琼瑶玳瑁，

　　　来来来，看一看，

　　　叫你们心惊胆战魄散魂飞。

〔打开妆箱，光芒闪烁。李甲、孙富大惊。

〔众伴唱：啊……

　　　昆仑金玉，琼海珠翠，

　　　闪闪夺目，熠熠生辉。

杜十娘　你们看！

　　　（唱）这件宝金灿灿雕饰精美……

〔众伴唱：闪闪夺目，熠熠生辉。

杜十娘　（唱）我本想见此宝令堂定会迎我进香闺。

李　甲　既有宝物何不早说，我父得知，定会接你回家。

杜十娘　回家，回家，十娘的家在何处啊？（投宝入江）

〔众大惊。

杜十娘　（又取一宝，接唱）这件宝亮晶晶富丽华贵……

〔众伴唱：啊……

　　　　　　饱含了多少女儿泪，

杜十娘　（唱）见此宝可能把昔日的情爱再寻回？

李　甲　我对你深情似海，绝无二心啊！

杜十娘　深情似海，哈哈哈……真情何在？（再取一宝，唱）

　　　　这件宝价值连城宝中之最……

　　　　〔众伴唱：啊……

　　　　　　饱含了多少女儿悲。

杜十娘　（唱）我本想见此宝令尊定会欣然展笑眉。

孙　富　千万不要再扔。即便你不愿随我回家，有这些宝物，你自己也可以安度今生了。

杜十娘　安度今生？哼哼哼……怎能安度今生！

　　　　〔投宝入江。

　　　　〔钟声大作。

杜十娘　（唱）悠悠钟声不绝响，

　　　　　　滚滚碧涛迎十娘。

　　　　　　这世道不容我脱出罗网，

　　　　　　怀抱着一腔恨葬身汪洋。

　　　　〔杜十娘慢步走向平台，合唱队呼叫"十娘啊，十娘"，杜回望人世。

杜十娘　（念）江水啊，只有你能接纳十娘了！（回声叠叠）

　　　　〔合唱队呼喊："十娘啊，十娘。"

杜十娘　（唱）伴江流告别了苦涩人生。

　　　　　　苦涩人生。

　　　　〔江水簇拥十娘。

　　　　〔剧终。